PETER MICHEL

Das große Buch der ENGEL

PETER MICHEL

Das große Buch der ENGEL

Wir waren bemüht, die Inhaber der Coverbilder-Urheberrechte ausfindig zu machen. Sollten wir unabsichtlich bestehende Rechte verletzt haben, so bitten wir die Betroffenen, sich mit dem Verlag in Verbindung zu setzen.

Bilder von Der Graph, Wien
Umschlag von Joseph Koó

Druck: Ueberreuter Print

Inhaltsverzeichnis

Vorwort

Seit jenen Urzeiten, in denen erstmals Menschen den Fuß auf die Erde setzten, befassten diese sich mit den großen Fragen des Lebens. Woher kommt der Mensch? Wohin geht der Mensch? Wie soll er sein Leben gestalten? Diese Fragen sind so alt wie die Menschheit, und sie werden Bestand haben, solange dieser schöne blaue Planet menschliches Leben trägt.
Um Antworten auf diese drei großen Fragen zu finden, haben Menschen immer wieder die größten Anstrengungen unternommen – und sind zu den unterschiedlichsten Ergebnissen gekommen. Meistens wurden die Ergebnisse laut in den Gassen und auf den Plätzen verkündet, auch wenn die Erkenntnisse eigentlich gar keinen Anlass dazu geboten hätten. Manchmal wurden die Ergebnisse mit Macht durchgesetzt, auch wenn sie gar nicht auf Erkenntnissen beruhten. Dieses Vorgehen hat sich praktisch nie als segensreich erwiesen. Manchmal allerdings fanden einige wenige Menschen, die häufig sehr bescheiden und zurückgezogen lebten, wirklich zur Erkenntnis der Wahrheit. Da diese wenigen Wissenden gute Beobachter waren, erkannten sie in vielen Fällen, dass ihre Mitmenschen wenig Verständnis für ihre neuen Erkenntnisse aufgebracht hätten. Aus diesem Grunde beschlossen sie, ihr Wissen für sich zu behalten oder es nur wenigen mitzuteilen. So war es vor Jahrtausenden und so ist es bis ins 20. Jahrhundert geblieben.
Erst die jüngsten Erkenntnisse fast aller menschlichen Wissenszweige ließen erkennen, dass es mehr gibt, als sich die Schulweisheit träumen ließ. Diese Entwicklung führte dazu, dass ein großer Teil bisher gehüteten geistigen Wissens, eines geheimnisvollen Wissens, nunmehr der breiten Öffentlichkeit zugängig gemacht wurde. Dazu gehörte auch das Wissen um das verborgene Wirken der Engel. Obwohl in allen Überlieferungen und religiösen Traditionen der Menschheit immer wieder Anklänge an die Wirklichkeit der Engelwelt zu

finden sind, wurden alle jene belächelt, die von der Existenz der Engel überzeugt waren oder gar selbst von einem Engel-Erlebnis berichteten. Dies hat sich in den letzten Jahren geändert, und die Engel sind erneut auf dem Weg, um einen Platz in den Herzen der Menschen zu finden.

TEIL 1

Vom Wirken der Engel im täglichen Leben

KAPITEL 1

Die Engel in den Weltreligionen

Das Alte Testament

Der Garten Eden

Bereits in der Genesis (3,24) heißt es: „Gott vertrieb den Menschen und stellte östlich des Gartens von Eden die Cherubim auf und das lodernde Flammenschwert, damit sie den Weg zum Baum des Lebens bewachten." Dies stellt eine der ältesten Quellen dar, in denen vom Wirken der Engel Zeugnis abgelegt wird.

Der Engel erscheint Hagar

Hagar, die zweite Frau Abrahams, erlebte eine Begegnung mit einem Engel, nachdem sie seiner ersten Frau Sarah, deren Magd sie war, davongelaufen war. „Der Engel des Herrn fand Hagar an einer Quelle in der Wüste." (Gen. 16,7-11) Der Engel verkündete ihr lauter positive Nachrichten, woraufhin sie zu Abraham zurückkehrte und dem sechsundachtzigjährigen Stammvater Ismael gebar. Schon die alten Quellen zeigen also, dass die Engel ein Herz für all diejenigen haben, die gerade nicht auf der Sonnenseite des Lebens stehen.

Die Engel retten Lot und seine Familie

Bekanntlich waren die Sitten zur Zeit des Alten Testaments auch schon nicht die besten. So blieb dem Herrn nichts anderes übrig, als Sodom und Gomorrha zum Untergang zu verurteilen. Da Gott aber nicht nur streng, sondern vor allem auch gerecht ist, konnte er jene nicht untergehen lassen, die ihm treu geblieben waren. Also „kamen zwei Engel am Abend nach Sodom". (Gen. 19,1) Die Engel halfen Lot und seiner

Familie, die Stadt rechtzeitig vor ihrer Zerstörung zu verlassen. Dabei zeigt sich schon im Alten Testament, welchen Stress Engel mit den Menschen haben können, denn „als die Morgenröte aufstieg, drängten die Engel Lot zur Eile". (Gen. 19,15) Offensichtlich glaubte Lot noch, es ginge nur um einen Familienausflug. Die Tragweite der Geschehnisse war ihm nicht bewusst. So mussten die Engel sich sehr bemühen, um ihre Schützlinge in Sicherheit zu bringen. Welche Frustration muss es dann für sie gewesen sein, als Lots Frau sich gegen Gottes ausdrückliche Anweisung doch umschaute und zur Salzsäule erstarrte. Auch Engel können nichts gegen den freien Willen des Menschen ausrichten.

Jakobs Traum

Eine der bekanntesten Engel-Geschichten des Alten Testaments ist der Traum des Jakob. Jakob „sah eine Treppe, die auf der Erde stand und bis zum Himmel reichte. Auf ihr stiegen Engel Gottes auf und nieder". (Gen. 28,12) Dieses Erlebnis fand immer wieder Eingang in die Malerei und stellt eines der am häufigsten dokumentierten Erlebnisse mit Engeln überhaupt dar.

Die Engel in den Psalmen

Auch in den Psalmen, vor allem jene des David, findet sich immer wieder die Erwähnung vom Wirken der Engel. Am bekanntesten ist wohl der 11. Vers aus dem 91. Psalm geworden: „Denn er befiehlt seinen Engeln, dich zu behüten auf all deinen Wegen." Hier finden wir eine erste ganz eindeutige Erwähnung vom Wirken der Engel als Schutzengel des Menschen. Engel stellen ein Bindeglied zwischen den himmlischen Welten und der Erdenwelt dar und sie wachen über die Erfüllung der göttlichen Gebote im Reich der Menschen.

Das Buch Henoch

Das Buch Henoch erlebte eine aufregende Geschichte im Laufe der Zeiten. Obwohl es als „apokryph“ gilt, das heißt nicht zum offiziell anerkannten Kodex der Heiligen Schrift gehört, wurde es immer wieder, vor allem in frühchristlichen Kreisen, als nahezu heilige Schrift zitiert. Im „Buch Henoch“ finden sich wahre Schätze des Wissens über das gewaltige Reich der Engel. In dieser alten Quelle wird schon auf vieles Bezug genommen, was die großen Mystiker erst in den späteren Jahrhunderten über die Welt der Engel enthüllen sollten.

Das Neue Testament

Jesus und die Engel

Das Neue Testament enthält eine Fülle an Begebenheiten, in denen Engel eine Rolle spielen. Jesus selbst erklärt im Matthäus-Evangelium: „Glaubst du nicht, mein Vater würde mir sogleich mehr als zwölf Legionen Engel schicken, wenn ich ihn darum bitte?“ (Matth. 26,53) Diese interessante Schriftstelle belegt zweierlei: Zum einen war Jesus vollständig vertraut mit dem Reich der Engel; aber zum anderen wusste er offensichtlich, dass er seine Aufgabe ohne die Hilfe der Engel vollbringen musste. Es mag daher die Frage erlaubt sein, ob es nicht im Leben jedes Menschen Situationen gibt, wo er es allein schaffen muss.

Die Verkündigung an Zacharias

Bereits die Geburt von Johannes dem Täufer wurde von einem Engel verkündet. Im Lukas-Evangelium heißt es dazu:

„Da erschien dem Zacharias ein Engel des Herrn." (Luk. 1,11) Der Engel war der Erzengel Gabriel, und er verkündete dem überraschten Zacharias, dass er und seine ebenfalls schon relativ alte Frau Elisabeth noch einen Sohn bekommen würden – Johannes den Täufer.
In diesen Fällen scheint Gott besonders gern seine Engel zu entsenden; aber vielleicht würden ihm die ungläubigen Menschen andernfalls auch keinen Glauben schenken.

Die Verkündigung Jesu

Das klassische Engel-Motiv in der Malerei geht auf eine Überlieferung im Lukas-Evangelium (1,26) zurück. Dort erscheint der Erzengel Gabriel Maria und verkündet ihr die Geburt Jesu. Wohl kaum ein anderes Geschehnis der biblischen Quellen hat die Künstler aus zwei Jahrtausenden stärker inspiriert als diese Begebenheit; und nicht zuletzt diesem Sachverhalt ist es zu verdanken, dass die Engel nicht ganz aus dem Gedächtnis der Menschen verschwanden.

Die Engel erscheinen den Hirten

In der Weihnachtsnacht lagerten in der Gegend von Bethlehem Hirten auf dem Feld, „da trat der Engel des Herrn zu ihnen, und der Glanz des Herrn umstrahlte sie. Sie fürchteten sich sehr, der Engel aber sagte zu ihnen: Fürchtet euch nicht, denn ich verkündige euch eine große Freude, die dem ganzen Volk zuteil werden soll". (Luk. 2,9 f.) Diese biblische Überlieferung deckt sich ganz mit allen späteren Erfahrungsberichten über Engel-Begegnungen, in denen immer wieder über die außerordentliche Lichtausstrahlung der himmlischen Besucher berichtet wird.
Für diejenigen, die mit dem Einbruch einer höheren Wirklichkeit konfrontiert sind, bedeutet es im ersten Augenblick

immer einen Schock. Von daher wird es verständlich, wenn die Engel anfänglich vollauf damit beschäftigt sind, den Menschen die Furcht vor dem Erlebten zu nehmen und sie zu beruhigen.
Bemerkenswert in diesem Zusammenhang scheint auch zu sein, dass im Fall der Geburt Jesu in Bethlehem wie auch in zahllosen anderen Beispielen die Menschen, denen die Begegnung mit einem Engel zuteil wird, vielfach sehr einfach und bescheiden sind. Offensichtlich bedarf es eines reinen Herzens, um die Herrlichkeit der Engelwelt zu schauen.

Engel warnen Josef im Traum

Als die Weisen aus dem Morgenland, die den neuen Messias kennen lernen und ihm huldigen wollten, wieder Bethlehem verlassen hatten, „erschien dem Josef ein Engel des Herrn im Traum" (Matth. 2,13) und warnte ihn vor den Mordplänen von König Herodes. Bekanntermaßen flohen Josef und Maria mit dem Säugling dann nach Ägypten.
Hier wirken die Engel wieder in der Schutzengelfunktion, indem sie ihre Schützlinge vor einer drohenden Gefahr warnen. Eine Vorgehensweise, die dann ebenfalls bei vielen späteren Erlebnisberichten bestätigt wird.

Die Engel des Todes

Eine besondere Gruppe von Engeln scheint mit dem Übergang des Menschen von dieser Welt in eine andere befasst zu sein, die so genannten „Engel des Todes". Auch über sie liegt ein Bericht in den neutestamentlichen Quellen vor. Als der arme Lazarus starb, wurde er „von den Engeln in Abrahams Schoß getragen". (Luk. 16,22) Diese Überlieferung aus dem Lukas-Evangelium schildert dabei nicht nur das wunderbare Wirken der Engel des Todes, sondern auch deren Aufgabe, die

Verstorbenen bestimmten Sphären in den inneren Welten zuzuteilen, die ihrem inneren Wesen entsprachen.
Engel müssen somit über eine große Weisheit und Macht verfügen, um im Auftrag des göttlichen Planes wirksam werden zu können. Güte und Strenge scheinen Eigenschaften zu sein, die ihnen zu gleichen Teilen zu Eigen sind.

Der Heilengel im Teich Betesda

Die theologische Forschung streitet noch darüber, ob im 4. Kapitel des Johannes-Evangeliums der Satz stehen sollte: „Ein Engel des Herrn aber stieg zu bestimmter Zeit in den Teich hinab und brachte das Wasser zum Aufwallen. Wer dann als erster hineinstieg, wurde gesund, an welcher Krankheit er auch litt."
In den vergangenen zwei Jahrtausenden hat es eine solche Fülle an zweifelsfrei dokumentierten Heilungsberichten gegeben, in denen von einem derartigen heilsamen Wirken der Engel Zeugnis abgelegt wurde, dass es kaum noch einen Zweifel an der Echtheit dieser neutestamentlichen Überlieferung geben sollte.

Kabbala und Chassidismus

Der Sohar

Die weisen alten Kabbalisten, die Hüter der jüdischen Geheimlehre, wussten seit alten Zeiten um die Existenz der Engel. Sie kannten die Berichte der mosaischen Überlieferung und hegten keinen Zweifel an ihrer Echtheit. Immer wieder waren die Engel in der Tradition des jüdischen Volkes in Erscheinung getreten, um göttliche Botschaften zu verkünden.

In einer der geheimnisvollsten Quellenwerke der jüdischen Überlieferung, dem Sohar, heißt es zum Beispiel über Metatron, den berühmtesten aller Engel: „Die sichtbaren Chajjot oder Wesen (in der Thronwelt) sind die, unter denen jener (von Jecheskel) Ofan ‚Rad' genannte Engel steht. Und welcher ist das? Das ist Metatron, der größer und angesehener ist als alle anderen Engelscharen und fünfhundert Meilen hoch."
Der Einfluss dieser und anderer Quellentexte auf das Judentum darf keinesfalls als gering eingeschätzt werden. Er prägte die religiöse Überlieferung und fand Eingang in das Überlieferungsgut des frommen Juden.

Rabbi Joseph

In zahllosen jüdischen Erzählungen, Geschichten und Legenden fand die Engel-Thematik ihren Widerhall. Einfache Menschen aus dem Volk wie auch gelehrte Rabbis sprachen über sie oder vernahmen in der Synagoge von ihrem wundervollen Wirken.
So wird der alte Satz, wonach in allem Geschaffenen Geist wirke, weshalb aus einem Stein eine Pflanze, aus einer Pflanze ein Tier, aus einem Tier ein Mensch und aus einem Mensch ein Engel werden könne, auf den ehrwürdigen Rabbi Joseph zurückgeführt.
Diese Aussage tauchte in verschiedenen Formen, mit geringen Abwandlungen, in allen abendländischen Überlieferungen wieder auf und prägte entscheidend auch das Denken der mittelalterlichen Kabbalisten.
Der Mensch sollte sich also keine Sorgen machen. Der Weg führt nicht zurück zum Affen, obwohl man dies angesichts der Zustände auf dieser Welt manchmal befürchten möchte, sondern hinauf zum Engel!
Die Perspektiven sind also durchaus als positiv zu bewerten!

Abraham der Engel

Die „Chassidischen Erzählungen“, die Martin Buber liebevoll gesammelt und herausgegeben hat, enthalten in vielen kleinen Anekdoten und Geschichten das Wissen des osteuropäischen Judentums über die Engel. Vom Rabbi „Abraham der Engel“ berichtete die Überlieferung, er habe sich so sehr mit Gott geeint, dass zwischen Leib und Seele kein Unterschied mehr gewesen sei, und als er einst einen Sohn gezeugt habe, sei ein lichter Geist aus der Engelwelt in den Leib seiner Frau eingegangen, um für kurze Zeit auf Erden zu leben.

Rabbi Pinchas

Rabbi Pinchas war ebenfalls eine legendäre Gestalt der Chassidim. Er deutete die schriftlichen Überlieferungen über Abraham und die Engel dahingehend, dass er glaubte, die jüdischen Patriarchen seien selbst aus verschiedenen Engelwelten hinabgestiegen, um der Menschheit ein Licht in der Dunkelheit zu sein.

Rabbi Hirsch

Es gab unter den Chassidim viele Legenden darüber, wie Rabbi Hirsch die Nachfolge seines verehrten Lehrmeisters Rabbi Mendel angetreten hatte. Die bekannteste lautete dahingehend, dass Rabbi Mendel einst im Traum gesehen hatte, wie der Erzengel Metatron, der ehrwürdigste unter den Engeln der jüdischen Überlieferung, seinen Diener Hirsch auf seinen Stuhl gesetzt hätte. Dieses Traumgeschehen gab ihm zu denken und er beobachtete seinen Diener daraufhin genauer. So bemerkte er, dass auch dieser die Seelen der Verstorbenen sehen konnte, die zum Rabbi kamen, um durch ihn Erlösung zu finden.

Von diesem Zeitpunkt an behandelte er seinen Diener wie einen Gleichgestellten und ließ sich von ihm nicht mehr bedienen. Nur die Gebetsriemen ließ er sich als letzten Liebesdienst anlegen.
So verwunderte es später auch niemanden mehr, als der Diener Hirsch durch wundersame Fügung nach dem Tod von Rabbi Mendel selbst Rabbi wurde und seinen Schutzbefohlenen über viele Jahre ein treuer Hirte wurde. Man war wohl davon überzeugt, auch dabei hätten die Engel „einen Flügel im Spiel gehabt"!

Engel und Menschen

Eine der nettesten chassidischen Geschichten schildert die vergnüglich menschliche und ein wenig respektlose Art und Weise, mit der manchmal im Ostjudentum über die Engel gedacht wurde. So rief der Kobryner Rabbi einst, indem er zum Himmel aufblickte: „Englein, Englein, das ist keine besondere Kunst, so in den Himmeln als Engel zu bestehen, du brauchst nicht zu essen und zu trinken und Kinder zu zeugen und Geld zu erwerben. Spring du nur mal auf die Erde nieder und gib dich mit Essen und Trinken und Kinderzeugen und Gelderwerb ab, da wollen wir sehen, ob du ein Engel bleibst. Gelingt es dir, dann magst du dich berühmen, jetzt aber nicht!"
So gingen sie mit ihren Engeln um, die weisen alten Juden aus dem Osten Europas – rau, aber herzlich. Dabei waren sie in ihrer schroffen Ehrlichkeit frömmer als alle Heiligtuer, die zwar frömmlerisch redeten, aber nicht danach handelten. So dürften die Engel mit Wohlgefallen auf ihre jüdischen Schützlinge geschaut haben, auch wenn diese ihnen gelegentlich ein wenig vorwitzig kamen.

Hinduismus und Buddhismus

Die Devas

Die östlichen Überlieferungen kennen alle die leuchtenden Wesen einer anderen Welt, die sie mit dem Wort „Deva", was soviel wie Lichtwesen oder leuchtendes Wesen heißt, bezeichnen. Diese Devas bevölkern feinstoffliche Welten, können aber auch mit den Erdenmenschen in Kontakt treten.
Nach der buddhistischen Auffassung sind sie allerdings nicht unsterblich und müssen einmal auch wieder in den Kreislauf der Wiedergeburten hinabsteigen.

Der Dalai Lama

Vor einigen Jahren empfing der Dalai Lama eine Delegation jüdischer Rabbis und Laien und überraschenderweise entwickelte sich die Diskussion über die Existenz der Engel zu einem zentralen Thema des Treffens. Offensichtlich war der Dalai Lama überrascht, bei seinen jüdischen Gästen eine so ausgeprägte Überzeugung über die Wirklichkeit von Engeln zu finden.
Hier zeigt sich, wie auch in vielen anderen Fällen, dass offensichtlich ein guter Engel darüber wacht, wenn Menschen unterschiedlicher Glaubensüberzeugungen zusammensitzen und friedlich versuchen, voneinander zu lernen. Wenn sie dann auch noch über Engel sprechen, dürfte diese das mit besonderer Freude erfüllen!

Die Gandharvas

Im Hinduismus gibt es eine besonders schöne Tradition – die Engel der Musik. Sie tragen einen speziellen Sanskritnamen

und werden „Gandharvas“ genannt. Nach indischer Überlieferung entstammt alle musikalische Schönheit, zu allen Zeiten und in allen Traditionen, ihrem inspirierenden Wirken. Wo immer die Gandharvas ein offenes Herz oder Ohr finden, erfüllen sie es mit den Eindrücken himmlischer Klänge, die aus ihren Reichen stammen.
Nicht immer gelingt es den Gandharvas, ihre Botschaft in vollkommener Reinheit zu übermitteln, aber auch eine halbe Inspiration ist besser als gar keine. Allerdings muss die Frage erlaubt sein, ob bestimmte Varianten von Techno, Acid Rock oder ähnlichen grellen Formen musikalischer Verirrungen möglicherweise auf einen „Engel-Fehler“ zurückzuführen sind oder ob hierfür die Erdenmenschen ganz allein die Verantwortung übernehmen müssen.

Der Islam

Mohammed und Gabriel

Nach einhelliger Überzeugung war der Erzengel Gabriel die Quelle der Inspiration für den Propheten Mohammed. In der islamischen Tradition kommt diesem Erzengel eine Bedeutung zu, die im Christentum in etwa dem Heiligen Geist entspricht.
Alle Dinge werden ins Leben gebracht durch den Laut der Schwingen Gabriels, die sich über alles Leben in allen Welten hinweg erstrecken.

Schutzengel

Der Islam betrachtet den Erzengel Gabriel gewissermaßen als Schutzengel der gesamten Menschheit, dem zusätzlich noch

alle jene Engel unterstehen, die als Schutzengel den einzelnen Menschen zugeteilt sind. Dabei anerkennen die Jünger des Propheten durchaus die jüdischen und christlichen Engel-Berichte aus den biblischen Quellen.
Zudem kennt auch die islamische Glaubenstradition die ganze Bandbreite des Engelwirkens, von den Schutzengeln über die Engel von Tod und Auferstehung bis hin zu so genannten Frageengeln und Schreiberengeln, die eine ganz bestimmte Funktion in ihren Reichen auszufüllen haben.

Die Götter der Antike

Minerva

Die alten Römer anerkannten in ihren religiösen Gebräuchen Götter oder göttliche Wesen. Die scheinbar so aufgeklärte Moderne belächelt diesen „Aberglauben“ der Antike, ohne sich einmal ernsthaft die Frage zu stellen, ob ein Weltreich wie Rom aufzubauen gewesen wäre, wenn es stets nur von abergläubischen Narren geführt worden wäre.
Viel eher ist anzunehmen, dass auch die weisen Männer und Frauen Roms wussten, dass unsichtbare Wesen über ihrem Schicksal wachten und eine Wesenheit wie Minerva vielleicht keine „Göttin“ war, sondern so etwas wie der Schutzengel Roms. Vielleicht lassen sich manche Mythen der Vergangenheit im Licht des Wissens um die Engel heute anders deuten als vor hundert Jahren.

Athene

Auch die alten Griechen hatten bekanntlich ihren Götterhimmel, wenngleich niemand übersehen sollte, dass die wei-

sen alten Hellenen, an ihrer Spitze Sokrates und Platon, wenn sie wirklich vom Ursprung aller Dinge sprachen, nicht von Göttern redeten, sondern „der Gott“ sagten. Auch die alten Griechen, die Gründerväter der Philosophie, müssen um die Dinge zwischen Himmel und Erde gewusst haben, und so dürfte die Idee, Pallas Athene sei so etwas wie der Schutzengel des Stadtstaates Athen gewesen, der Wahrheit vielleicht näher kommen als manche abstrakte und materialistisch überhebliche Mythendeutung, die die Vorväter des heutigen Europa zu polytheistischen Dummköpfen abzustempeln versucht.
Auch Griechenland hatte seine Engel, gab ihnen allerdings andere Namen!

Fazit

Alle großen Weltreligionen kennen die Engel. In unterschiedlichen Beschreibungen lässt sich immer wieder der gleiche Kern herausfiltern. Die Engel spielen eine Zwischenrolle zwischen der Menschenwelt und den göttlichen Reichen. Sie wachen über das Leben auf Erden, sie treten als Botschafter Gottes in bestimmten schicksalhaften Momenten der Weltgeschichte auf, und sie spielen eine Rolle im Leben eines jeden Menschen.
Namen und Bezeichnungen mögen in den großen Weltreligionen unterschiedlich klingen; der Sinn und die Bedeutung sind die gleichen.
Die Engel standen am Anfang der großen religiösen Überlieferungen. Aus welchem Grund sollten sie sich danach von den Menschen zurückgezogen haben?

KAPITEL 2

Die großen Mystiker

Die Kirchenväter

Christus und die Engel

In den frühen Tagen des Christentums gab es nicht wenige Gläubige, die annahmen, auch bei Christus habe es sich um einen Engel gehandelt. Die späteren theologisch-dogmatischen Modelle waren noch nicht entstanden, und so gab es einen relativ großen Glaubensspielraum, in dem die Engel durchaus eine entscheidende Rolle spielten.
Neben den ersten Christen gab es zudem auch die zahlenmäßig zwar kleine, aber dennoch ziemlich einflussreiche Gruppe der Gnostiker, die verschiedene religiöse Traditionen zu verbinden trachteten.
Auch in den Kreisen der Gnostiker gab es nicht wenige, die von der Existenz der Engel überzeugt waren und an ihr Eingreifen ins menschliche Dasein glaubten.
Es war eine Zeit, in der es zwischen Himmel und Erde noch keine dogmatische Ordnung gab und man die Freiheit besaß, seinen Glauben aus einer Fülle unterschiedlichster Überzeugungen zu formen. Nicht alle dürften unzufrieden damit gewesen sein.

Clemens von Alexandrien

Der bedeutendste Kirchenvater des zweiten Jahrhunderts war Clemens von Alexandrien. Er begründete die große Kirchenschule in Alexandrien und zählte zu den einflussreichsten und gebildetsten Männern seiner Zeit.
In seinem Hauptwerk, das den seltsamen Namen „Teppiche" trägt, kommt er in fast jedem Band der mehrbändigen Ausgabe auf die Engel zu sprechen. Sie spielen in der täglichen Glaubenspraxis eine wichtige Rolle und nehmen eine Zwischenposition zwischen Menschenwelt und Gottesreich

ein. Es scheint, als seien die Darlegungen des Clemens nicht nur auf abstrakt-theologischen Überlegungen gewachsen, sondern als sei er selbst, als gewissermaßen gnostischer Christ, in der Lage gewesen, aus eigenem inneren Erleben heraus zu sprechen.

Origenes

Origenes lebte ebenfalls in Alexandria und folgte Clemens in der Leitung der Schule nach. Er geriet mehrfach in die Christenverfolgung und starb Mitte des 3. Jahrhunderts wahrscheinlich den Märtyrertod.
Origenes gilt als der größte Geist des christlichen Altertums. Er war ein außerordentlich gelehrter Mann, der Kontakte zu fast allen einflussreichen Persönlichkeiten seiner Zeit pflegte. Vor allem in seinem Hauptwerk „Über die Grundlagen" spielen Engel eine große Rolle. Sie werden von Origenes als feinstoffliche Wesen betrachtet, die eine Fülle von Aufgaben durchzuführen haben. Nach seiner Überzeugung können alle Wesen, je nach ihrer Lebensführung, vom geistigen Bereich in den materiellen absteigen oder umgekehrt vom materiellen in den geistigen aufsteigen. In jedem Menschen schläft also auch ein Engel.
Origenes dürfte der meistgelesenste Autor unter den Kirchenvätern gewesen sein und sein Einfluss darf nicht hoch genug veranschlagt werden. Noch im 20. Jahrhundert erlebte er wieder einmal eine Renaissance und gelangte zu erneuter Beachtung.
Wenn das Bewusstsein um die Engel in der Frühzeit des Christentums nicht verschwand, so dürfte es vor allem ein Verdienst der beiden großen alexandrinischen Kirchenväter gewesen sein.

Pseudo Dionysios Areopagita

Die geheimnisvollste Gestalt der ersten christlichen Jahrhunderte! Lange Zeit glaubte man, es handele sich bei ihm um den Dionysios des Areopag, also einen Zeitzeugen der unmittelbaren Zeit nach Christus, was ihm natürlich eine außerordentliche Autorität in kirchlichen Kreisen gab. Erst viele Jahrhunderte später fand man durch sorgfältiges Quellenstudium heraus, dass er im 5. oder 6. Jahrhundert gelebt haben musste. So kam er zu seinem „Pseudo“ im Namenszug!

Dieser Dionysios war es nun, der das Werk „Von den Himmlischen Hierarchien“ verfasste, das einflussreichste und wesentlichste Buch über Engel im ganzen christlichen Schrifttum. Alles, was über anderthalb Jahrtausende im Christentum über Engel gelehrt wurde, steht mehr oder weniger auf seinen Schultern.

Wenn im Mittelalter eine fromme Bauersfrau ihren Schutzengel anflehte, so verdankte sie dieses Glaubenswissen mit hoher Wahrscheinlichkeit der Überlieferung des Werkes von Pseudo Dionysios Areopagita. Was beweist, dass auch ein „Pseudo“ eine höchst segensreiche Wirkung entfalten kann!

Das Mittelalter

Thomas von Aquin

Für die Engellehre der Kirche gilt Thomas von Aquin, der schon sehr früh zum „Kirchenlehrer“ erhoben wurde, als die größte Autorität. Seine Gedanken über die Engel fügten dem bisherigen Wissen der alten Kirchenväter keine neuen Einsichten hinzu, aber allein die Tatsache, dass der berühmte Theologe sich für die Existenz der Engel aussprach, verlieh dem Glauben an diese Wesen ungeheuer viel Unterstützung.

Neben Thomas von Aquin wäre vielleicht noch Hildegard von Bingen zu nennen, die als einflussreichste Mystikerin in die Kirchengeschichte des Mittelalters einging und ebenfalls an die Engel glaubte.
So kann das Mittelalter nicht so finster gewesen sein, wenn dieses Wissen in den Herzen der Menschen überleben konnte. Die Engel flogen auch über die ersten gotischen Dome und wachten über den Aufbruch einer neuen Epoche.

Martin Luther

Es wird oft vergessen, dass der große Reformator nicht nur ein Mann der „Schrift" war, der an die Buchstaben glaubte, sondern auch ein Mann des Geistes. Luther war ein tief religiöser Mensch, der fest überzeugt war, dass die Engel-Berichte der Bibel nicht auf frommer Fantasie beruhten, sondern einer geistigen Wirklichkeit entsprachen.
Leider ging dieser Aspekt seines Denkens und Wirkens im Verlauf der Jahrhunderte weitgehend verloren, sodass heute manche Christen überrascht sind, wenn sie erfahren, dass ein Mann wie Martin Luther an das Eingreifen der Engel geglaubt hat.

Jakob Böhme und Emanuel Swedenborg

Im Übergang vom Mittelalter zur Neuzeit sind die beiden großen Mystiker zwei herausragende Zeugen für den Glauben an die Engel. Beide bezeugten zudem, nicht nur aufgrund der Bibelüberlieferung an die lichten Wesen einer anderen Wirklichkeit zu glauben, sondern das Reich der Engel aus eigenen Schauungen zu kennen.
Böhme und Swedenborg waren somit gewissermaßen Vorläufer für die mystische Bewegung des 20. Jahrhunderts, die dann Auslöser war für eine wahrhafte Renaissance der Engel im Bewusstsein der breiten Öffentlichkeit.

Die Engel in der Dichtung

Dante

Dantes „Göttliche Komödie“ zählt zweifellos nicht nur zu den größten Werken der Weltliteratur, sondern auch zu den einflussreichsten Veröffentlichungen im Hinblick auf die Engel. Für Dante waren Engel eine unbezweifelbare Wirklichkeit, denen er in seinen unsterblichen Versen ein bleibendes Denkmal setzte. Zusätzliche Bedeutung für die Überlieferung des Wissens um die Engel gewann das Werk durch die Inspiration zahlreicher Künstler, die ihre Engel-Gemälde unter Anlehnung an Dantes Dichtung erstellten. Dieser Einfluss erstreckte sich dabei keineswegs nur auf die Zeitgenossen, sondern blieb bis hinein in die Gegenwart prägend.

Blake und Milton

Im englischsprachigen Raum waren es vor allem Blake und Milton, die mit ihren Werken einer breiten Öffentlichkeit dokumentierten, dass die Engel nicht in Vergessenheit geraten waren. Beide waren zu ihrer Zeit außerordentlich einflussreich und prägten das Denken ihrer Epoche und somit auch das Bewusstsein vom Wirken der Engel.

Rilke

In der deutschen Literatur war es vor allem Rilke, der in seiner einmaligen Sprachkunst den Engeln ein literarisches Denkmal setzte. Unvergessen bleiben seine „Duineser Elegien“, in denen er den Engeln ein unsterbliches poetisches Andenken bewahrte.

Die erste Elegie

Wer, wenn ich schrie, hörte mich denn aus der Engel Ordnungen? und gesetzt selbst, es nähme einer mich plötzlich ans Herz: ich verginge von seinem stärkeren Dasein. Denn das Schöne ist nichts als des Schrecklichen Anfang, den wir noch gerade ertragen, und wir bewundern es so, weil es gelassen verschmäht, uns zu zerstören. Ein jeder Engel ist schrecklich.

Die modernen Mystiker

Rudolf Steiner

Rudolf Steiner, der Begründer der Anthroposophie, kam ursprünglich aus der Goethe-Forschung, bevor er sich ganz seinen geistigen Forschungen widmete, die aufbauten auf seinen mystischen Schauungen.
In Steiners Gedankengebäude und im Leben, wie es sich nach anthroposophischer Anschauung vom Menschen darstellt, spielen die Engel eine erhebliche Rolle. Sie bestimmen als große „Zeitgeister" mit ihren inspirierenden Kräften nicht nur die gesamte Entwicklung der Menschheit, sie sind auch im Leben jedes Einzelnen anwesend und von großer Bedeutung. Steiner hat immer wieder in seinen Schriften und Meditationsanweisungen darauf hingewiesen, wie wertvoll es für die Menschheit wäre, mit größerer Bewusstheit die Verbindung zu den himmlischen Hierarchien zu suchen.

Geoffrey Hodson und Dora van Gelder-Kunz

Im englischen Sprachraum zählen die beiden bekannten Theosophen zu den einflussreichsten Autoren zum Thema Engel. Beide schrieben ihre Werke, wie schon Steiner, aus einer inneren Wahrnehmung heraus. So finden sich auch in der Gegenwart Zeugen für eine ungebrochene mystische Tradition. Warum sollten die Engel auch nur von den frühen Kirchenvätern oder den Mystikern des Mittelalters erschaut worden sein und nicht von den großen spirituellen Suchern der Neuzeit.

Findhorn

Die kleine schottische Landgemeinde Findhorn erlebte bereits in den Sechziger Jahren das Aufblühen einer kleinen alternativen Gemeinschaft, die von sich behauptete, mit Hilfe der Engel ihren großen Garten zu bestellen.
Die Bewohner von Findhorn gaben an, unter der Inspiration jener lichten Wesen ihre landwirtschaftlichen Arbeiten auf eine völlig neue Basis gestellt zu haben.
Die Ergebnisse waren so verblüffend, dass selbst eine Delegation des Britischen Landwirtschaftsministeriums nach Schottland reiste, um die kleine Landgemeinschaft zu besuchen. Man mag sich die Gesichter der hohen Herren vorstellen, als ihnen die begeisterten Findhornianer ihre „Engel-Erlebnisse“ schilderten und diese verantwortlich für die riesigen Kohlköpfe und schmackhaften Tomaten machten, die auf einem völlig unwirtlichen Sandboden an der schottischen Küste emporsprießten. Vielleicht mag der eine oder andere, im Angesicht dessen, was er ja zweifelsfrei mit eigenen Augen sah, doch ein wenig nachdenklich geworden sein, ob in seinem längst vergessenen Kindergebet an seinen Schutzengel nicht doch ein wenig Wahrheit gelegen hatte. Wer weiß?

Flower A. Newhouse

Die amerikanische Mystikerin Flower A. Newhouse war für das 20. Jahrhundert das, was der schon genannte Pseudo Dionysios Areopagita für das 6. Jahrhundert war – eine Quelle für wahrhaft neue Einsichten in die Welt der Engel. In ihrem Werk verfasste sie, neben Büchern über christliche Mystik und bewusste Lebensführung, zahlreiche Schriften über die Welt der Engel, die dem erstaunten Leser eine Fülle an bisher Unbekanntem über dieses Reich enthüllen.

Flower A. Newhouse, die, wie auch Rudolf Steiner, von eigenen Wahrnehmungen ausging, schilderte das Wirken der Engel in allen Bereichen des irdischen Lebens. Kein Bereich der Schöpfung war nach ihrer Überzeugung zu unbedeutend, als dass sich nicht Engel um ihn kümmern würden. So sah sie Engel für Pflanzen sorgen und sich um Tiere kümmern, auf Menschen aufpassend und den großen göttlichen Plan des Lebens überwachend.

„Engel sind überall", so lautete ihre Botschaft. „Der Mensch muss nur wieder lernen, sie auch wahrzunehmen!"

KAPITEL 3

Was sind Engel?

Haben Engel Flügel?

Zum Fliegen braucht man Flügel

Wer kennt nicht die Kinderfrage: „Mami, warum haben Engel Flügel?" Wenn die Antwort „normal" ausfällt, lautet sie meistens: „Damit sie schnell überall hinfliegen und dich beschützen können, mein Liebling!" Es wäre schon eine fortgeschrittene Antwort, wenn dem Kind seitens der Eltern gesagt würde: „Ich weiß es nicht!" Dann bliebe dem Kleinen wenigstens die Möglichkeit, selbst darüber nachzudenken.

Haben Engel also Flügel? Warum sollten sie? – könnte die Gegenfrage lauten. Engel sind, so die einhellige Auffassung aller, die sich über die Jahrtausende mit ihnen befasst haben, feinstoffliche Wesen, die keine materielle Form besitzen und nicht dem menschlichen Raum-Zeit-Gefüge unterliegen. Ein Engel muss sich also nicht „auf Reisen begeben", um einen anderen Ort aufsuchen zu können.

Warum bekamen die Engel also Flügel? Könnte es vielleicht sein, dass Menschen, die einen Blick „hinter den Vorhang" werfen durften, dort lichte Wesen erschauten, die sich in Gedankenschnelle bewegten? Nach ihrer Einsicht war das nur möglich, wenn sie sich „in der Luft" fortzubewegen vermochten. Dazu benötigten sie, das wusste man schließlich aus der Vogelwelt, Flügel. Also bekamen die Engel, als man sie zu zeichnen versuchte, Flügel angemalt.

Eine andere mögliche Antwort wird gelegentlich von den Mystikern gegeben. Sie beschreiben die Engel als umgeben von einem vibrierenden Lichtfeld oder Energiekörper. Diesen mögen in früheren Zeiten fromme Menschen im Gebet oder in der Meditation undeutlich wahrgenommen haben und daraus dann ebenfalls, in ihrer Vorstellung, Flügel geformt haben.

So kamen die Engel möglicherweise zu ihrem Federkleid!

Glaubt man den Schauungen der Mystiker der Neuzeit, so

vermögen sich Engel mit Gedankenkraft, poetisch gesagt mit den „Schwingen des Geistes", fortzubewegen.

Können Engel sprechen?

Die Stimme im Kopf

Engel müssen, um sich bemerkbar zu machen, ganz offensichtlich nicht vorbeigeflattert kommen. Sie verfügen über die Möglichkeit, sich im Bewusstsein ihrer Schützlinge bemerkbar zu machen.

Die Amerikanerin Shirley Anderson, eine fünfundvierzigjährige Frau aus Tennessee, berichtet über ein Erlebnis in den Ferien, von dem sie glaubt, durch einen Engel gewarnt worden zu sein. Sie war mit einer Freundin mit dem Wohnwagen in New Mexico unterwegs. Es war abends, und ihre Freundin war im Wagen eingeschlafen, als sie das Bedürfnis verspürte, einen Rastplatz mit einer Toilette aufzusuchen.

Nach einiger Zeit fand sich eine entsprechende Örtlichkeit an einem Autobahnrastplatz. Sie hielt an, stieg aus, verschloss den Wagen wieder und ging auf die Toilette zu. In diesem Moment fühlte sie sich wie von einer unsichtbaren Stimme angesprochen. Sie schildert das Geschehen mit ihren eigenen Worten: „Eine Stimme schien in meinem Kopf zu sagen: ‚Geh weg von hier. Dein Leben ist in Gefahr.' Ich gehorchte dieser starken, zwingenden Stimme und eilte, den Autoschlüssel bereits in der Hand, zum Wagen zurück. Kaum war ich eingestiegen und hatte die Tür wieder verschlossen, als ein Mann von außen wild auf die Scheibe einhämmerte und versuchte, den Wagen zu öffnen. Mein Engel drängte mich immer noch, den Ort zu verlassen. Ich ließ hastig den Motor an und raste davon. Meine Freundin erwachte von dem ruckartigen Start und fragte mich, was denn los sei. Ich erzählte ihr von der Stim-

me, die mich gewarnt und somit unser Leben gerettet hatte."
Dieser eindrückliche Bericht, wenn es sich wirklich um den Eingriff eines Engels gehandelt hat, zeigt eindeutig, dass es hilfreichen Wesen einer anderen Wirklichkeit möglich ist, Menschen über eine Form innerer Stimme zu erreichen.
Wenn also Engel sprechen können, so sprechen sie die Sprache der Gedanken!

Manchmal müssen Engel befehlen

Als Clifford Blackman fünf Jahre alt war, befand er sich allein auf dem Heimweg. Er musste an einem kalten Wintertag eine recht befahrene Straße überqueren. Die Straße war vom Schnee bedeckt und ziemlich glatt abgefahren. Am Straßenrand hatte ein Öllieferwagen neben einem anderen geparkt. Der kleine Clifford war ein wenig faul und versuchte, sich zwischen den beiden großen Fahrzeugen hindurchzuquetschen, anstatt um sie herumzugehen. Jahre später schilderte er, was sich dann ereignete.
„Als ich hindurchging, bekam ich eine Nase voll von den Auspuffgasen des Lasters. Ich rutschte aus und fiel ohnmächtig unter dessen Hinterräder. Der Fahrer konnte mich nicht sehen. Dann vernahm ich plötzlich eine Stimme, die mich mahnte: ‚Schiebe dich vorwärts!!!' Es klang nicht wie eine Bitte, sondern wie ein unwidersetzbarer Befehl. Ich schob mich voran und öffnete die Augen. In diesem Augenblick rollten die schweren Räder genau über die Stelle, an der mein Kopf gelegen hatte."
Als Clifford glücklich zu Hause angekommen war und seiner Mutter von dem Erlebten berichtete, waren beide fest davon überzeugt, sein Schutzengel habe ihm das Leben gerettet.

Der Chor der Engel

Auch Joan Kelley war noch ein kleines Mädchen, als ihr eine Erfahrung zuteil wurde, die sie mit den Engeln in Verbindung brachte. Vielleicht sind Kinder besonders empfänglich für die Wirklichkeit einer höheren Welt?
Der oft gebrauchte Ausspruch, wonach Kinder noch „mit ihren Himmelsaugen sähen", beruht vielleicht auf einer tiefen Wahrheit. Joan schrieb ihre Geschichte mit den folgenden Worten auf: „Als kleines Mädchen nahm ich eines Nachts einen Engelchor wahr, der ein wunderschönes Lied mit den sich wiederholenden Worten ‚Heilig, heilig, heilig' sang. Ein herrlich goldenes Licht erfüllte mein Zimmer. Ich bemühte mich, die Melodie zu behalten, doch da ich sie in keiner unserer Kirchenhymnen fand, habe ich sie vergessen. Aber das wunderbare Licht wird in meinem Gedächtnis haften bleiben. Dieses Erlebnis war kein Traum. Für mich war es Wirklichkeit."
In diesem Erlebnis beeindruckt besonders die intensive Lichterfahrung. Vermögen Engel diesen herrlichen Glanz für das physische Auge wahrnehmbar zu machen oder befand sich Joan in einem höheren Bewusstseinszustand, in dem sie das goldene Licht der Engel in ihrer Welt wahrnahm? Was immer es war, für Joan Kelly gab es niemals mehr in ihrem Leben einen Zweifel, dass Engel wahrhaftig existierten!

Engel kennen keine Grenzen

Wenn man die vielen Berichte über Engel sorgfältig liest, stellt man immer wieder verblüfft fest, wie vielfältig offensichtlich ihre Möglichkeiten sind, um Einfluss auf die Welt der Menschen zu nehmen. Es lässt sich daher auf die Frage „Was sind Engel?" am ehesten die Antwort geben, dass sie unsere besten, wenngleich unsichtbaren Freunde sind. Sie finden die einfachsten und auch die „unmöglichsten" Wege, um uns zu helfen, zu beschützen, zu inspirieren und auf den „rechten Weg"

zu schicken. Engel haben keine Flügel, aber trotzdem können sie in Windeseile bei uns sein!
Engel halten keine Vorträge, aber wir können ihre Botschaft in unseren Gedanken vernehmen!
Engel produzieren keine Platten, aber wir können sie manchmal singen hören!
Engel haben keine Taschenlampen, aber sie strahlen ein goldenes Licht aus!
Engel sind also offensichtlich viel kreativer, als die meisten Menschen sich vorzustellen vermögen. Sie sind, wie es die Kids des Computer-Zeitalters auszudrücken pflegen, einfach coole Typen!

KAPITEL 4

Engel weisen den Weg

Die Engel als mahnende Stimme

Der Nachtclub

Der Amerikaner James R. Logan besaß eine außergewöhnliche mediale Gabe, mit der er, zum Vergnügen reicher Leute in Amerika, in den berühmtesten Nachtclubs auftrat und viel Geld verdiente.
Es scheint gerade auf Menschen, die kaum ein echtes spirituelles Interesse in ihrem Leben besitzen, einen besonderen Reiz auszuüben, mit dem Reich von Magie und Okkultismus in Kontakt zu kommen. Man findet sie bei allen Hypnoseshows und den Auftritten der großen Zauberkünstler, von Hanussen bis David Copperfield. Offensichtlich ist dies für sie die einzige Möglichkeit, um „das Unerklärliche" an sie heranzulassen.
James Logan jedenfalls nutzte seine echte Begabung, um sein Publikum zu verblüffen und blendend zu unterhalten. Allmählich jedoch überfielen ihn Zweifel, ob er seine Fähigkeit auf diese Weise nutzen durfte.
Eines Nachts lag er zu Hause auf dem Bett, um sich nach einer Vorstellung zu entspannen. Kurz vor dem Einschlafen riss ihn plötzlich das überwältigende Gefühl, nicht mehr allein im Zimmer zu sein, wieder ins Wachbewusstsein zurück. Er schnellte empor und erblickte am Fußende seines Bettes eine Gestalt, die von gelbem, elektrisierendem Licht umgeben war. Das Wesen schillerte in einem Lichtglanz, der aus seinem Inneren auszustrahlen schien. Der ganze übrige Raum lag in völliger Dunkelheit, nur dieser unerwartete Besucher verbreitete um sich herum diese Lichtstrahlung. In einem Teil seines Wesens, den Logan als so etwas wie seine rechte Hand bezeichnete, hielt es einen Gegenstand aus pulsierendem Licht. Dann formte es wortlos eine Botschaft, die er jedoch wie eine gewaltige Stimme in seinem Kopf dröhnen hörte. Die Botschaft lautete: „Gott hat dir diese Gabe gegeben; sieh zu, dass

du sie richtig gebrauchst!" Dann legte das Wesen den pulsierenden Gegenstand in seine Augen und er fühlte etwas in seinem Kopf explodieren. Im nächsten Augenblick war das Wesen verschwunden.
Es braucht nicht hinzugefügt zu werden, dass James Logan von da an nicht mehr seiner Tätigkeit im Nachtclub nachging.

Die Dame im Wald

Einer der außergewöhnlichsten Menschen des 20. Jahrhunderts war zweifelsfrei Edgar Cayce. Unter der Überschrift „Der schlafende Prophet" erlangte er Weltberühmtheit. Er besaß die einzigartige Gabe, in einer Art meditativem Schlaf Menschen Hilfestellungen in allen Lebensfragen zu geben und sie zusätzlich mit medizinischen Anweisungen zu versorgen, die häufig selbst das Wissen von Fachärzten bei weitem übertrafen. Als Cayce starb, war er einer der bekanntesten Menschen seiner Zeit, und die Zahl derer, denen er geholfen hatte, ging in die Zehntausende.
Als Cayce dreizehn Jahre alt war, saß er eines Tages allein im Wald und las in der Bibel. Er war bereits als Jugendlicher von dem Wunsch erfüllt, anderen Menschen helfen zu können. Während er so in seine Lektüre vertieft war, erschien vor ihm ein Engel, den er damals, in seiner Sprache, als die „wunderschöne Dame im Wald" bezeichnete. Sie versicherte ihm, seine Gebete seien erhört worden, und er könne von jetzt an beginnen, den Menschen zu dienen.
Dieses Ereignis war der Anfang für ein einzigartiges Leben im Dienst an der Menschheit!

Engel machen Mut

Krisensituationen und Lebenswenden

Besonders häufig werden Engel-Erfahrungen in menschlichen Krisensituationen berichtet. Es hat den Anschein, dass Engel in Augenblicken, in denen Menschen vor einer Lebenswende oder der Bewältigung eines schmerzhaften Abschiedes von einem geliebten Freund oder Partner stehen, besonders sensitiv für die Inspiration aus einer anderen Ebene sind. In diesen Stunden oder Tagen vermögen die lichten Boten in vielen Fällen Trost oder Ermutigung zu schenken und über ihre inspirierenden Botschaften den Weg zu neuen Ufern zu weisen.

Aufbruch zu neuen Ufern

Viele Menschen schildern auch die Erfahrung, dass sie in Lebenslagen, in denen ihnen der Mut fehlte, plötzlich eine Begegnung oder Erfahrung hatten, durch die sie die innere Kraft entfalten konnten, um mutig voranzuschreiten auf einem neuen Lebenspfad. Manchmal scheinen auch andere Menschen diesbezüglich die Aufgabe eines „Engels" zu übernehmen, wobei dies nur zum Teil im übertragenen Sinne gemeint ist. Vielfach wird von plötzlichen Ideen oder Gedanken berichtet, die einem Freund gegenüber ausgesprochen werden; und gerade diese Ideen und Gedanken erweisen sich als das Schlüsselwort, das jene Menschen benötigt haben. Auf Rückfragen zeigen sich dann die „Ideengeber" selbst überrascht, wieso sie plötzlich auf diesen oder jenen Einfall gekommen sind, der ihnen vorher überhaupt nicht in den Sinn gekommen war.

Vertrauen zum Leben

Auch Engel können den Menschen nicht zwingen, sein Leben zu ändern oder aus einer Sackgasse umzukehren und eine neue Richtung einzuschlagen. Selbst die dramatischsten Hinweise aus der Engelwelt verhallen ungehört, wenn es dem Menschen an Vertrauen zum Leben fehlt. Am Vertrauen, als göttliches Geschöpf ein erfülltes Leben führen zu können und eine sinnvolle Lebensaufgabe zu finden.
Engel können zwar ein Wegweiser für den Menschen sein – den Weg beschreiten muss dann jedoch jeder selbst!

KAPITEL 5

Schutzengel

In der Bibel

Drei Männer im Feuerofen

Eine der bekanntesten biblischen Erzählungen handelt von den drei frommen jüdischen Männern, die sich weigerten, das Götzenbild des Königs Nebukadnezar anzubeten. (Daniel 3,1-30)
Nebukadnezar erzürnte darüber so sehr, dass er befahl, Schadrach, Meschach und Abed-Nego, so hießen die drei, in einen glühenden Feuerofen zu stecken, wenn sie ihm nicht gehorchen und seinen Gott anbeten wollten.
Die drei frommen Juden jedoch erwiderten, wenn es ihrem Gott gefallen wolle, so würde er sie erretten.
Doch selbst wenn dies nicht der Fall sein würde, so weigerten sie sich dennoch, den Götzen Nebukadnezars anzubeten. Dann fährt die Überlieferung im Buch Daniel fort:
„Da wurde Nebukadnezar voll Grimm, und der Ausdruck seines Angesichts veränderte sich gegenüber Schadrach, Meschach und Abed-Nego, und er befahl, man sollte den Ofen siebenmal heißer machen, als man es sonst zu tun pflegte.
Und er befahl den besten Kriegsleuten, die in seinem Heer waren, Schadrach, Meschach und Abed-Nego zu binden und in den glühenden Ofen zu werfen.
Da wurden diese Männer in ihren Mänteln, Hosen, Hüten, in ihrer ganzen Kleidung gebunden und in den glühenden Ofen geworfen.
Weil das Gebot des Königs so streng war, schürte man das Feuer im Ofen so sehr, dass die Männer, die Schadrach, Meschach und Abed-Nego hinaufbrachten, von den Feuerflammen getötet wurden.
Und die drei Männer, Schadrach, Meschach und Abed-Nego, fielen hinab in den glühenden Ofen, gebunden wie sie waren.
Aber der Engel des Herrn war zugleich mit Asarja und denen, die bei ihm waren, in den Ofen gestiegen, hatte die Feuer-

flamme aus dem Ofen hinausgestoßen und ließ es mitten im Ofen so sein, als ob ein Wind wehte, der kühlen Tau bringt. So rührte das Feuer sie überhaupt nicht an und fügte ihnen weder Schmerz noch Schaden zu.
Da fingen die drei mit einem Munde an zu singen, priesen und lobten Gott in dem Ofen.
Da entsetzte sich der König Nebukadnezar, fuhr auf und sprach zu seinen Räten: ‚Haben wir nicht drei Männer gebunden in das Feuer werfen lassen?' Sie antworteten und sprachen zum König: ‚Ja, König.'
Er antwortete und sprach: ‚Ich sehe aber vier Männer frei im Feuer umhergehen, und sie sind unversehrt; und der vierte sieht aus, als wäre er ein Sohn der Götter.'
Und Nebukadnezar trat vor die Tür des glühenden Ofens und sprach: ‚Schadrach, Meschach und Abed-Nego, ihr Knechte Gottes des Höchsten, tretet heraus und kommt her!' Da traten Schadrach, Meschach und Abed-Nego heraus aus dem Feuer.
Und die Fürsten, Würdenträger, Statthalter und Räte des Königs kamen zusammen und sahen, dass das Feuer den Leibern dieser Männer nichts hatte anhaben können und ihr Haupthaar nicht versengt hatte; ja, man konnte keinen Brand an ihnen riechen.
Da fing Nebukadnezar zu sprechen an: ‚Gelobt sei der Gott Schadrachs, Meschachs und Abed-Negos, der seinen Engel gesandt und seine Knechte errettet hat, die ihm vertraut und des Königs Gebot nicht gehalten haben, sondern ihren Leib preisgaben; denn sie wollten keinen anderen Gott verehren und anbeten als allein ihren Gott!'"
Diese beeindruckende Geschichte aus dem Alten Testament stellt eine Herausforderung für jeden dar, der bisher vielleicht den Schutzengel-Glauben ein wenig belächelt hat.
Entweder haben die alten Patriarchen und Schreiber maßlos übertrieben und fromme Legenden auch in das Buch Daniel eingefügt oder das Wirken der Schutzengel ist eine unbestreitbare Tatsache.

Die Schutzengel der Kinder

Auch das Neue Testament spricht an vielen Stellen über Schutzengel. Die bekannteste und mahnendste Stelle findet sich bei Matthäus und betrifft das Wohlergehen der Kinder. Jesus erklärt, dass der Mensch werden müsse wie die Kinder, wenn er das Himmelreich sehen wolle, und fährt dann fort: „Wer einen von diesen Kleinen, die an mich glauben, zum Bösen verführt, für den wäre es besser, wenn er mit einem Mühlstein um den Hals im tiefen Meer versenkt würde. Wehe der Welt mit ihrer Verführung! Es muss zwar Verführung geben; doch wehe dem Menschen, der sie verschuldet.
Wenn dich deine Hand oder dein Fuß zum Bösen verführt, dann hau sie ab und wirf sie weg! Es ist besser für dich, verstümmelt oder lahm in das Leben zu gelangen, als mit zwei Händen und zwei Füßen in das ewige Feuer geworfen zu werden.
Und wenn dich dein Auge zum Bösen verführt, dann reiß es aus und wirf es weg! Es ist besser für dich, einäugig in das Leben zu gelangen, als mit zwei Augen in das Feuer der Hölle geworfen zu werden.
Hütet euch davor, einen von diesen Kleinen zu verachten! Denn ich sage euch: Ihre Engel im Himmel sehen stets das Angesicht meines himmlischen Vaters."

Schutz vor physischer Gefahr

Bei Umfragen, ob sie an Engel glauben würden, reagieren viele Menschen anfänglich etwas verwirrt, manchmal ein wenig belustigt, häufig ernst und manchmal mit großen emotionalen Regungen, die bis hin zu spontanen Tränenausbrüchen gehen können. Auch wenn in der Regel die Antwort lautet, man habe zwar noch keinen Engel „gesehen", aber ... Und dann folgt in vielen Fällen die Schilderung eines besonders bewegenden Erlebnisses, das teilweise schon viele Jahre oder Jahrzehnte zurückliegen kann.

Brenda Jennings aus Pennsylvania war eines Tages mit ihrem Wagen auf einer Schnellstraße unterwegs. Es war eine lange, geradeaus führende Zubringerstrecke zur Autobahn. Niemand war mit ihr auf dem überschaubaren Fahrbahnabschnitt, als sie plötzlich unmissverständlich eine Stimme in ihrem Kopf sagen hörte: „Sei auf der Hut!“ Brenda reagierte äußerst verblüfft, weil dies eine Formulierung war, die sie selbst niemals gebraucht hätte. Der Schweiß brach ihr aus. Sie setzte sich kerzengerade hinter das Lenkrad und starrte mit äußerster Anspannung auf die Straße. Noch immer war kein anderes Fahrzeug oder irgendein Hindernis zu erkennen.

Sie näherte sich der Autobahn und reihte sich nach der Auffahrt hinter zwei vor ihr fahrende Fahrzeuge ein.

Während sie schon zu zweifeln begann, ob sie sich nicht alles einbilden würde, scherte plötzlich der erste Wagen scharf nach links aus, und der zweite folgte ihm unmittelbar danach. Ohne etwas zu erkennen, folgte Brenda ihrem Beispiel und riss den Wagen nach links. Sekunden später erkannte sie, worum es ging. Auf der Straße lag ein riesiger eiserner Dreifuß, mit dem man Wohnwagen aufbocken konnte. Es gelang ihr, um Haaresbreite dem metallenen Ungetüm auszuweichen.

Im Rückspiegel sah sie, dass der Fahrer eines kleinen Sportwagens Pech hatte. Ihm gelang es nicht mehr, dem Hindernis auszuweichen. Er streifte den Dreifuß, konnte zum Glück ein Überschlagen vermeiden und rutschte die Böschung hinunter. Brenda war zutiefst überzeugt, dass an diesem Tag ihr Schutzengel ihr Leben gerettet hatte.

Die Klapperschlange

Terry Lynn Taylor zählt mittlerweile zu den bekanntesten Autorinnen, die zu dem Thema Engel Bücher veröffentlicht

haben. Anlass dazu waren nicht nur die bewegenden Berichte, die sie von anderen Menschen gesammelt hatte, sondern auch ein dramatisches eigenes Erlebnis.
Sie machte mit Freunden auf einer einsamen kleinen Insel Urlaub. An einem wunderschönen Nachmittag beschloss sie, das herrliche Wetter zu einem kleinen Ausflug durch die dichten Wälder zu nutzen. Sie suchte ein wenig Stille und Einsamkeit und beschloss daher, ohne ihre Freunde einen Waldspaziergang zu unternehmen.
Sie streifte völlig sorglos und entspannt durch die Wälder, als plötzlich, mitten in der Vorwärtsbewegung, den rechten Fuß noch in der Luft, ihr ganzer Körper vollständig erstarrte. Selbst ihr Atem setzte aus. Im Gefühl völliger Verblüffung richtete sie ihre Augen auf den Boden und erblickte eine riesige Klapperschlange, die sich anmutig durch das Gras schlängelte und den Eindringling in ihre Welt gar nicht bemerkt hatte.
Den Bruchteil einer Sekunde später, und Terry hätte ihren Fuß direkt auf die Schlange gesetzt. Selbst wenn sie es nach einem Biss noch zurück zum Campingplatz und zu ihren Freunden geschafft hätte, wäre die Chance, rechtzeitig von der Insel weg und zu einer Klinik zu kommen, die dann auch noch das entsprechende Antiserum zur Verfügung gehabt hätte, gleich Null gewesen. Ihr Engel musste die Fähigkeit besessen haben, ihren Körper für Augenblicke völlig in seiner Bewegung anzuhalten, bis die Gefahr vorüber war. Nur so konnte er ihr Leben retten.

Der Unfall mit dem Reh

Auch Patricia Frank widerfuhr in einer dramatischen Unfallsituation Hilfe durch ihren Schutzengel, der ihr im Augenblick völliger Lähmung durch den Schock des Zusammenpralls die richtige Anweisung gab. Sie berichtet:
„An einem Januarabend um halb sieben, zwei Tage vor dem

Einzug in unser neues Haus, stieß ein Reh gegen meine linke Autoseite, als ich auf einer Schnellstraße fuhr. Der Aufprall schleuderte meinen Wagen herum und auf eine Leitplanke zu. Die Zeit schien sich im Zeitlupentempo zu bewegen. Innerlich sah ich einen gähnenden Abgrund vor mir und ich dachte bei mir: ‚Oh, lieber Gott! Nein! Ich möchte leben; da ist unser neues Haus und die Hochzeit in drei Monaten. Nein, ich will nicht sterben! David braucht mich!' In diesem Augenblick hörte ich über und rechts neben mir eine Stimme sagen: ‚DREHE DAS LENKRAD NACH RECHTS!' Ich tat es sofort und der Wagen rollte von der Straße und einen Hügel hinauf."

Patricia verlor das Bewusstsein und erwachte erst eine ganze Weile später, halb über dem Steuer hängend. Es war niemand in der Nähe und anscheinend hatte kein anderer Fahrer den Unfall bemerkt. Es gelang ihr, den Wagen vorsichtig den Abhang hinunterzusteuern und langsam nach Hause zu fahren. Am nächsten Tag fuhr sie noch einmal zu der Unfallstelle und erkannte bei Tageslicht, dass sie nur wenige Meter vor einer tiefen Schlucht zum Stehen gekommen war. Noch einmal dankte sie bewegt ihrem Schutzengel für die Rettung aus höchster Gefahr.

Kurz vor dem Abhang

Dorothy Fischer aus Washington war mit ihrer zehnjährigen Tochter auf einer Urlaubsfahrt. Von Vancouver aus fuhren sie mit dem Wagen in Richtung Grand Canyon. Die Reise verlief ohne Probleme, bis sie gegen Abend den Marys-Hill-Pass erreichten. Von einem Augenblick auf den anderen war die bisher völlig trockene Straße schnee- und eisbedeckt. Ihre Geschwindigkeit war offensichtlich dafür bei weitem zu hoch gewesen, denn plötzlich drehte sich der Wagen und fuhr auf einen Felsrand zu. Es gab nichts mehr, was den Wagen hätte aufhalten können. Der Sturz in die Tiefe schien unvermeid-

lich. Der Abhang raste auf Dorothy und ihre Tochter zu, als diese in höchster Verzweiflung „Halt!“ schrie.
In diesem Moment blieb der Wagen wie angewurzelt stehen, unmittelbar vor dem gähnenden Abgrund! Als Dorothy, wie sie es ausdrückte, wieder ihre fünf Sinne beieinander hatte, gelang es ihr, behutsam den Wagen zu wenden und wieder auf die Fahrbahn zurückzusteuern. Am Ende des Passes angekommen, hielt sie beim ersten Motel an, um ihre Rettung zu feiern und sich bei ihren Schutzengeln zu bedanken.

Die Hand im Wasserfall

Manche Unfallsituationen sind so dramatisch, dass den Engeln offensichtlich nichts anderes übrig bleibt, als selbst *physisch* einzugreifen!
Susan Hill war mit ihrem Mann zu einem Wander- und Kletterausflug in den Bergen unterwegs, als dieser durch eine Unachtsamkeit in einen riesigen, äußerst steilen Wasserfall stürzte. Im ersten Augenblick glaubte er, seine letzte Stunde sei gekommen. Es bestand kaum eine Chance, sich aus eigener Kraft aus diesen gewaltigen Wassermassen zu befreien. Doch in diesem Moment höchster Lebensgefahr spürte er plötzlich, wie eine starke Hand ihn nach oben schob, sodass er auf einem kleinen Felsvorsprung in der Mitte des Wasserfalls Fuß fassen konnte. Von dort aus gelang es ihm, sich unter den herabstürzenden Fluten wieder in Sicherheit zu bringen.
Es war ein bewegendes Erlebnis und erfüllte ihn mit großem Dank für seinen unsichtbaren Retter!

Immer zur Stelle

Die geschilderten Erlebnisberichte, die naturgemäß nur unvollkommen wiedergeben können, wie bewegt die betroffenen Personen nach ihren Rettungen waren, zeigen ganz ein-

deutig, dass Engel offensichtlich in Sekundenschnelle einzugreifen vermögen. Denkbar ist es auch, dass in ihren Sphären, die ja nicht den Gesetzen der dreidimensionalen Wirklichkeit unterliegen dürften, die Zeit zum Raum wird. Engel vermögen so möglicherweise Entwicklungen im „Raum" vorherzusehen, die sich für den Menschen in der Zeit natürlich erst nacheinander abspielen.
Vielleicht sollte der Mensch sich auch nicht zu viele Gedanken machen, auf welche Weise die Engel ihren „Job" bewältigen. Entscheidend ist, wie vollkommen sie ihn bewältigen. Dafür kann man nur dankbar sein!

Schutzengel im Alltag

Die Wasserschüssel

Nicht immer müssen die Ratschläge der Engel oder ihr Eingreifen in dramatischen Situationen erfolgen. In vielen Fällen scheinen sie der Gefahr vorausschauend Einhalt zu gebieten. Ein solcher Fall widerfuhr Margaret Harmon aus Texas.
Sie wollte mit dem Auto in die Stadt fahren und befand sich in Eile, als eine entschiedene innere Stimme sie aufforderte, ihrem Hund vor der Abfahrt noch Wasser zu geben. Die Wasserschüssel für ihren Vierbeiner befand sich jedoch im Hof, was eine zusätzliche Verspätung bedeutet hätte, wenn sie der Aufforderung nachgekommen wäre.
Also sagte sich Margaret, ihr Hund werde in der kurzen Zeit schon nicht verdursten, und sie könne ihm ja Wasser nach der Rückkehr von ihrer Verabredung geben. Sprach's, zog die Haustür ins Schloss und ging zum Wagen.
Noch während sie die Haustür schloss, meldete sich die Stimme wieder, die sie diesmal geradezu anschrie, endlich dem Hund Wasser in seinen Trinknapf zu füllen.

Margaret gab sich geschlagen. Die Aufforderung war einfach zu massiv, um ihr noch einmal zu widerstehen. Sie legte die Autoschlüssel auf die Kühlerhaube und ging in den Hof. Sie nahm den Gartenschlauch und wollte die Wasserschüssel füllen. Zu ihrem Erstaunen befand diese sich jedoch nicht an dem Platz, an dem sie sich immer befand. Erstaunt blickte sie sich im Hof um und fand nach kurzem Suchen heraus, dass die Wasserschüssel sich unter dem Küchenfenster befand. Sie bückte sich, um sie aufzuheben, als ein scharfer Gasgeruch in ihre Nase stach. Sie füllte die Schüssel, ging wieder ins Haus und rief das Gaswerk an.

Innerhalb weniger Minuten traf der Notdienst ein, um festzustellen, dass ihr Haus durch einen kleinen Funken jederzeit hätte in die Luft fliegen können. Sie bekam die Anweisung, auf keinen Fall mehr das Haus zu betreten, bis das Leck gefunden und der Schaden behoben war.

Jetzt wusste Margaret, warum sie dem Hund unbedingt Wasser in seinen Trinknapf füllen sollte!

Die Kontaktlinse

Eine amüsante Engelsgeschichte erlebte eine Kontaktlinsenträgerin, die eines Morgens erschrocken feststellen musste, dass ihre Kontaktlinsen beim nächtlichen Ablegen am Finger kleben geblieben und zu Boden gefallen sein mussten. Verzweifelt machte sie sich auf die Suche, da sie mit ihrem zweiten Auge fast gar nichts sah und so völlig hilflos war. Sie setzte ihre Brille auf, aber wie viele Träger von Kontaktlinsen konnte sie sich kaum an die ungewohnte Sehhilfe gewöhnen, die sie ansonsten nie benutzte. Sie kroch also, halb blind, auf dem Fußboden hin und her, um ihre Kontaktlinse wiederzufinden.

Glücklicherweise glaubte sie an Engel, und so flehte sie ihren lichten Helfer inständig an, er möge ihr doch helfen, das kostbare Stück wiederzufinden. In diesem Augenblick vernahm sie einen sanften Pfeifton aus dem Badezimmer. Sie konnte sich nicht vorstellen, dass die Kontaktlinse so weit gerollt war – aber wenn die Engel meinten! Sie krabbelte also auf allen vieren zum Badezimmer – aber keine Kontaktlinse! Schon ziemlich frustriert wandte sie sich um und kroch zurück, als sie nach wenigen Schritten einen schimmernden Fleck auf dem Teppich sah. Überglücklich setzte sie ihre Kontaktlinse wieder ein und verstand nun auch, warum sie ihr Engel erst ins Badezimmer gerufen hatte. Von ihrem ursprünglichen Ausgangspunkt aus hätte sie die Kontaktlinse nicht sehen können und wäre so möglicherweise noch lange im Zimmer herumgeirrt.

Die Spuren im Sand

Über das Wirken der Engel im täglichen Leben der Menschen gibt es eine zauberhafte kleine Legende, die auch in verschiedenen Abwandlungen überliefert ist. Hier soll sie in der „Engel-Form" überliefert werden.
Ein Mann träumte einmal, er wandere mit seinem Schutzengel am Strand entlang. Viele Szenen aus seinem Leben zogen vor seinem inneren Auge vorüber und meistens erkannte er darin zwei Fußspuren im Sand. Die eine gehörte ihm, die andere seinem Schutzengel.
Dann jedoch erschaute er die besonders schwierigen Stunden und Augenblicke seines Lebens, in denen alles schwer, leidvoll und ohne Trost gewesen war. Gerade in diesen Phasen jedoch zeigte sich nur eine Fußspur im Sand.
Enttäuscht wandte er sich seinem Schutzengel zu und beklagte sich: „Du hattest mir doch versprochen, immer an meiner Seite zu gehen und mich zu behüten. Gerade in den schweren Stunden wolltest du mir Kraft schenken und Ermutigung bringen. Nun sehe ich, dass ich gerade in den schwersten Augenblicken meines Lebens allein gehen musste."
Da ergriff der Schutzengel seine beiden Hände, sah ihm mit seiner unendlichen Liebe in die Augen und sprach: „Mein

Freund, du weißt, dass meine Liebe dich immer begleitet und mein Schutz niemals von dir gewichen ist. In jenen Stunden, wo du nur eine Spur gesehen hast, habe ich dich getragen!"

Hilfe in Notlagen

Das Spielcasino

Engel sind überaus praktisch denkende Wesen. Sie scheuen sich auch nicht davor zurück, ganz unorthodoxe und so gar nicht „heilige" Methoden zu wählen, um ihren Schützlingen zu helfen. Julie Davidson kann dazu eine nette kleine Geschichte beisteuern.

Sie musste durch eine restlos gescheiterte Ehe gehen, und nachdem sie die Trümmer ihres Lebens zusammengefegt hatte, wählte sie den Weg ins „Land der unbegrenzten Möglichkeiten". Dort musste sie allerdings feststellen, dass die Möglichkeiten zwar unbegrenzt, ihre finanziellen Mittel jedoch äußerst begrenzt waren. So kämpfte sie sich unter äußerst bescheidenen Bedingungen durch den Alltag.

Als sie eines Tages ihre kleine Wohnung putzte und darüber nachsann, wie sie wohl zu einem dringend nötigen kleinen Nebenverdienst kommen könnte, bemerkte sie, wie plötzlich ein wunderbarer Duft den Raum erfüllte, obwohl sich überhaupt keine Blumen darin befanden. Dann empfing sie den Ratschlag, in ein Casino zu gehen. Sie würde gewinnen.

Julie beschloss, dem Rat umgehend Folge zu leisten. Sie begab sich in ein Spielcasino, steuerte zielsicher einen bestimmten Spielautomaten an und begann zu spielen. Sie wusste nicht, warum es gerade dieser Apparat sein sollte, aber sie war felsenfest davon überzeugt, er müsste der richtige sein.

Nach fünf Minuten hatte sie zweitausend Dollar gewonnen – für sie ein Vermögen. Ihr Verstand sagte ihr, sie solle aufhören

und mit dem Gewinn nach Hause gehen. Ein „vernünftiger" Gedanke. Die Stimme in ihr forderte sie jedoch auf, noch etwas weiterzuspielen.
Das tat sie dann auch – und landete kurze Zeit später den Hauptgewinn! Mit fünfundzwanzigtausend Dollar in der Tasche taumelte sie überglücklich nach Hause, um Gott und ihrem Schutzengel zu danken. Es war die Wende in ihrem Leben zu einem Neuanfang!

Die Hilfe für andere

Engel kommen nicht nur unverhofft, man kann auch um ihr Eingreifen bitten. Dies vor allem dann, wenn es nicht um den eigenen Schutz oder das eigene Wohlergehen geht, sondern um das Wohl und die Sicherheit anderer. So gibt es immer wieder bewegende Beispiele von Menschen, die bei der Bitte um Hilfe plötzlich leuchtende Gestalten erblickten, von denen sie wahrnahmen, dass sie aus einer anderen Welt gekommen waren, um zu helfen. Die kurze Geschichte von Jodie Garner mag diesbezüglich als ein Beispiel für viele stehen.
„Ich bete nicht sehr häufig, doch an jenem Augustabend fühlte ich mich gedrängt, den Segen für jene, die ich liebe, zu erbitten. Jeden Einzelnen nannte ich innerlich mit Namen.
Ich hatte meine Augen geschlossen, nahm aber wunderschöne kleine und durchscheinende Gestalten wahr. Erschrocken öffnete ich die Augen, die Gestalten waren immer noch da. Ein schweigendes, sehr fühlbares ‚Band' schwang zwischen uns, ein Empfinden von Vertrautheit. Meine Gefühle lassen sich kaum in Worte fassen. Ich glaube, Fürsorge und Liebe ihrerseits und Erstaunen und ein wenig Spannung meinerseits drücken die Wahrnehmungen am ehesten aus. Außerdem ‚sah' ich oder wurde mir bewusst eine andere Gestalt, die Maria ähnelte. Ich bin weder katholisch noch gehöre ich irgendeiner sonstigen religiösen Vereinigung an. Das ganze Geschehen jedoch, das mir klar vor Augen steht, bedeutete mir sehr viel."

Diese Geschichte zeigt nicht nur, dass Gebete wirklich erhört werden, wenn sie aus einer lauteren, selbstlosen Gesinnung heraus gesprochen werden, sondern sie belegt auch, dass Engel offensichtlich nicht darauf achten, ob jemand den richtigen „Passierschein für das Himmelstor" vorweisen kann.
Engel sehen in die Herzen der Menschen, nicht in den Eintrag „Konfession" auf dem örtlichen Personenmeldebogen beim Einwohnermeldeamt. Engel sind einfach herrlich unkonventionell!

Die Engel und die Liebe

Der Teenager

Wer glaubt, die Engel seien „zu heilig", um sich in das menschliche Beziehungschaos einzumischen, der irrt sich gewaltig. Der zwischenmenschliche Bereich bestimmt wie kaum ein anderer das tägliche Leben der Menschen, wie könnten die Engel sich daraus heraushalten. Ganz im Gegenteil, sie mischen kräftig mit!
Eine süße kleine Geschichte erzählt Rebecca, die als fünfzehnjähriger Teenager zum ersten Mal zu einem großen Ball eingeladen worden war. Vor Aufregung konnte sie schon Tage vorher kaum noch schlafen oder essen. Wie musste sie sich verhalten? Was sollte sie anziehen? Durfte sie in der Öffentlichkeit küssen? Welche Tänze würden getanzt? Fragen über Fragen und eine schreckliche Aufregung.
Endlich war der große Tag gekommen. Mit zitternden Händen stand Rebecca vor dem Spiegel, um sich als „Ballkönigin" zu schminken; denn welches junge Mädchen möchte schon als „hässliches Entlein" zu seinem ersten Ball gehen. Während sie so in Panik vor dem Spiegel stand, tauchte urplötzlich eine verschwommene Gestalt über ihrer linken Schulter auf, und irgendwo in ihrem Kopf hörte sie eine sanfte, aufmun-

ternde Stimme die Worte zu ihr sprechen: „Habe keine Angst; es wird dir nichts Schlimmes zustoßen. Ich werde bei dir sein und auf dich aufpassen."
In diesem Augenblick fielen alle Ängste und Befürchtungen von ihr und sie konnte einen tollen Ball erleben. Von nun an wusste sie, dass es „jemanden" gab, der an ihrer Seite stand und über ihrem Leben wachte. Es war eine ganz wichtige Lebenserfahrung für sie.

Das Telefon

Engel können durchaus auch indiskret sein und sich nicht an die Gepflogenheit der sogenannten „guten Sitten" der menschlichen Gesellschaft halten, wie die Amerikanerin Joan Lake erfuhr. Sie war über viele Jahre in einer äußerst problematischen Beziehung verheiratet, fand aber nicht die Kraft, sich aus der Ehe zu lösen und einen Neuanfang zu wagen.
Eines Tages teilte ihr Mann ihr mit, er wolle den Tag allein am Meer verbringen. Das war nichts Ungewöhnliches, sondern kam öfter vor. Joan dachte sich also nichts dabei und ging im ersten Stock ihres gemeinsamen Hauses einer Tätigkeit nach, als eine laute Stimme sie plötzlich aufforderte: „Nimm den Hörer ab." Sie folgte der Aufforderung, ohne unmittelbar über die Konsequenzen nachzudenken, und musste mit anhören, wie ihr Mann mit seiner Geliebten am Telefon die Pläne für den Tag besprach. Engel haben vielleicht nicht notwendigerweise etwas gegen eine Geliebte oder einen Geliebten; aber in diesem Fall standen sie eindeutig auf der Seite der Ehefrau.
Dieses Erlebnis gab Joan die Kraft, die Beziehung zu beenden, sich scheiden zu lassen und ein neues Leben zu beginnen. So entstand aus einer kleinen „Engel-Indiskretion" ein positiver Neuanfang im Leben eines Menschen. Allerdings möchten die Engel diese Geschichte wahrscheinlich nicht als Aufforderung zum ständigen Abhören privater Telefongespräche verstanden wissen!

Es gibt nichts, was es nicht gibt!

Gerade im Bereich der zwischenmenschlichen Beziehungen, die, wenn man sie als Außenstehender betrachtet, ja nicht selten einer gewissen Komik entbehren, scheinen sich auch die Engel höchst ungewöhnlicher Methoden zu bedienen.
So erschien ein Engel, um einer der Trunksucht verfallenen Ehefrau durch sein dramatisches Auftauchen einen solchen Schock zu versetzen, dass sie von diesem Augenblick an keinen Tropfen mehr anrührte und dadurch ihre im Scheitern begriffene Ehe zu retten vermochte.
Ein anderer Engel verwickelte zwei Menschen in solche irrwitzigen Begegnungen, bis sie endlich, am Ende einer Kette von Zusammentreffen an unmöglichsten Plätzen und unter den unglaublichsten Umständen, bemerkten, dass sie einander liebten. Es war zweifellos ein Engel mit Vorlieben für das Skurrile.
Den Vogel in der Verwendung ungewöhnlicher Methoden schoss jedoch der Schutzengel von Sandy ab. Sandy besaß die leider doch nicht so seltene „Fähigkeit", über keinerlei Menschenkenntnis zu verfügen. So geriet sie von einer katastrophalen Beziehung in die nächste, wurde ununterbrochen in ihrer Gutmütigkeit und Gutgläubigkeit missbraucht und stand am Ende immer mit leeren Händen dar. Um diesem untragbaren Zustand ein Ende zu bereiten, wählte ihr Schutzengel eine drastische Methode. Immer wenn sein Schützling wieder einmal in Gefahr stand, sich in eine völlig ungeeignete Beziehung mit einem völlig ungeeigneten Partner zu stürzen, warnte er sie mittels eindeutiger Rülpser, die zudem stark nach Schwefel rochen. Man möchte einem Engel ein derartiges Verhalten gar nicht zubilligen – doch es wirkte. Auf diese Weise gelang es ihm endlich, die gute Sandy vor weiterem Unheil zu bewahren.
Engel sind einfach unglaublich kreative Geschöpfe!

KAPITEL 6

Heilengel

Gibt es Engel der Heilung?

Das Licht der Reinheit

In den Kirchen wie auch in verschiedenen spirituellen Gruppierungen wächst allmählich wieder ein Bewusstsein für die Fähigkeit des Menschen, als Heiler tätig zu sein. Was in den biblischen Zeiten möglich war, sollte doch auch in unseren Tagen geschehen können. Es stellt sich die Frage, ob es für diese segensreiche Tätigkeit auch den Schutz der Engel gibt.
In dem Buch „Der geistige Pfad“ spricht ein weiser Indianer namens „White Eagle“ über diese besonderen Wesenheiten.
„Der Erdenmensch von heute hat sehr wenig Kenntnisse von der Existenz der Heilengel. Doch mit dem fortschreitenden Einfluss eines neuen Bewusstseins werden viele Menschen nicht nur ihre Gegenwart spüren, sondern sie sogar sehen. Je nach Bedarf und je nach der erzeugten Schwingung kommen zu einer Heilbehandlung die in Sonnenlicht gekleideten Engel in den verschiedensten Farben. Ihr wisst, dass das Sonnenlicht alle Farben des Spektrums enthält. Nun stellt euch die Heilengel in diesen wunderbaren Farben vor. Nichts ist dunkel oder hässlich. Sie erstrahlen im Licht der Reinheit.
Diese Engelwesen kommen sehr nahe an den Heiler heran, der seinen Teil dazu beitragen muss, um den Kontakt mit dem Heilungssuchenden herzustellen. Göttliche Heilstrahlen können sowohl zur Heilung des physischen Leibes als auch zur Heilung seelischer Schwierigkeiten angewendet werden, ja sogar um die dunklen, materiellen Umweltbedingungen, welche die Menschheit bedrücken, zu verändern.
Das reine weiße Licht strahlte unaufhörlich aus dem Herzen Jesu. Jeder Mensch kann auch heute noch diese Strahlung aus dem Herzen Christi in sein eigenes Herz fließen lassen, und wenn sein Herz freudig und rein bleibt, kann es seinerseits Licht und Heilkraft in alle Welt ausstrahlen.
Die spontane Selbstlosigkeit macht geistiges Heilen zu etwas

Wunderbarem. Der Heiler strebt nicht nach Ruhm und Ehre. Täte er dies – er könnte nicht heilen. Er denkt lediglich an den Mitmenschen, an die Linderung von Schmerz und Leid. Die Umwandlung der dichteren, düsteren, drückenderen Lebensumstände in bessere, harmonischere, ist sein ganz großes Anliegen.
So wollen wir abschließend Folgendes sagen: Wer sich nach geistiger Höherentwicklung und Entfaltung inneren Wachstums sehnt, der stelle sich in den Dienst des Heilens."

Heilengel sind wählerisch

Heilengel scheinen sich ihre irdischen Partner sehr genau auszusuchen. Sie benötigen für eine wirksame Zusammenarbeit menschliche Werkzeuge, die mit einem lauteren Herzen und großer, uneigennütziger Menschenliebe ausgestattet sind. Nur wenn dies der Fall ist, findet der Heilengel ein „Umfeld" vor, das es ihm erlaubt, mittels des menschlichen Heilers seine wundervoll heilsamen Kräfte auf die Erde zu senden.
Menschen, die noch voller Stolz und Egoismus sind und möglicherweise sogar damit prahlen, was für großartige Heiler sie seien, werden niemals einen Heilengel an ihrer Seite stehen haben. Die egoistische Ausstrahlung würde einen Engel sofort vertreiben – und einen Heilengel gleich zweimal. Heilengel sind nämlich wählerisch!

Die Heilengel im Gesundheitswesen

Wenn die Menschen wieder begreifen würden, dass ihnen „Engel der Heilung" zur Seite stehen, könnte der Gesundheitsminister ganz neue Möglichkeiten zur Senkung der Kosten im Gesundheitswesen ins Auge fassen. Wahrscheinlich tragen die Heilengel ohnehin schon einen erheblichen Teil der Last, ohne dass ihnen dafür ein großer Dank gezollt wird.

In einem ihrer wegweisenden Bücher über Engel schreibt die Mystikerin Flower A. Newhouse zu den Heilengeln: „Die ‚Engel der Heilung' befinden sich auf jeden Fall in der Umgebung eines Krankenhauses. Zusätzlich können die Gebete der Patienten oder die Bitten besorgter Verwandter oft Wesen anziehen, die einzelne Fälle übernehmen. Zuerst stellen diese Engel fest, ob ein Patient von seinem Körper befreit oder geheilt werden soll. Wenn ihre Prüfungen ergeben, dass die Lebensuhr des Menschen noch nicht abgelaufen ist, bringen sie zuerst seine Krankheit zum Stillstand und bemühen sich dann, das Bewusstsein des Kranken zu erlichten. Sie geben den Ärzten die zutreffenden Diagnosen und richtigen Behandlungsmethoden ein. Ob ein Arzt etwas verschreibt oder ein Heiler betet, die Hilfe aus den höheren Ebenen steht den Leidenden bei."

Es wäre also verkehrt anzunehmen, Heilengel würden etwa nur durch sogenannte „Wunderheiler" wirken. Ganz im Gegenteil. Die Hauptaufgabe der Heilengel scheint darin zu liegen, mit den Menschen in den Heil- und Pflegeberufen zusammenzuarbeiten, die ihr ganzes Leben dem Dienst am Kranken gewidmet haben. Nur in den Ausnahmefällen mag es begnadete Menschen geben, die in besonderem Maße die Fähigkeit besitzen, sich auf die Engel der Heilung einzustellen. Diese werden jedoch eher in der Stille wirken und den Rummel, der sich um den „Wunderheiler" meistens einstellt, zu vermeiden trachten.

Vom wunderbaren Wirken der Heilengel

Der Düsenengel

Es war Erntedankfest und Christopher Hammond lag mit großen Schmerzen im Bett. Er blickte aus dem Fenster, als plötzlich ein gewaltiger Lärm das Zimmer erfüllte, den er allen Ernstes mit dem Dröhnen einer Boeing 747 verglich. Eine große Kraft erfüllte das Zimmer und ein Rauschen wie von Flügelschlägen. Er erinnert sich weiter: „Ich war wie versteinert. Etwas Seiden- und Fischschuppenartiges strich über meinen linken Arm und die linke Schulter. Soweit ich mich erinnern kann, spürte ich diese Berührung einige Sekunden lang. Ich schauderte. Ich wagte mich nicht auf die andere Seite zu drehen, um zu schauen, woher es kam."
Die Verhaltensweise von Christopher ist nicht ungewöhnlich. In vielen Fällen ähnlichen Erlebens sind die Menschen so erschüttert von dem Einbruch einer anderen Wirklichkeit, dass sie es nicht wagen, sich ihr ganz zuzuwenden. Es ist so, als sollte das Geheimnisvolle in seiner besonderen Sphäre belassen bleiben.
Trotzdem bedauerte Christopher später, sich nicht doch umgedreht zu haben, denn er war sicher, er hätte „etwas Wunderbares gesehen".

Sichtbare und unsichtbare Engel

Die Heilengel gehören offensichtlich zu jenen Engeln, die sich gerne ein wenig im Unsichtbaren aufhalten. Viele Menschen gaben an, einen besonderen Duft, ein Streicheln, eine sanfte Berührung oder einen Klang vernommen zu haben, dem in fast allen Fällen eine völlige Gesundung von einer schweren

Krankheit oder zumindest eine erhebliche Besserung gefolgt war.
Anscheinend besitzen die Heilengel die Fähigkeit, den erkrankten Körper eines Menschen aus ihrer Welt heraus mit neuer Lebenskraft und vitalisierenden Energien zu versorgen. Wie sie dies im Einzelnen tun, betrachten sie wohl als ihr persönliches Geheimnis. Warum sollte der neugierige Mensch auch alles wissen? Es mag ihm genügen, von diesen leuchtenden Boten einer höheren Wirklichkeit geheilt worden zu sein.

Die drei Besucher

Trotz der dezent-zurückgezogenen Art der Engel der Heilung gibt es immer wieder auch Fälle, in denen die betroffenen Personen glaubwürdig versichern, die Engel ganz zweifelsfrei mit ihren physischen Augen gesehen zu heben. Die Geschichte von June ist einer dieser besonderen Fälle.
Ihr Mann war schwer erkrankt und krümmte sich mit furchtbaren Schmerzen im gemeinsamen Bett, ohne dass sie irgendetwas für ihn tun oder gar seine Schmerzen erleichtern konnte. Nach langer Qual fiel Junes Mann letztlich doch in einen Erschöpfungsschlaf, während sie neben ihm im Gebet versunken wach blieb. Plötzlich kam eine tiefe Ruhe über sie, und während dieses angenehme Gefühl ganz allmählich Besitz von ihrem besorgten Geist ergriff, erblickte sie am Fußende des Bettes ihren vor zwei Jahren verstorbenen ältesten Sohn. Sein voller Liebe leuchtendes Gesicht schaute sie an, während er einen Finger an die Lippen hielt, um ihr zu zeigen, nicht zu erschrecken und ruhig zu bleiben. Dann fährt June fort:
„Ich blickte zu meinem Mann hinüber und sah, wie zwei Engelwesen an ihm arbeiteten. Frieden durchströmte mich, denn ich wusste, sie würden eine wundervolle Arbeit an ihm vollbringen. Ungefähr eine halbe Stunde lang lag das Zimmer in wundersamem Licht. Und dann war niemand mehr da. Ein

nie zuvor gekanntes Gefühl von Frieden und Freude erfüllte mich."

Dieses und ähnliche Erlebnisse prägten entscheidend das Leben aller Menschen, denen sie widerfuhren. Es darf auch als Indiz dafür herangezogen werden, dass es sich um eine zutiefst wahrhaftige Erfahrung gehandelt haben muss. Traumerlebnisse oder vage Erinnerungen im Halbschlaf besitzen nicht die Kraft, das ganze Leben eines Menschen zu verändern. Häufig können sich sechzig oder siebzig Jahre alte Menschen an Begegnungen mit ihrem Schutzengel oder einem Heilengel erinnern, die sie in der Schulzeit gehabt haben!

Geist und Körper

Der Einfluss der Engel beginnt oft in der Ebene der Gedanken, um von daher eine Verhaltensänderung bei ihren Schützlingen herbeizuführen, die dann letztlich auch segensreiche körperliche Auswirkung zeitigen wird.

In vielen Fällen berichteten Menschen, dass die Engel ihnen Mut oder Stärke vermittelt hatten, um aus eigener Kraft ihr Leben oder eine schädliche Verhaltensweise zu verändern. Eine Änderung, die sie, zumindest geben sie dies nahezu ohne Ausnahme an, aus eigener Kraft nicht geschafft hätten.

In vielen Fällen handelte es sich dabei vor allem um Abhängigkeiten und Suchtverhalten, die von Alkohol oder Drogen bis hin zur Spiel-, Computer- oder Nikotinsucht reichen. Dabei scheinen sich Engel auch auf diesem Feld ausgesprochen ungewöhnlicher Methoden zu bedienen. Eine starke Raucherin, die aufgrund ihrer religiösen Grundeinstellung sogar ihren Engel um Hilfe gebeten hatte, schaffte es anscheinend noch immer nicht, von der Zigarette loszukommen. Nach einem Kirchenbesuch, in dem sie wieder einmal um Beistand zur Befreiung von ihrer Sucht gebeten hatte, konnte sie auf der Rückfahrt doch nicht widerstehen, eine Zigarette anzuzünden. Sie griff nach der Zigarette, doch diese „schien plötzlich lebendig zu sein". Sie entfiel ihrer Hand, und auch alle weiteren Versuche, die Zigarette aufzuheben und anzuzünden, scheiterten auf äußerst seltsame Art und Weise. Dieses „Zeichen" war letztlich der letzte Impuls, dessen die junge Frau bedurft hatte, um vom Rauchen loszukommen. Von diesem Tag an zündete sie sich keine Zigarette mehr an. Ihr Engel hatte sie durch die „tanzende Zigarette", wie sie es nannte, vom Rauchen geheilt.

Das innere Licht

In sehr vielen Fällen gehen die Erfahrungen, Begegnungen oder Berührungen mit der Engelwelt einher mit sehr intensiven Lichterfahrungen. Gleichgültig ob dabei die Engel als Wesen sichtbar werden oder nicht, ist ihr Erscheinen immer begleitet von strahlenden Lichtphänomenen. Schon die alten Weisen oder die mittelalterlichen Mystiker waren mit diesem geheimnisvollen Licht vertraut und sie nannten es das „übernatürliche Licht". So kann es nicht verwundern, wenn es auch im Atomzeitalter auftritt, wenn das Einwirken von Engeln eine Rolle zu spielen beginnt.
Eine junge Amerikanerin erlebte, wie durch den Einfluss ihres (eines) Engels eine dramatische Seelenkrise gelöst wurde, die sie in völlige Ausweglosigkeit gestürzt hatte und aus der es kein Entkommen zu geben schien. Sie lag verzweifelt auf ihrem Bett, als sie plötzlich ein Licht in ihrem Kopf empfand und ihr Körper sich entspannte und ganz ruhig wurde. Dann erhielt sie Anleitungen und Anweisungen, die sie völlig verblüfften. Durch dieses Eingreifen eines Engelwesens wurden alle ihre Probleme gelöst, und sie fand Auswege, die sie überhaupt nicht für vorstellbar gehalten hatte. Glücklicherweise stellen sich viele Dinge aus der Sicht der Engel ganz offensichtlich weitaus weniger „unlösbar" dar, als es für die Menschen den Anschein hat.

Warum heilen die Engel nicht alle Krankheiten?

Immer wieder wird, aus verständlichen Gründen, die Frage gestellt, warum denn die Engel, zumal sie offensichtlich unendlich liebevolle Wesen sind, nicht alle Krankheiten heilen. Diese Frage lässt sich nicht leicht beantworten. Der Schlüssel dazu dürfte in der Seele jedes einzelnen Menschen liegen. Mancher Mensch wird durch die Begegnung mit einem Engel geheilt und erlebt so geradezu eine Wiedergeburt. Manch anderer Mensch erlebt seine Verwandlung vielleicht gerade durch die Schwere eines Schicksals, das ihn in einzigartiger Weise reifen lässt.

Dem Menschen bleibt in diesem Fall nur das wissende Vertrauen um die unendliche Weisheit einer höheren Welt und der Engel der Heilung. Ganz sicher geht Heilung oder Nichtheilung nicht von irgendeiner willkürlichen Auswahl aus. In allem, was geschieht, liegt eine göttliche Weisheit begründet, die sich dem Menschen, in seinem noch begrenzten Bewusstsein, allerdings nur schrittweise enthüllt. Vielleicht geben Ihnen Ihre Engel in einer stillen Stunde die Antwort auf diese so grundlegende Frage!

KAPITEL 7

Die Engel der Natur

Die Engel und die Pflanzen

Die Engel des Findhorn-Gartens

Eines der berühmtesten Beispiele für das Wirken der Engel in der Natur stellt der im Norden Schottlands gelegene Findhorn-Garten vor. Dort bebaute eine kleine Gemeinschaft mit der Hilfe der Engel ein unwirtliches Gelände, um geradezu unglaubliche Ernten zu erzielen und einen blühenden Blumenpark zu errichten. Über viele Jahre hinweg standen die Mitglieder von Findhorn im Kontakt mit den Engeln des Gartens und den Pflanzen-Devas, die ihnen allmählich ein tiefes Wissen über ihre Welt und ihr Wirken vermittelten. So wurde Findhorn zu einem der ersten Orte, an dem ein Zusammenwirken von Menschenreich und Engelwelt sichtbare Zeichen setzte.

Die Engel und die Schöpfungskräfte

In einer der Botschaften, die in Findhorn empfangen wurden, sprechen die Engel über die Vielfalt der Formen in der Natur. „Aus dem Samenfunken geht eine Energieform hervor und wird stumm und still von Engelscharen weitergeleitet, weil die Idee noch ganz ungeformt und begrenzt ist, weshalb sie sorgfältigster Pflege bedarf. Sie tritt dann hervor, wächst an Größe und Umfang, wird heller, bis sie schließlich, immer noch in der Obhut der großen Engel, duftet und klingt. Ihr Kraftfeld ist beständig und leuchtend. Dann wird das Muster zu den Formgestaltern gebracht, den Naturgeistern, die sich selbst anbieten, die Idee auszugestalten. Bedenke, dass sich eine Entwicklung vollzieht.
Das Urbild ist überall im Äther erkennbar, es wird von Engeln gehalten und von der Energie der Elemente, unter Mithilfe der Naturgeister, im geeigneten Augenblick manifestiert. Es

erscheint dann zu gegebener Zeit und am rechten Ort bei euch, in der Schönheit der Blüte und Fülle der Frucht."
In etwas einfacheren Worten ausgedrückt, beinhalten diese Ausführungen nur das, was die alten Weisen und die Dichter schon immer wussten. Alles in der Schöpfung ist beseelt!
In allem Leben findet sich Intelligenz; und über und hinter allem schöpferischen Entfalten wachen leuchtende Wesen, von den kleinsten Formen im Pflanzenreich bis zu den Sternenreichen.
Wahrscheinlich wussten die Dichter, worüber sie schrieben, als sie von den unsichtbaren kleinen und großen Wesen in den Naturreichen schrieben.
In vielen Sagen und Märchen steckt wahrscheinlich mehr Wahrheit, als sich die Schulwissenschaft träumen lässt!

Die Engel des Gemüsegartens

Die englische Ärztin Gwennie Armstrong Fraser, die mit beiden Beinen auf dem Boden der Wirklichkeit steht, konnte schon von Kindheit den Kontakt zu den Engelwesen knüpfen, die über das Naturreich wachen und häufig mit dem Wort „Deva" bezeichnet werden. Eines Tages erklärte ihr eines dieser lichten Wesen, das sich um ihren Gemüsegarten kümmerte, welche Stellung sie im großen göttlichen Plan innehatten. „Jeder von uns erfüllt seine individuelle Aufgabe, und wir unterscheiden uns durch unsere jeweils eigene, einzigartige Bestimmung. Wir wirken auf dieser individuellen Ebene, um die Materie des Lebens zu gestalten, zu formen, zu erbauen und um Lebenskraft ins Dasein zu bringen. Doch diese Kraft entstammt der kollektiven Energie, die allem Leben zur Verfügung steht. Auch du bist Teil von ihr. Wenn wir also sagen, wir ‚sammeln' Lebenskraft, ist es ein Zusammenbringen der verfügbaren Energie, um unser Werk hier zu konzentrieren. Die Kraft, von der wir sprechen, ist eine große Quelle von Licht und Leben spendender Energie aus dem universalen

Zentrum. Sie ist ein Aspekt des göttlichen Einsseins – die reine Liebe und Macht des göttlichen Lichtes. Es lebt in allen Dingen und alle Materie ist mit diesem Licht gesegnet; somit sind wir mit unseren eigenen individuellen Aufgaben und Formgebungen befasst. Es ist die Lichtquelle, der wir alle angehören, die das Leben zum Leuchten bringt und ihm seine schöpferischen Formen verleiht. Gemeinsam erheben wir alles und streben dem Licht entgegen – alles Leben ist auf seiner eigenen Ebene vollkommen ... Wir sind mit dieser Welt vertraut, doch es kommt auf das Gleichgewicht der Lebenskraft an. Die Kraft ist das Licht des Großen Einsseins, Gottes schöpferische Macht und unsere lebendige Gabe. Wir geben allem Leben unseren Segen, und wenn du zu uns kommst, stimmen wir uns harmonisch auf dich ein."

Die Engel brauchen, so klingt es immer wieder, die bewusste Zusammenarbeit mit den Menschen. Wenn die Menschen endlich begreifen würden, dass die Engel sie allzeit umgeben und nur darauf warten, sich ihnen zu offenbaren, könnte ein neues Kapitel in der Schöpfungsgeschichte aufgeschlagen werden. Dann würde auch der Mensch endlich die Augen öffnen und „sehen, dass alles gut ist"!

Die Natur und die Menschen

Der Stadtpark

Gwennie Fraser besuchte an einem Sommertag den wunderschönen Garten von Edinburgh, dessen beeindruckendster Teil, der John-Muir-Hain aus Mammutbäumen, in einem besonders ruhigen Teil des Parks einen majestätischen Kreis bildet. Sie war besonders berührt von dem Anblick, der sich ihr bot. Unter jedem der Baumriesen fand sich ruhig eine Person sitzend oder liegend. Mancher meditierte, mancher lag nur einfach da und blickte zum blauen Firmament empor, und ein anderer wiederum notierte seine Gedanken oder verfasste einen Text.

Gwennie tauchte ebenfalls ein in diese meditative Atmosphäre und trat so in den Kontakt mit jenen Engelwesen, die über diese Insel der Stille wachten.

„Wir grüßen dich. Was wir hier erschaffen, ist eine Oase und ein Heiligtum inmitten der Großstadt, wo viel Harmonie erzeugt und jenen geschenkt wird, die hierher kommen. Hast du die Freude und Fröhlichkeit bemerkt, mit der die Menschen hier auf diesen Wegen spazieren und tanzen? Alles klingt vor Freude! Was hier erschaffen wurde, ist ein Mittelpunkt, um den herum die Natur ihre Botschaft sprechen kann als Partner mit den Menschen in einer großstädtischen Umgebung. Es ist ein Ort, von dem Menschen angezogen werden. Es mag nur der Wunsch sein, an einem sonnigen Tag im Gras zu liegen, aber das ist gut! Auch das ist ein Eingang in unsere Welten. Andere kommen mit großem, gebildetem Wissen über Pflanzen und empfangen die Inspiration, auch in ihren eigenen Gärten zu arbeiten.

Ein wohltuender Segen und große Harmonie erreichen so die Menschen auf vielen Ebenen. Deshalb sind wir hier in der Großstadt froh, Teil dieses schönen Heiligtums zu sein. Beim Eintreten hast du die Stille selbst bemerkt. Wir erzeugen hier unsere Wirkung und machen unsere Aufmerksamkeit spürbar – wie für Bienen, die vom Duft einer Blüte angelockt werden. Warum sollte es nicht möglich sein, einen Himmel auf Erden zu erschaffen und ein Heiligtum in einer Stadt wie dieser?“

Auch wenn es zum wirklichen Himmel auf Erden noch ein gutes Stück Weges ist, so gelingt es den Engeln doch offensichtlich, vor allem in der Natur, den Menschen zumindest einen Vorgeschmack davon zu vermitteln, was himmlischer Friede und himmlische Schönheit bedeuten können. Auch dafür sollten die Menschen ihnen dankbar sein, wann immer es ihnen auffällt, dass ein besonders schöner Teil dieses blauen Planeten wahrscheinlich die Handschrift der „Engel der Natur“ trägt!

Die Engel der Bäume

Bäume sind ganz besondere Wesen. Wer einmal die riesigen Sequoia-Redwoods in den Nationalparks von Kalifornien besucht hat, wird verstehen, warum feinfühlige Menschen diese Wälder und ihre Baumriesen als „Kathedralen der Bäume" bezeichnet haben. Über sie scheinen bestimmte Engelscharen zu wachen, die häufig auch als „Baum-Devas" bezeichnet werden, indem man auf einen Ausdruck der östlichen Weisheitslehren zurückgreift.

Dorothy MacLean, eine der Mitbegründerinnen des Findhorn-Gartens, erfuhr in einer Begegnung mit einem dieser Wesen mehr über seine innere Wirklichkeit und die Aufgabe der Bäume.

„Wir danken der Menschheit, dass sie uns so ausgiebig anpflanzt und uns die Möglichkeit gibt, viel Raum zurückzuerhalten. Ihr seht, die Bäume sind für die Erde wie eine Schutzhaut, in der sie notwendige Veränderungen bewirken. Wir Devas sind die äußeren Schildwachen dieses Wandels und dazu im Stande, unsere Arbeit dort zu tun, wo es andere nicht könnten. Wir setzen unsere Ehre dafür ein; und unser Lobpreis steigt wie der Duft einer Blume empor. Er segnet alle, die kommen, um in unserer Aura, in unseren Wäldern auszuruhen, obwohl ganz von sich selbst erfüllte Menschen sich unseres Einflusses nicht bewusst sind. Die Bäume, die verwurzelten Wächter der Oberfläche, verwandeln die höheren Kräfte, um sie der Erde durch den Boden zuzuführen. Sie haben ein besonderes Geschenk für den Menschen dieses Zeitalters der Geschwindigkeit, des Verkehrs und der Geschäftigkeit. Wir sind Ruhe, Stärke, Ausdauer, Lobpreis und sorgsame Einstimmung, was alles in der Welt dringend benötigt wird. Wir sind mehr als das. Wir sind Ausdruck der Liebe des Schöpfers für sein überfließendes, einzigartiges und immer mit ihm verbundenes Leben."

Die Indianer in ihrer Naturverbundenheit wussten um diese innige Beziehung zwischen Menschen und Baum und um die große Bedeutung der Wälder. Diese Einsicht führte sie dazu, die Warnung auszusprechen: „Erst stirbt der Baum, dann stirbt der Mensch." Doch vielleicht lernt es der Mensch zuvor, auf die Engel zu hören und die Heiligkeit der Natur wiederzuentdecken.

Kraftplätze

Zahlreiche Autoren haben in ihren Werken immer wieder darauf hingewiesen, dass es in der Natur bestimmte Plätze gibt, in denen die Engel ein besonderes Heiligtum errichtet haben. Für Menschen, denen die Gabe zuteil geworden ist, ein wenig hinter den Vorhang der Schöpfung zu schauen, zeigen sich hier die leuchtenden Wesen einer höheren Welt in besonderem Maße.
Diese oft auch als „Orte der Kraft" bezeichneten Plätze liegen häufig in den Bergen. Die Gegend um das Matterhorn und Teile des Berner Oberlandes gelten als solche besonderen Naturheiligtümer. In Neuseeland ist es die Gegend um den Mount Cook und in Kalifornien die Umgebung des Mount Shasta und des Mount Rainier. Häufig scheinen die Menschen, auch ohne das Wissen um die Engel, ein untrügliches Gespür für die Besonderheit bestimmter Plätze zu haben und schützen sie, indem sie sie zu Naturparks erklären. So bewahren sie, meist ohne tiefere Kenntnis davon, den Engeln bestimmte Kraftplätze, an denen sie ihre segensreichen Strahlen in besonderer Intensität auf ihre irdischen Schützlinge auszustrahlen vermögen.
Manchmal schmunzeln die Engel dann, wenn sie die Menschen an diesen Orten von „paradiesischer Schönheit" oder „himmlischer Ruhe" sprechen hören, ohne dass diesen bewusst ist, wie Recht sie damit haben!

KAPITEL 8

Die Engel und die Tiere

Tiere als göttliche Geschöpfe

Franz von Assisi

Franziskus, die bekannteste Gestalt des abendländischen Christentums, empfand Zeit seines Lebens eine tiefe Liebe zu den Tieren. Berühmt geworden ist seine Predigt für die Vögel des Waldes.
Eines Tages befand sich Franziskus in den Wäldern seiner Heimat, als er beglückt die Schönheit der Natur bewunderte. Da niemand außer ihm anwesend war, fing er an, zu den Vögeln über die Herrlichkeit der Schöpfung zu sprechen. Während er so zu ihnen zu predigen begann, setzte sich allmählich eine große Vogelschar zu ihm und lauschte, bis er seine Dankrede an den Schöpfer aller Dinge beendet hatte. Er war zutiefst überzeugt, dass seine gefiederten Freunde ihn verstanden hatten.

Haben Tiere Seelen?

Diese Frage wurde häufig gestellt und ist noch immer umstritten. Hier ist nicht der Platz, eine große Diskussion über theologische oder rechtliche Gesichtspunkte dieser Frage zu führen. In diesem Buch und an diesem Ort sollen ganz einfach Menschen zur Sprache kommen, die ihre Erlebnisse schildern. Dann mag sich jeder Leser ein eigenes Urteil bilden.
Die amerikanische Mystikerin Flower A. Newhouse widmete sich in ihren Büchern ganz ausführlich den Engeln der Tiere. Sie ging davon aus, dass auch die Engel von Tieren behütet werden, die ihre Instinkte lenken und so dafür sorgen, dass sie ihr Auskommen haben.
Die Fürsorge der Tiere erstreckt sich nach ihren Darlegungen auch auf kleinste Lebewesen, über deren Fortentwicklung sie wachen. Auch der Tod gehört zum natürlichen Geschehen im

Reich der Tiere und fügt sich harmonisch in den für sie entworfenen Entwicklungsplan ein.
Flower Newhouse wies allerdings verstärkt darauf hin, welche Verantwortung dem Menschen in der Beziehung zum Tierreich zukommt: „Die Sympathie und Liebe, die der Mensch den Tieren entgegenbringt, tragen wesentlich dazu bei, dass sie die Schwelle zur nächsten Entwicklungsstufe überschreiten."

Tiere als Boten

Viele Berichte von Engeln enthalten Erlebnisse, in denen Tiere eine große Rolle spielen. Sie scheinen eine zweifache Aufgabe auszuüben. Zum einen übernehmen sie in manchen gefährlichen Situationen der Menschen die Rolle eines plötzlichen Warners. Ein Tier springt unerwartet über die Straße, der Fahrer bremst und reduziert dadurch das Tempo – und hinter der Kurve hat sich ein Unfall ereignet. Bei voller Geschwindigkeit wäre kein rechtzeitiges Abbremsen mehr möglich gewesen.
Zum anderen vermögen Tiere auch, als Lebensbegleiter des Menschen, in ihren Herrchen und Frauchen bestimmte Herzensqualitäten zu erwecken, die jene ohne ihre vierbeinigen Freunde vielleicht nicht entfaltet hätten. Zudem schenken sie vielen einsamen Menschen Trost und Freude. Nicht wenige Erforscher des Engelreiches gehen daher davon aus, dass Engel in etlichen Fällen Tiere als himmlische Botschafter zu den Menschen senden.

Ein vierbeiniger Engel

Eine besonders nette Tier-Engel-Geschichte handelt von einem Collie, der seinem Frauchen über viele schwere Jahre hinweg ein treuer Begleiter gewesen war. Er half ihr, eine

lebensbedrohliche Erkrankung zu überwinden und eine traumatische Trennung zu überwinden. In allen trüben Tagen war er ihr stets gutgelaunter Begleiter auf allen Wegen, der sie erheiterte und ermunterte. Es konnte gar nicht so schlecht kommen, dass es dem Collie nicht gelungen wäre, sein entmutigtes Frauchen aufzuheitern und zum Lachen zu bringen. So gingen die beiden vereint durch alle schweren Zeiten, bis es „Frauchen wieder besser ging". Schließlich gelang es dem Collie, sich von der Liebe seiner Besitzerin zu lösen, die sich nicht von ihm trennen konnte. Er durfte endlich „sterben".
Lange Zeit hoffte die untröstliche Collie-Besitzerin, eine Botschaft von ihrem vierbeinigen Liebling aus dem „Hunde-Himmel" zu erhalten. Doch nichts geschah.
Erst nach einigen Jahren trat sie in der Meditation plötzlich auf eine himmlische Blumenwiese, als ihr geliebter Collie auf sie zusprang. Beglückt öffnete sie die Arme, damit er sie anspringen konnte – und wurde von einem leuchtenden Engel umfangen. In dem Augenblick erkannte sie, dass ihr vierbeiniger Gefährte in Wahrheit ihr Schutzengel gewesen war, der sich all die Jahre in der Verkleidung eines Collies um sie gekümmert hatte!

Von Engeln behütet

Die Katzennasen

Eine Katzenzüchterin hatte nach vielen Jahren erfolgreicher Zucht plötzlich mit einer unerwartet aufgetretenen Virusinfektion zu kämpfen, die viele kleine Kätzchen schon im ganz jungen Alter tötete. Sie hatte alles versucht, stand aber ratlos vor dieser Katzenseuche.
Als sie eines Tages wieder mit einem neuen Wurf befasst war, vernahm sie klar und deutlich in ihrem Kopf eine Stimme, die zu ihr sagte: „Behandele die Nasen!"

In diesem Augenblick erinnerte sie sich, in einem bestimmten Katzenbuch etwas über „salinische Nasentropfen" gelesen zu haben. Und in der Tat, schon nach kurzer Suche fand sie das entsprechende Kapitel in einem Katzen-Ratgeber.
Sie wandte vertrauensvoll diese Methode an und wandte sich, bedingt durch die unerwartete Botschaft, erstmals seit langer Zeit in ihrem Leben wieder im Gebet an eine höhere Macht um Hilfe für ihre Katzen.
Der Ratschlag des Engels erwies sich als richtig!
Alle ihre Katzen blieben am Leben und von diesem Tag an hatte sie mit der Seuche keine Probleme mehr. Zudem war sie von nun an überzeugt, dass auch Tiere Schutzengel haben müssen!

Der doppelte Cockerspaniel

Eine Hundefreundin hatte besonders Cockerspaniel in ihr Herz geschlossen. Sie studierte Bücher und Artikel über diese Hunderasse und wusste so nahezu alles über diese Tiere, obwohl sie selbst noch keinen besaß. In ihren Gedanken stellte sie sich aber immer wieder vor, sie würde eines Tages schon einen Cockerspaniel finden, der zu ihr gehörte.
So geschah es dann auch! Anlässlich einer Geschäftsreise bekam sie als unerwartete Überraschung von Freunden einen Cockerspaniel geschenkt. Dieser liebenswerte Hund wurde über viele Jahre zu ihrem treuen Freund und Begleiter. Im hohen Alter erkrankte er dann jedoch und starb auf dem Untersuchungstisch des Tierarztes.
Bis zu diesem Moment ist dies noch eine ganz normale Tiergeschichte, wie sie überall auf der Welt jeden Tag in dieser oder ähnlicher Weise geschieht. Die traurige Frau fuhr also mit betrübtem Herzen nach Hause und konnte sich noch nicht so recht vorstellen, wie ihr Leben ohne ihren geliebten vierbeinigen Freund weitergehen sollte. Sie fuhr in die Einfahrt ihres Hauses – und vor der Haustür stand ein Cocker-

spaniel. Er glich ihrem gerade verstorbenen Tier wie ein Zwilling, sodass man hätte annehmen können, sie seien dem gleichen Wurf entsprungen. Der Hund trug kein Halsband, sodass seine Herkunft nicht geklärt werden konnte.
Für die glückliche Hundefreundin war es ein Geschenk der Engel der Tiere, bei denen sie sich dann auch mit zutiefst gerührtem Herzen bedankte!

Der Katzenengel

Eine amerikanische Familie befand sich eines Sonntags auf Familienausflug. Wie es bei vielen Amerikanern so üblich ist, musste zum Ausflug in das ohnehin schon bis zum Dach vollgestopfte Auto auch noch die Hauskatze hinein. Schließlich sollte ja die „komplette“ Familie den Ausflug genießen.
Auf der Heimreise war es dem Tier wohl zu eng in dem warmen Auto geworden, und es nutzte die Gelegenheit einer kurzen Rastpause, um unbemerkt aus dem Auto zu springen. Nun war natürlich die Aufregung groß.
Alle Familienmitglieder schwärmten aus, um die entflohene Katze zu suchen. Vergeblich! Auch nach einer einstündigen Suchaktion blieb das geliebte Katzentier unauffindbar. Die Zeit drängte, denn es begann bereits die Dunkelheit hereinzubrechen. Als letzten Rettungsversuch schlug die Mutter der Familie vor, einen Engel um Hilfe zu bitten. Gesagt, getan! Man vereinte sich also im Gebet und rief einen Engel um Hilfe, der helfen sollte, die verschwundene Katze zu finden.
Nach diesem Hilferuf fühlte die Frau sich veranlasst, die Straße ein wenig zurückzugehen, wo auf einer kleinen Lichtung ein paar vereinzelte Bäume standen. Diese Spur erwies sich als die richtige. In einem der Bäume saß die Katze und betrachtete in der untergehenden Sonne die schöne Landschaft. Mit ein paar Leckereien war sie schnell vom Baum gelockt und wieder ins Auto verfrachtet worden.
Natürlich vergaß die Familie nicht, auf der Heimfahrt dem

Engel für die großartige Unterstützung zu danken; denn alle Familienmitglieder waren überzeugt – ohne den Engel hätten sie die Katze im Wald zurücklassen müssen!

Wenn Tiere sterben

Für viele Menschen kommt der Verlust eines geliebten Tieres dem Schmerz nahe, den sie beim Verlust eines geliebten Menschen verspüren. Tiere können sich durch ihre kuschelige, anschmiegsame Art sowie durch ihre Treue und Anhänglichkeit leicht einen besonderen Platz im Herzen ihrer Herrchen und Frauchen sichern. Wenn sie dann nach acht, zehn oder gar fünfzehn Jahren die Erde wieder verlassen müssen, reißt dies in viele Familien schmerzhafte Lücken.

Menschen, die sich viel mit der Welt der Engel befasst haben, empfehlen in diesem Fall, den verstorbenen Liebling einem Engel anzuvertrauen. Wenn Engel für die Tierfreunde nicht zu den „ausgestorbenen Arten“ zählen, erleichtert diese Vorgehensweise den Abschied von den vierbeinigen Freunden erheblich; und in nicht wenigen Fällen schilderten die früheren Besitzer, ihr verstorbener Liebling wäre ihnen im Traum erschienen. Auch soll den Engeln die Offenheit mitgeteilt werden, wenn die früheren Besitzer bereit sind, wieder ein Tier in ihre Obhut zu nehmen.

Die Engel scheinen sich dann, so lassen zumindest viele „merkwürdige“ Geschichten schließen, aufmerksam darum zu kümmern, dass in eine solche tierliebe Familie wieder ein kleines Wesen kommt, das durch diese Liebe in seinem Tierleben wachsen kann.

So formt sich vielleicht eine „goldene Kette“. Die eine Hand reicht der Mensch empor zu den Engeln, die ihn führen; die andere Hand reicht er hinab zu den Tieren, die zu ihm emporblicken. So vermag der Mensch zu erahnen, dass das Leben vielleicht eine größere Einheit bildet, als er je geglaubt hatte!

KAPITEL 9

Bewegende Erlebnisberichte

Engel gibt es wirklich!

Die Zahl der Berichte über die Begegnungen mit Engeln, die jene zutiefst bewegten, denen sie widerfuhren, und die auch noch jene berühren, die davon erfahren, geht in die Hunderttausende. Da viele Menschen sich scheuen, darüber zu sprechen, ist die wirkliche Zahl wahrscheinlich noch um ein Vielfaches höher. Es kann, wenn man nicht wirklich jeden gesunden Menschenverstand ableugnen möchte, heute keinen Zweifel mehr daran geben, dass Wesen einer anderen Wirklichkeit, die über Jahrtausende als „Engel" bezeichnet wurden, in die Menschenwelt helfend eingreifen. Ohne ihr wunderbares Wirken würde es auf dieser ohnehin schon von Gewalt und Grauen genügend erschütterten Erde noch weitaus schlimmer aussehen.

Um auch die „Ungläubigsten" zu überzeugen, sollen zum Schluss dieses Buches noch einige der bewegendsten Erlebnisberichte veröffentlicht werden.

Das geheilte Herz

Die Anthroposophin Joan Almon berichtete in einem Vortrag über Waldorf-Pädagogik über das bewegende Schicksal eines Mädchens, das ihr später als junge Waldorf-Lehrerin begegnete.

Bei der Geburt des Mädchens wurde ein Herzfehler festgestellt, der eine Operation dringend erforderlich machte. Da das Kind sehr schwach war, sollte es erst noch an Gewicht zunehmen, um für die schwere Operation genügend gekräftigt zu sein. Da die Krankheit lebensbedrohlich war, warnte der behandelnde Arzt die Mutter, dass das Kind niemals heftig weinen dürfe, denn dies sei absolut lebensgefährlich für die Kleine. Sie stehe dann in der Gefahr, sofort blau zu werden

und zu sterben. Die Mutter ließ alle Vorsichtsmaßnahmen walten und anfangs verlief auch alles gut. Eines Tages bekam die Kleine jedoch trotz aller Umsicht einen Weinanfall, der nicht enden wollte. Kein Beschwichtigungsversuch half, das Kind bekam Atemnot und lief blau an. In ihrer Verzweiflung begann die hilflose Mutter schon die Nachbarn zu alarmieren, um sie mit dem Kind ins nächste Krankenhaus zu fahren.
In diesem Augenblick, so erzählte sie später, erschien ihr ein mächtiges Lichtwesen, das grenzenlose Liebe ausstrahlte. Es berührte das Kind, das sofort zu weinen aufhörte, und verschwand so sanft und lautlos, wie es gekommen war.
Kurze Zeit darauf begab sich die Mutter zum Arzt des Kindes, um den bevorstehenden Operationstermin zu bestimmen. Als der Arzt das Kind ausführlich untersucht hatte, glaubte er seinem eigenen ersten Untersuchungsbericht nicht mehr, der doch völlig eindeutig und unzweifelhaft gewesen war. Das Herz der Kleinen war wieder völlig in Ordnung. Es musste nicht operiert werden!

Der Junge mit der Rose

Vern Faulstich erlebte eine höchst eigenartige Engel-Begegnung, die noch dazu viel Mut erforderte, was die Umsetzung der Engel-Botschaft betraf. Er erhielt mehrmals hintereinander die Botschaft: „Achte auf den Jungen mit der Rose!“ Die Botschaft verwunderte ihn zutiefst, machte sie doch in dieser Form keinen Sinn für ihn.
Einige Tage später betrat er sein Lieblingscafé und setzte sich, aus einem unbegreiflichen Impuls heraus, neben einen jungen Mann, den man unter die Kategorie „rüpelhafter Halbstarker“ einordnen kann. Schon als Vern sich setzte, reagierte dieser äußerst ungehalten über den unerwünschten Tischnachbarn. Er griff mit der linken Hand nach seinem Glas, um es an sich heranzuziehen. In diesem Augenblick erkannte Vern an sei-

nem Unterarm eine eintätowierte Rose. Da wusste er, wen er vor sich hatte.
Mit einer gewissen Überwindung begann er vorsichtig ein Gespräch, wurde aber auf rüdeste Weise von seinem Gegenüber angefahren. Trotzdem gab er nicht auf und nach vielen Anläufen kam doch ein erster Dialog zu Stande. Vern erfuhr, dass der Junge aus völlig zerrütteten Verhältnissen kam, in ständigem Kleinkrieg mit seinen Eltern lebte, sein Leben als völlig sinnlos empfand und im Begriff stand, Selbstmord zu begehen.
Von Viertelstunde zu Viertelstunde gelang es Vern, der ein sehr spiritueller Mensch war, das Vertrauen des jungen Mannes zu gewinnen und mit ihm über religiöse Fragen und den Sinn des Lebens allgemein zu sprechen. Sie endeten schließlich mit der Stellungnahme, dass auch das schwere Schicksal des Jugendlichen einen Sinn haben musste.
Dieser stand schließlich auf, schüttelte den Kopf und sagte zu Vern, er müsse wohl verrückt sein. Aber er sei schon so verrückt, dass an seinen Theorien vielleicht doch ein wenig Wahrheit sein könnte. Zumindest sei er ein „mitfühlender Kerl"! Das war für den jungen Mann wahrscheinlich das höchste Kompliment! Vern bot ihm dann noch seine Hilfe an, wenn er diese benötigen sollte; doch Vern sollte ihn niemals wiedersehen.
Etwa fünfzehn Jahre später starb Vern. Auf seiner Beerdigung traf seine Witwe auf einen Mann, der etwa in den Dreißigern war, ihr aber nicht bekannt vorkam. Er gab ihr die Hand und erzählte ihr, dass er ein glücklicher Mann mit Familie und zwei Kindern sei. Als er vom Tod Verns gehört hatte, wusste er, dass er kommen müsse, um sich für seine Hilfe zu bedanken. Als Verns Witwe ihn nach den Gründen fragte, antwortete er nur: „Ich bin der Junge mit der Rose!"

Der Engel auf der anderen Seite

Julia Zimmer war Stewardess, als ihr Flugzeug im Februar 1959 abstürzte. Vierundsechzig Menschen verloren bei dem Absturz ihr Leben. Neben ihr gab es nur noch sieben weitere Überlebende. Als man sie aus dem Fluß zog, in den das Flugzeug gestürzt war, hielt man sie für tot, und ein Priester gab ihr die Letzte Ölung und zog dann das Leichentuch über ihr Gesicht. Verzweifelt versuchte Julia sich bemerkbar zu machen, um ihrer Umwelt mitzuteilen, dass sie nicht gestorben war.

Dann plötzlich löste sie sich von ihrem Körper und schwebte über ihm. Ein Gefühl der Leichtigkeit und des Friedens begann sie zu erfüllen. Kaum in diesem Zustand ein wenig heimisch, zog ein starker Sog sie unerwartet in einen langen schwarzen Tunnel, an dessen Ende ein Lichtpunkt aufschimmerte. Sie landete in einer Sphäre, die sie als „Warteraum" charakterisierte, in der kleine Lichtpunkte tätig zu sein schienen. In diesem Raum erlebte sie etwas, das in der Nah-Tod-Forschung inzwischen als „Lebensfilm" bezeichnet wird. Sie erschaute rückblickend ihr Leben. Als dieser Vorgang abgeschlossen war, trat plötzlich ein „mächtiges Lichtwesen" auf. Es beendete das Geschehen, geleitete Julia zurück zum Tunnel und teilte ihr, mittels Gedankenübertragung, wie sie beschreibt, unmissverständlich mit, ihr Erdenleben sei noch nicht beendet. Trotzdem wollte Julia lieber in dieser Welt bleiben, zumal doch, so ihr Gegenargument, ihr Körper tot sei. Dem entgegnete das Lichtwesen jedoch, sie würde vollständig gesunden.

Dann ging die Reise rückwärts durch den Tunnel, zurück an die Zimmerdecke. Über eine „Silberschnur", die sie als Verbindung zu ihrem Körper empfand, glitt sie dann sanft wieder in ihre physische Hülle. Sie erinnerte sich, dass sie über die Sorge der Ärzte, was ihre Genesung anbelangt, schmunzeln musste – wusste sie es doch besser. Und in der Tat wurde ihre

Gesundheit wieder völlig hergestellt. Allmählich führte dieses Engel-Erlebnis zu einer vertieften spirituellen Lebensführung bei Julia, und als ihr Vater einige Jahre später starb, konnte sie ihm „über die Schwelle helfen", bis sein Engel ihn abholte.

Der Landschaftsengel

Dorothy MacLean war eine der Mitbegründerinnen des legendären Findhorn-Gartens. Vor allem ihr war die Gabe verliehen, den Kontakt zu den Engeln zu knüpfen, die jenen einzigartigen Garten im Norden Schottlands durch ihre Gegenwart segneten. In ihrem Buch „Du kannst mit Engeln sprechen" veröffentlichte sie die für sie bewegendsten Botschaften der Engel, darunter eine von jenem Wesen, dem sie den Namen „Der Landschaftsengel" gab.

„Ich wollte euch erzählen, dass sich jetzt, wie niemals zuvor, große kosmische Engel erheben, um die Erde mit Sanftheit und Schönheit zu berühren. Sie haben das schon früher getan, aber jetzt hat sich die Erde, ihr Menschen, gerührt und sich ihnen geöffnet. Ihre Berührung ist wundervoll. Es scheint, dass sie mit der Sonnenwärme kommen, es scheint, dass sie mit dem Windhauch kommen, es scheint, sie dehnen sich über den Himmel selbst aus – aber es kann nicht kommen, wenn ihr Zweifel, Ängste, Belastungen oder andere Begrenzungen habt. Wenn ihr Herr eures Lebens seid, dann seid ihr einer von uns. Wenn ihr wirklich ihr selbst seid, dann können wir uns mit der ganzen Erde verbinden, denn ihr seid diese Erde.

Dies geschieht immer stärker und stärker steigt in euch unsere sanfte schöpferische Kraft empor. Es ist keine weit entfernte, unanwendbare Kraft, sondern sie ist für euren täglichen Gebrauch, für eure Verbindung mit allem Leben bestimmt. Andernfalls hätte sie keine Bedeutung. Sie gilt für alle Zustände, für Wirbelstürme wie für einen sanften Frühlingstag; denn alles ist Teil des Ganzen und hat Zweck und Bedeutung. Ihr, die Erde, befindet euch in einem Universum, wo alle Brüder sind; und während alle in eurer bekannten Welt eure Brüder werden, öffnet sich eine unbekannte Welt in Brüderlichkeit. Dann singt die ganze Schöpfung ihr Lied der Freude und ihr hört es zunächst auf der Erde und dann jenseits davon. Ihr hört das Lied jetzt, wo die Natur den neuen Tag begrüßt. Zweifle nicht an der sanften Engelsberührung. Stimme in das Rühmen ein, öffne dich ihm und sage Dank dafür. Es ist Gottes Hand, die sich nach euch aus diesem staunenswerten Universum ausstreckt – ein Bewusstsein. Ihr wart blind, jetzt seht ihr. Aus dem Raum, von überall her, kommt eine unglaubliche Schönheit zu euch. Öffnet euch und begegnet ihr, denn sie ist bestimmt zu sein. Lobt Gott."

Engel und Menschen

Gwennie Fraser war in den Botschaften, die sie von den leuchtenden Himmelsboten erhielt, besonders berührt von der Verbindung zwischen Himmel und Erde, die ihr die Engel immer wieder als Verheißung, aber auch als Notwendigkeit beschrieben.

„Lass uns dich tiefer mitnehmen in die Dimensionen der Wirklichkeit, wie du sie kennst, und in das Mysterium der Schöpfung! Wir ziehen dich herein, zum Herzen des Felsens, zu den uralten Lebensformen, verdichtet und gedrängt in zeitlosem Wunder. Wir sind verbunden mit dem Anbeginn und mit der Zeitlosigkeit, und wir nehmen dich deshalb mit, über das hinaus, was du in einem Augenblick der sich wandelnden Welt vor dir siehst. Wir wachsen langsam, doch wir bewegen uns in Rädern und Energie von Lebensmaterie, die so alt sind wie diese Erde, und unser Voranschreiten ist nur eine Weiterführung von dem laufenden Werk des Lebens auf der Erde. Es ist jetzt Zeit für die Menschheit, uns wieder nahe zu kommen und die Verantwortung als Hüter der Natur neu zu übernehmen, als getreue Verwalter des großen Planeten, zu dem wir gehören. Jetzt, an diesem Punkt der Zeit, sind Kommunion und Einheit besonders nötig. Es ist an der Zeit, zur Mitte zurückzukehren und sich gemeinsam mit uns auf das göttliche Ganze auszurichten. Das Leben ist ein Segen, ein Geschenk, eine Chance, deine höchste Natur und dein tiefstes Streben zu offenbaren. Wir rufen den Menschen auf, dies zu erkennen, um das Gleichgewicht wiederherzustellen. Wir sagen Dank für diese Kommunikation und bringen unsere Botschaft aus den Tiefen des Seins, um dich in diesem kostbaren Augenblick der miteinander geteilten Zeit zu erreichen. Jeder Augenblick ist kostbar! Lebe ganz und erlebe unsere universelle Verbundenheit! In ihr sind die Fülle der Geschichte und das Potenzial zu unendlicher Schönheit und Weisheit geborgen. Wir wünschen dir Gutes."

Die Engel, in welchem Bereich der Schöpfung sie auch wirken und welche Aufgaben sie auch auszuführen haben, sind auf der Suche nach jenen Menschen, die sich ihnen und ihrer Inspiration öffnen, um so ein neues Kapitel der menschlichen Evolution aufzuschlagen. Die beiden Reiche sollen sich stärker berühren und ganz allmählich durchdringen, um so ein neues Leben auf der Erde zu begründen.

Mag der Tag auch noch weit sein, an dem diese Entwicklung wahrhaft auf Erden verwirklicht sein wird; die erste Seite dieses neuen Schöpfungskapitels wird in unseren Tagen geschrieben.

Die Frau in Weiß

Die nachfolgende Geschichte, die einen der dramatischsten Eingriffe der Engelwelt überhaupt schildert, wurde von Hope MacDonald in ihrem Buch „Engel in Aktion" überliefert. Sie schildert noch einmal in bewegender Form, dass dem Wirken der Engel keine Grenzen gesetzt sind und ihr Wirken auch das

Wort „Wunder“ in vielen Fällen verdienen würde. Eine junge Mutter war eines Vormittags mit Hausarbeiten in der Küche beschäftigt. Da es einer der ersten schönen Frühlingstage war, hatte sie ihre kleine Tochter allein in den Garten gehen lassen, um sich an der Schönheit der im Aufblühen begriffenen Natur zu erfreuen. Der Garten war abgeschlossen, sodass keine Gefahr für die Kleine bestand. Als sie jedoch, aus routinemäßiger Kontrolle, aus dem Fenster sah, bemerkte sie, dass jemand die Gartenpforte geöffnet und nicht wieder verschlossen hatte. Das kleine Mädchen hatte die Gelegenheit genutzt, um zu einer Erkundung der näheren Umgebung aufzubrechen. So war sie die kleine Gartenböschung hinuntergekrabbelt und saß jetzt auf den Eisenbahnschienen, die unmittelbar am Haus entlang verliefen.

Dieser Anblick war schon Schrecken genug, doch Sekundenbruchteile später blieb der Mutter nahezu das Herz stehen, als sie sah, wie ein Zug um die Kurve vor dem Haus bog, dessen Lokführer die Kleine wohl gerade erspäht haben musste, denn übergangslos begann die Lokomotive abzubremsen und laute Warnsignale von sich zu geben.

Die Mutter liess alles liegen und stehen und raste laut schreiend und den Namen ihrer Tochter rufend aus dem Haus, doch es konnte eigentlich keinen Zweifel geben, dass sie zu spät kommen musste. Als sie die gegenüberliegende Seite der Schienen erreicht hatte, erblickte sie eine leuchtende Gestalt, ganz in Weiß gekleidet, die Lisa von den Schienen hob, während der Zug an der Stelle vorbeidonnerte, an der die Kleine gerade noch unschuldig gespielt hatte. Während der Zug über die Gleise ratterte, hielt das herrliche Wesen behütend einen Arm um die Kleine. Zusammen schienen sie den Zug zu betrachten, der sich langsam entfernte.

Als die erschütterte Mutter jedoch an der Seite ihrer Tochter ankam – stand sie wieder alleine neben dem Eisenbahngleis!

Der Anblick gibt den Engeln Stärke,
Da keiner Dich ergründen mag,
Und alle Deine hohen Werke
Sind herrlich wie am ersten Tag

Johann Wolfgang von Goethe

TEIL 2

Engel-Experten berichten

Flower A. Newhouse

Engel
und Erzengel

Sowohl die Schutzengel als auch die „Erwecker"-Engel bemühen sich, dem Menschen ihres Verantwortungsbereiches zu helfen, die seinem Schattenselbst entspringenden zerstörerischen Elemente, die seinen geistigen Fortschritt hemmen, zu überwinden. Diese widerstrebenden Kräfte stellen die Herausforderungen auf dem menschlichen Entwicklungsweg dar. Wenn wir ihnen nicht konstruktiv begegnen, werden wir unter den Folgen zu leiden haben. Wir werden uns einer bestimmten Prüfung so lange immer wieder unterziehen müssen, bis wir die entsprechende Lektion gelernt haben. Der Mensch nähert sich Gott durch „Selbstüberwindung".

Es gibt drei Evolutionspfade, die der Entfaltung des Lebens dienen. Neben der Engel- und Menschen-Evolution gibt es noch die so genannte „dritte Linie", den dämonischen Weg. Letzterer ist nur wenig bekannt. Der Sinn dieses Zweiges liegt darin, die Bemühungen des Menschen in einer Weise herauszufordern, dass dieser sich normalen spirituellen Einflüssen gegenüber abweisend verhält. Das archetypische Bild einer solchen Begegnung mit dem Bösen stellt die Versuchung Jesu in der Wüste dar. Jesus reagierte darauf mit den Worten: „Weiche von mir, Satan."

Versuchungen und Prüfungen sind Begleiterscheinungen auf unserem lichtwärts gerichteten Weg. Wir müssen diesen schwierigen Versuchungen eindeutigen Widerstand leisten, indem wir die subtilen Machenschaften erkennen und zurückweisen. Am Anfang mögen wir ein Opfer sein. Doch wenn wir durchhalten und uns immer wieder entschlossen mit der Versuchung auseinandersetzen, wird es uns schließlich gelingen, sie zu überwinden.

Wenn herausragende, spirituell hoch entwickelte Menschen die zerstörerischen Kräfte vernichten, sinkt der Versucher allmählich in sich zusammen und kehrt zum Zustand der Ur-

Materie zurück. Der Evolutionspfad kann erneut begonnen werden.
Außer dem Schutzengel und den Scharen strahlender Wesenheiten, die uns beistehen, gibt es eine Engel-Gruppe, die jederzeit bereit ist, mit den Kräften des Gegensatzes zu kämpfen. Es sind die Helfer des Erzengels Michael. Die Aufgabe dieser tapferen, furchtlosen Lichtwesen besteht darin, die Kräfte der Dunkelheit zu Gunsten des Lichtes zu zerstreuen. Wenn sich ein Mensch normal entwickelt, können ihm diese Mächte nichts anhaben. Lässt er sich jedoch von ihnen überwältigen und weist die Hilfe seiner Engel zurück, steuert er ins Verhängnis. Solche Fälle führen oft zu der falschen Vorstellung von der Übermacht des Bösen, was auf viele wahre Gottessucher entmutigend wirkt.
Doch die Geschichte hat gezeigt, dass gerade in solchen Zeiten, wenn die Dunkelheit schwer auf der Menschheit lastet, die himmlischen Streiter sie siegreich bekämpfen. Dazu bedarf es nur der Bereitschaft einer einzigen Seele auf Erden, die, sich dem Bösen entschlossen gegenübertretend, ihr Eingreifen erbittet. Unsere innere Stärke wird beständig auf die Probe gestellt. Dem Menschen, der den Weg der freiwilligen Hingabe an die ewige Gottheit beschreitet, werden die strahlenden Heerscharen der „Krieger-Engel" stets zum Siege verhelfen.
Wir wollen nun einige Merkmale einer solchen Begegnung mit dem „Bösen" betrachten. Je genauer wir diesen Vorgang verstehen, desto besser können wir uns darauf vorbereiten. Ein Angriff der dunklen Mächte ruft zunächst ein Gefühl der Lähmung in uns hervor, gefolgt von einer gewissen Verwirrung, die oft an Verzweiflung grenzt. In diesen Momenten bemühen sich die Lichtwesen, unsere Willenskraft und unseren Mut zu entfachen, um uns zu starken und wachen „Kriegern" des Geistes zu machen, die es mit den Kräften der Versuchung aufnehmen können.
Furcht und Verletzbarkeit schwinden dahin und wir erkennen die Wahrheit des alten Spruchs: „Mit Gott ist alles möglich." Im Vertrauen auf die Stärke des Lichtes und den Schutz

Gottes vermögen wir dem Feind unerschrocken und ruhig gegenüberzutreten und unsere Rechte zu behaupten. Der Kampf ist hart, doch der Sieg wirkt erlösend.
Wenn wir mit dem „Bösen“ konfrontiert werden, müssen wir uns darauf besinnen, dass im Grunde genommen nichts unsere Position zu gefährden vermag. Auch wenn die Finsternis blitzartig angreift und uns von dem erstrebten geistigen Fortschritt abzuhalten versucht, so besitzen wir doch die Waffen der Wachsamkeit, der Erkenntnis und des Gottesglaubens. Solche Zeiten der Herausforderung verlangen von uns innere Ruhe und Furchtlosigkeit. Wir kämpfen aus dem Licht für das Licht.
Wir sollten uns die lichten Welten mit ihren „Krieger-Engeln“ und den unermesslichen Beistand, den der Schöpfer uns gewährt, vor Augen führen. Seine Gegenwart stärkt unsere Willenskraft, dem Bösen gegenüberzutreten, ungeachtet dessen, in welcher Form es in Erscheinung tritt. Doch es wäre falsch, unseren Feind zu über- oder unterschätzen.
In der Auseinandersetzung mit der destruktiven Evolutionslinie müssen wir noch einen weiteren Aspekt beachten. Obwohl uns zerstörerische und auf das Ich bezogene Angewohnheiten zuwider sein mögen, dürfen wir diese Verachtung niemals auf die Person selbst übertragen. Es wäre besser, ihr einfach Gleichgültigkeit entgegenzubringen. Interesselosigkeit kränkt die Versucher der Menschheit mehr als Hass.
Der Erzengel Michael und seine Streiter bieten uns undurchdringlichen Schutz. Michael bedeutet: „Der, der von Gott ist.“ Obgleich er zu den Scharen der Erzengel gezählt wird, gehört er zu den eine Stufe darüberstehenden „Engel-Fürsten“. Er wird sowohl im Alten wie im Neuen Testament erwähnt. In der Genesis heißt es, dass der Engel des Herrn Abraham davor bewahrte, seinen Sohn Isaak zu opfern. Die Offenbarung nennt Michael als jenen mächtigen Engel, der „den Satan aus den Himmeln zur Erde hinabstürzte“. Die drei großen Religionen, das Juden- und Christentum sowie der Islam zählen diesen „Engel-Fürsten“ zu ihren Beschützern. Die Chaldäer

erhoben ihn zu gottähnlichem Rang und die Ägypter machten ihn zum Schutzheiligen des Nils. Die Briten und Kelten verehrten ihn als ihren besonderen Engel. Das älteste, dem hl. Michael geweihte Heiligtum in England datiert vor der Christianisierung dieser Region.

Der Erzengel Michael und seine Helfer verfügen über ungeheure Kräfte im Kampf gegen die Dunkelheit. Von der Ätherebene aus wirkend, vernichten sie die Machenschaften der Mächte des Gegensatzes. Wenn menschliche Eigensucht, Habgier und das Verlangen nach Macht auf psychischer Ebene zerstörerische Energien anhäufen, die sich oft auf ganze Nationen ausweiten, dann greifen diese Engelskrieger solche Bastionen der Finsternis unermüdlich an und durchlichten sie allmählich.

Nach den Aussagen von Flower lässt sich seine Gestalt, wenn sie sich manifestiert, kaum von einem Künstler erfassen, da sie beständig aufflammt, so als bestehe sie aus unzähligen Blitzlichtern. Er ist ungewöhnlich groß und von machtvoller Erscheinung. Seine Aura erstrahlt überwiegend in orangefarbenen Tönen, dem Zeichen seines Mutes und seiner ungeheuren Stärke.

Er ist stets in Schweigen gehüllt, selbst bei der größten Aktivität. Helle Lichtstrahlen blitzen aus seinen Augen hervor; seiner Autorität und Machtfülle kann nichts widerstehen. Ein einziger Blick genügt, böswillige Absichten zu zerstören oder das Gute zu fördern. Auch seinem Herz-Chakra und den Zentren seiner Hände entströmen leuchtende Strahlen. Wenn er den Arm erhebt, gleicht diese Geste einem Schwert, das die Menschheit auffordert, sich aus dem Sumpf der Instinkte zu erheben und ihr geistiges Ziel zu erkennen.

Seine klare Entschlossenheit, die gegnerische Kraft zu überwinden, zeichnet einen „Krieger des Lichts“ aus, dessen Aufgabe es ist, das Böse zu zerschlagen und zu verwandeln. Der göttliche Impuls einer solchen Tat liegt nicht in der Zerstörung, sondern in der Verwandlung, die an ihrem Ende steht. Durch irgendeine Ausdrucksform des Negativen wird die Menschheit in Versuchung geführt. Diese dunklen Kräfte werden ihrerseits durch die Konfrontation mit dem Erzengel Michael und seinen Legionen geläutert. Angesichts dieser Tatsache mag man sich fragen, wie es möglich ist, dass das Böse überlebt. Es gibt nur eine einzige Kraft, die es lebendig erhält – und das ist der menschliche Wille, der den Versuchungen der destruktiven Evolutionslinie erliegt. Solange der Mensch extrem vom eigenen Willen geprägt ist, befindet er sich in einer misslichen Lage. Gelingt es ihm jedoch, sich aus diesem Abgrund herauszureißen und seine Bemühungen konstruktiv zu gestalten, werden die dunklen Kräfte allmählich weichen. Um uns der Beherrschung der Finsternis zu entziehen, sollten wir unser Leben nach den Worten Jesu ausrichten: „Dein Königreich komme; Dein Wille geschehe, wie im Himmel, so auf Erden."

Dem Bericht zufolge schaute Johanna von Orleans jenen herrlichen Engel-Fürsten. Dieses einfache Bauernmädchen trat auf die Bühne der Geschichte und führte das Heer Frankreichs zum Sieg. Ihre Feinde klagten sie der Hexerei an. Während der Strafverhandlungen wurde ihr die Frage gestellt, ob sie tatsächlich den Erzengel Michael und seine Engelscharen erblickt hatte. Johanna antwortete: „Ich sah sie mit meinen körperlichen Augen, so wie ich euch sehe, und als sie mich verließen, wäre ich gerne mit ihnen gegangen."

Der Erzengel Michael gehört zu den vier bekanntesten Engeln des Christentums, die dem Christus und Seinem Werk dienen. Der Erzengel Gabriel verkündete Maria, dass sie einen Sohn gebären werde. Er betreute die Gründung der Kirche und die Entwicklung des christlichen Glaubens bis zum Beginn der Renaissance. Dann übernahm der Erzengel Raphael die Führung im Bereich von Kunst und Wissenschaft.

Die Epoche zwischen den Jahren zweitausend und zweitausendfünfhundert wird im Verantwortungsbereich des Erzengels Michael liegen. Unsere heutige Zeit bedarf dieses mächtigen Engel-Fürsten, der die entfesselten Kräfte des Gegensatzes bekämpft, die sich über unsere Welt in Form von verzerrten moralischen Grundsätzen, sexueller Perversion, Kriminalität und Krieg ergossen haben. Durch die Entfaltung des spirituellen Bewusstseins wird er die Menschheit dazu veranlassen, Selbstbeherrschung, Recht und Ordnung wieder einzuführen. Sein Nachfolger, der Erzengel Uriel, wird ihr zu einer erleuchteten Epoche in Philosophie und Wissenschaft verhelfen.

Der Erzengel Michael steht uns nicht nur im Kampf gegen das in der äußeren Welt manifestierte Negative bei, sondern unterstützt uns auch bei der Überwindung unseres niederen Selbst. Es ist unser Egoismus, der unsere guten Absichten vereitelt und den dunklen Aspekt der menschlichen Natur heraufbeschwört, der sich als Angst, Ärger, Habgier und Stolz ausdrückt. Für diese negativen Impulse sind wir am anfälligsten. Der endgültige Sieg über unsere niedere Natur schützt uns am besten vor den von außen auf uns eindringenden dunklen Kräften und baut eine bleibende Beziehung zu Gott auf.

Obwohl der Erzengel Michael und seine Scharen die Gegenkräfte zu neutralisieren vermögen, bedürfen sie unserer Bereitschaft für die Annahme des Lichtes; ansonsten wären die dämonischen Energien längst von dieser Erde verbannt worden. Unser Bemühen, jene Macht in unserem eigenen Wesen zu bekämpfen, gibt diesen himmlischen Streitern die Möglichkeit, sich mit uns zu verbinden und uns beizustehen.

Sobald der Mensch für die Allgegenwart Gottes erwacht ist und ein Leben aus dem Göttlichen heraus führen will, versuchen die Schattenkräfte, sich gerade der guten Vorsätze zu bemächtigen, und drängen ihn, sie zu brechen. So vergessen die Menschen sie ganz einfach. Ähnlich verhält es sich mit unserer Verbundenheit zu jenen mächtigen Engeln. Sie können nur dort hilfreich eingreifen, wo der Wahrheitssucher ihre Wirklichkeit anerkennt und ihren Beistand erbittet. Gott ist allmächtig. Das Böse stellt keine Gefahr für die Unermesslichkeit der Schöpfung dar. Nur die Ausübung des freien menschlichen Willens macht es möglich, dass das Licht hier auf Erden bekämpft, missachtet oder gefördert wird. Es gibt bestimmte Bereiche in den inneren Welten, wo die Engel sich ausruhen. Flower hat einmal ihren Besuch von einem solchen Ort der Stille für die „Krieger-Engel" beschrieben, der sich auf der Astralebene befand. In einer Naturlandschaft nahm sie eine Reihe mächtiger Felsblöcke wahr, an die zur einen Seite ein duftendes Blumenfeld angrenzte und von denen ein herrlicher Wasserfall herabstürzte. Am Eingang einer lichterfüllten Grotte ragte ein mächtiger Baum empor, der einem Mammutbaum glich. Ein neben ihm stehender „Krieger-Engel" blickte zu einer höchst ungewöhnlichen strahlenden Substanz in Form eines Leuchtbrunnens hinauf. Während des gesamten Erlebnisses vernahm Flower den Gesang der Engel, der sie an den Ruf der Walküren erinnerte.

Eine Gruppe himmlischer Helfer, die den „Krieger-Engeln" nahesteht, ist jene der *Amenlee*. Sie widmen sich den so genannten unverbesserlichen Seelen, den extrem vom eigenen Willen geprägten Individuen, die vielfältige Arten von Herausforderungen für Menschen heraufbeschwören, die sich auf gesunde Weise fortentwickeln. Der Hauptunterschied zwischen der Evolution der Engel und der Menschen liegt in der Art und Weise der Entwicklung. Engel reifen über ihre „Arbeit". Menschen nähern sich Gott durch die „Selbstüberwindung". Je mehr Arbeit Engel erfolgreich abschließen, um so eher bereiten sie sich auf eine höhere Einweihungsstufe vor. Die *Amenlee* gehören zu den „Engeln des Schicksals" und stehen im Rang eines Schutzengels. Sie arbeiten eng zusammen mit den fortgeschrittenen Engelscharen, die dem Hl. Geist dienen. In der unvermeidbaren Auseinandersetzung mit dem Bösen erhalten die meisten Menschen von einer Gruppe strahlender Wesen neue Anregungen. Oftmals ist dabei ein Kampf zwischen den niederen und höheren Kräften im eigenen Selbst auszufechten. Doch es gibt tragische Ausnahmen vom normalen Entwicklungsweg. Sie finden sich bei jenen, die Eigenschaften besitzen, die zerstörerisch auf die Natur und nachteilig auf sie selbst und andere wirken.

Nachdem ein Schutzengel und ein Engel im Dienste des Geistes der Wahrheit diese umherirrenden Individuen beobachtet haben und falls sie diese normalen spirituellen Einflüssen gegenüber abweisend vorfanden, ziehen sie einen *Amenlee* hinzu. Dieser untersucht eingehend den hochmütigen Stolz, der in solchen Fällen vorliegt. Nachdem er die Stärken und Schwächen dieses Menschen einer genauen Betrachtung unterzogen hat, wird auf verschiedenen Wegen auf seinen falsch ausgerichteten Willen Einfluss genommen. Ein *Amenlee* mag solche verwirrten Geister der Gesellschaft spiritueller, starker Seelen, deren Wille auf das Gute gerichtet ist, zuführen. Die zur Erforschung einer solchen Seele benötigte Zeit variiert natürlich von Mensch zu Mensch. Jene, die zerstörerische und ichbezogene Gewohnheiten angenommen haben, deren Wesen jedoch im Grunde unverdorben und offen ist, ändern sich oftmals schon durch das reine Beispiel. Verharrt ein Mensch unter diesen ersten Einwirkungen unbewegt und unbeeindruckt, mag der *Amenlee* ihn mit ungewöhnlichen spirituellen Persönlichkeiten vertraut machen. Sollte ein Mensch unvorteilhaft auf eine solche Begegnung reagieren, werden dem jeweiligen Fall entsprechend völlig neue und oft aufrüttelnde Ereignisse vorbereitet. Sie sollen als eine Art Schocktherapie wirken. Damit ist die Hoffnung verknüpft, dass diese neuen Faktoren dem Individuum zu einer verbesserten Einstellung verhelfen. In seiner Novelle Les Miserables beschreibt Victor Hugo die Charakterwandlung des Jean Valjean. Nachdem dieser viele Jahre lang im Gefängnis verbringen musste, weil er einen Brotlaib für seine hungernde Familie gestohlen hatte, erfüllen ihn Bitterkeit und Ärger. Nach seiner Entlassung begegnet er einem Priester, der ihm volles Vertrauen entgegenbringt. Er aber stiehlt dessen Silberbesteck, wird dabei erwischt und vor den heiligen Mann gebracht. Dieser besteht darauf, dass es sich bei dem Silberbesteck um ein Geschenk handelte. Er bietet ihm sogar noch zusätzliche Teile an, die er angeblich übersehen hatte. Diese ungewöhnliche und unerwartete Freundlichkeit ruft eine tiefgreifende Wandlung in Valjean hervor, der sich zu einem beispielhaften Bürger entwickelt. Eine solche Umkehr, die den dazu beitragenden Engeln niemals entgeht, ist wohl kein Einzelfall.

In schwierigen Fällen vermögen nur Prüfungen der einschneidendsten Form eine sich widersetzende Seele zum Wandel zu bewegen. Nach einer Weile wird der *Amenlee* sich erneut mit der Seele beschäftigen, um festzustellen, wie tief sein Schützling auf den inneren Ebenen durch die schweren, demütigenden und leidbringenden Erfahrungen angerührt wurde. Manchmal fügen sich Rebellen, die ernsthaften Prüfungen ausgesetzt werden und sich zuvor anderen Maßnahmen gegenüber unbeeindruckt gezeigt haben, in die dringende Notwendigkeit der Hingabe des eigenen Egos.

Jene, die ausgesprochen unempfindlich auf die Einwirkungen der Engel reagieren, befinden sich in einer Zwangslage. Wenn ein Engel ein oder mehrere Lebensspannen darum gekämpft hat, die Seele eines Menschen aus dem Abgrund der Sinnlosigkeit oder Kriminalität herauszureißen, mag er erkennen müssen, dass diese Seele den Weg der unmenschlichen, dämonischen Intelligenzen wählt. In einem solchen Fall wird der *Amenlee* fortgeschrittenere und erfahrenere Engel aus seinen Reihen hinzuziehen, damit diese seine Arbeit unterstützen und neue Angriffsmöglichkeiten in Erwägung ziehen. Unter der Aufsicht des höhergestellten *Amenlee* wird dann erneut massiv auf diesen Menschen eingewirkt, um seine gefährdete Seele zu retten.

Bei diesem gemeinsamen Bemühen mögen viele Therapien, die bereits ausgeführt worden sind, noch einmal wiederholt und dabei in gewissen Abständen Neuerungen eingestreut werden. Das Eingreifen des neuen himmlischen Helfers bewirkt manchmal, dass der widerspenstige Mensch etwas Ungekanntes verspürt, was, bis zu einer gewissen Grenze, seine Aufmerksamkeit erregt.

Nur eine verschwindende Zahl von Menschen zeigt sich unempfindlich gegenüber allen Versuchen der sich um sie bemühenden Engel. Für diese verstockten Seelen gibt es noch eine letzte Instanz – den „Geist der Gnade". Dieser göttliche Aspekt durchdringt die Situation mit einer völlig neuen Energie. Durch diesen himmlischen Helfer wird ihnen in wundersamer Weise ein selbstloser Dienst zuteil, der weit jenseits menschlichen Fassungsvermögens liegt. In diesem letzten Bemühen, jenem Verirrten zu helfen, nehmen himmlische Wesenheiten in unvorstellbarem Erbarmen einen Teil der Verantwortung für dessen Evolution auf sich. Sie helfen damit dem Unverbesserlichen auf eine Art, die seine Verdienste und auch seinen eigenen Willen weit übersteigen.

Bei jenen menschlichen Rebellen handelt es sich um die traurigen Wesen, die sich auf die Grenzlinie zwischen zwei Welten zubewegen – der menschlichen und der dämonischen. Sie erscheinen wie Kreaturen, die bar menschlicher Gefühle und deren einzige Regungen sadistisch und dämonisch sind, da sie sich dem Zustand inhumaner Intellektualität nähern. Doch nur selten werden diese Seelen nicht durch die sie umgebende zarte und erbarmungsvolle Liebe gerettet. Die verhältnismäßig wenigen unglücklichen Individuen, die sich in die Reihen der so genannten dritten Evolutionslinie eingegliedert haben, haben gezeigt, dass sie sich für den menschlichen Entwicklungspfad, den Weg der freiwilligen Hingabe des Selbst an die ewige Gottheit, nicht eignen.

Diese Wesen, die absichtlich den Pfad des Bösen beschreiten, werden unweigerlich der vollständigen Rückentwicklung zutreiben, um schließlich in die Urmaterie einzugehen. Geläutert vermögen sie letztendlich erneut den menschlichen Evolutionsprozess zu beginnen.

Während der „Engel der Geburt" über den Eintritt der Seele in das Erdendasein wacht, führt der „Engel des Todes" sie wieder zurück in ihre wahre Heimat. „Engel des Sterbens" sind fast immer weiblich und gehören zu der Gruppe der „Hüter des Karmas". Wenn dem jeweiligen Lebensplan entsprechend der Augenblick kommt, in dem der Mensch seine Inkarnation beschließt, lösen sie mittels eines elektrischen Strahls die See-

le von ihrer irdischen Form, was den physischen Tod bewirkt. Dieses Ereignis erfüllt uns Erdenmenschen oft mit Traurigkeit und dem Empfinden von Verlust. Die Seele jedoch kehrt jubelnd in die inneren Welten zurück.
Das erste himmlische Wesen, das sie in der lichten Welt erblickt, ist der strahlend schöne, von tiefem Mitgefühl erfüllte „Engel des Todes". In unbeschreiblicher Liebe heißt er sie auf dieser längst vergessenen Ebene willkommen.
Bevor die Erinnerung an die Existenz der vierten Dimension zurückkehrt, wird die befreite Seele zu drei Gewässern geführt. Das erste wird der „See der Läuterung" genannt. Wer in diesen See eintaucht, spürt zuerst ein durchdringendes Prickeln. Die aufgeladenen Elemente beleben seine seelischen Kräfte. Die positive Polarität dieser Quelle befreit den Astralleib von seinen Spannungen und negativen Strömungen. Ein Individuum, das von diesen läuternden Wassern berührt wird, gelangt zur Erkenntnis seiner Freiheit und Identität.
Die erneut zurückgekehrte Seele wird dann zu dem „See des Friedens" geleitet, dessen Wasser in einem strahlenderen Blauton leuchtet als der erste See. Der „Engel des Todes" weist sie an, in die Fluten einzutauchen, die sie mit ihren Gaben beschenken werden. Die dritte Quelle ist der „See der Erneuerung". Er besitzt eine blaugrüne Ausstrahlung und ist empfänglich für bestimmte Frequenzen der geistigen Sonne. Durch dieses Gewässer erlangt das Individuum den Kontakt zur Quelle immerwährender Energie, die es während seines gesamten Aufenthaltes in den inneren Welten nicht verlieren wird. Nach dem Durchschreiten dieser drei Gewässer blickt die Seele auf die bedeutsamen Aspekte des Lebens zurück. Diese Rückschau umfasst nicht nur ihre Leistungen, sondern auch ihre Fehler und Überschreitungen des göttlichen Gesetzes. Sie muss den Schmerz, den sie anderen zugefügt hat, selbst erfahren. Der „Engel des Todes" bleibt mit ihr bis zum Abschluss der Gedenkfeier in Kontakt.
Flower erinnerte sich an zwei Begegnungen mit dem „Engel des Todes", die sie sehr beeindruckten. Sie, ihr Mann und ei-

ne Tante waren beim Heimgang ihrer Großmutter anwesend. Mit einem Mal bemerkte sie ein Flackern der Lichter im Zimmer. Doch weder ihr Mann noch die Tante hatten Notiz davon genommen. Dann erkannte sie, dass der Tod sich auf den höheren Ebenen vorzubereiten begann. Der Raum erstrahlte mehr und mehr, bis das Licht, nach einem blendenden Blitz, plötzlich erlosch. In diesem Augenblick erkannten sie, dass die Großmutter gegangen und nur ihre sterbliche Hülle zurückgeblieben war.

Bevor das Licht zu strahlend geworden war, hatte Flower ein weibliches Engelwesen gesehen, das mit einem Lächeln auf die Sterbende blickte. Später bemerkte sie zu diesem Erlebnis: „Nie werde ich die Schönheit und Liebe im Antlitz dieses ‚Engels des Todes' vergessen. Es ist wundervoll, aus einer solchen Liebe und Mitgefühl heraus vom physischen Körper befreit zu werden."

Ein anderes Mal beobachtete Flower diese herrlichen Engel in Argentinien. 1967 befand sie sich mit einer Gruppe auf einer Pilgerfahrt durch Südamerika. Aufgrund des stürmischen Wetters hatte es zahlreiche Verspätungen bei den Flügen gegeben. Schließlich befanden sie sich an Bord eines Flugzeugs, das sie nach Bariloche bringen sollte. Der Pilot war jedoch sichtlich verärgert über die Anweisung, bei diesen schlechten Wetterverhältnissen zu starten. Flower fühlte Gefahr und wollte mit ihrer Gruppe aussteigen. Doch der ungeduldige Flugkapitän verweigerte ihr die Erlaubnis und brachte die Propellermaschine auf Touren. Sie blickte aus dem Fenster und nahm verblüfft die „Engel des Todes" wahr, die ihre Situation sorgfältig beobachteten. Plötzlich erkannte sie den Ernst der Lage und wusste, dass etwas Schreckliches geschehen würde. In diesem Augenblick trat der Pilot, der über die Startbahn hinausgeschossen war, heftig auf die Bremsen. Die Maschine geriet dadurch ins Schleudern und landete teilweise seitwärts im Feld. Das Fahrgestell brach zusammen und trieb die Maschine mit der Tragfläche in den Boden. Einer der Propeller riss sich los und schoss durch die Passagierkabine, nur wenige Zentimeter an Flowers Sohn vorbei. Das Flugzeug, das glücklicherweise nicht Feuer fing, kam schließlich taumelnd zum Stehen.

Das unendliche Mitgefühl und die tröstende Gegenwart dieser liebevollen großen „Engel des Todes“ beeindruckten Flower am tiefsten. Dieses Erlebnis unterstrich für sie die Aussage des Apostels Paulus: „Tod, wo ist dein Stachel? Grab, wo ist dein Sieg?“

KAPITEL 2

G. A. Fraser

Die Kommunikation mit den Devas

Die Devas betonen, dass wir unser Bewusstsein mit der Natur teilen, dass wir alle Teil der Natur sind und es keine Trennung gibt zwischen dem Leben der Menschen und dem Leben der Naturreiche. Daher sind wir alle im Stande, unsere Sensitivität und unser Gewahrsein der Natur zu steigern. Wenn wir des Bewusstseins in der Natur gewahr werden, erweitern wir unsere Sicht des Lebens; dies ist nicht zu unterschätzen. Jede Entfaltung unserer Sensitivität ist ein Schritt voran auf dem geistigen Weg und wirkt an sich bereits bewusstseinsverändernd. Sie bereichert alle Aspekte unseres Lebens, da wir lernen, die ganze Wirklichkeit unserer Welt zu sehen, den Plan unserer individuellen Reise und die Beziehungen, die wir knüpfen. Diese Reise führt uns in das Herz des Lebens selbst.

In meinem Leben entwickelte sich die Kommunikation mit den Devas aus meiner großen Liebe zur Natur und sie hat einen bestimmten Zweck – ein Verständnis des bewussten Lebens in der Natur zu vermitteln, damit wir Menschen anfangen, auf unserem Weg in eine neue Ära des Bewusstseins unsere Beziehung zur Natur wiederherzustellen. Zeit meines Lebens habe ich immer eine enge Verbundenheit mit der Natur empfunden; sie war eine wichtige Verbindung in meinem Tun und Erleben. Ich hatte nicht gewusst, dass sich im Laufe meines Lebens eine psychische Öffnung entwickeln würde. Sie entfaltete sich zu einer Gabe, von der Gebrauch zu machen war, und erwuchs aus einer Sehnsucht, zu verstehen, was hinter der materiellen Welt liegt. Jeder Schritt stand im Zusammenhang mit dieser Entwicklung und besaß seinen eigenen Wert.

Meine Entdeckungsreise in die Natur begann in meiner Kindheit, als meine Sinne durch den Kontakt mit der Naturwelt wach waren. Ich fühlte mich überaus lebendig und wie zu Hause, wenn ich mich an unberührten Orten aufhielt. In der

Natur spürte ich eine Präsenz, etwas, das mich wie eine Stimme aufrief, alles in Einzelheiten zu erkunden und die lebendige Welt sehr sorgfältig zu beobachten. Meine Sensitivität stellte sich aufmerksam und sehnsuchtsvoll darauf ein und hielt Ausschau nach Antworten.

Meine Liebe zur Natur begann bereits in jungen Jahren, denn jeden Sommer reiste meine Familie aus dem Smog und Schmutz des Stadtlebens hinaus zu einem abgelegenen Häuschen im schottischen Hochland. Zu meinen frühesten Erinnerungen gehört die Erregung, wieder in dieses gebirgige Land zu gelangen, zu der vertrauten, hoch aufragenden Silhouette der Berge, dem donnernden Klang der hochwasserführenden Bäche, dem Geruch von Heidekraut, Moos und brennenden Torffeuern, den Schleiern von Dunst und Nebel, dem Hereinrollen der Wellen und dem Klang des Windes, der am Dach und den Giebeln des Hauses rüttelte.

In diese wilde und wunderschöne Landschaft einzutreten, war gleich einem Eintauchen in eine Wirklichkeit, die sich meinem Innersten mit allen Einzelheiten einprägte. Ich gab besonderen Felsen und Geborgenheit bietenden Höhlen in den Bergen Namen und kannte jedes Wasserfallbecken am Bach. Als Kind war ich empfänglich für die Wildblumen und die leuchtenden Kolonien der gelben Wucherblumen auf den Wiesen, für das klare Moorwasser in geheimen Teichen, die von Ebereschen, Birken, Erlen und Eichen überschattet wurden. Nachts stellte ich das Dachfester in meinem Schlafzimmer auf, beobachtete die regelmäßigen Lichtblitze von Leuchttürmen auf fernen Halbinseln und sog die Nachtluft ein. Ich liebte es, die magischen Muster der Sterne zu verfolgen und die Straßen aus flüssigem Silber, die übers Meer bis zum Mond führten. Ich sehnte mich danach, in all diese Schönheit selbst einzutreten.

Eines Tages – ich war sechs oder sieben Jahre alt – kroch ich in eine Rinne hinab, um einen besonderen Abschnitt des Baches zu erreichen, an dem kleine Wasserfälle, von Farnen und Geißblatt überdacht, Kaskaden bildeten. Ich war mir des großen Wagnisses bewusst, ganz allein an eine solche Stelle vorzudringen. Strahlen der Sommersonne drangen durch das Eichenlaub, und die Düfte von Moosen, Wasser und Wildblumen umgaben und erfüllten mich mit einem beruhigenden und köstlichen Entzücken. Wie hypnotisiert stand ich und sog alles ein. Der Platz lag in einem sanften Licht und vermittelte mir vollendete Harmonie. Ich empfand tiefen Frieden und Ruhe; alles schien miteinander verbunden und eins zu sein. Alles war vom sanften Licht berührt und leuchtete in großer Schönheit.

Ich weiß nicht mehr, wie lange ich wie angewurzelt dort stand, denn ich hatte alles Gefühl für die Zeit verloren. Ich erinnere mich, dass ich dachte, man müsse sich wohl im Himmel so fühlen. Ich empfand eine vollkommene Zugehörigkeit und eine allumfassende Strahlkraft und Freude. Nach einiger Zeit kehrte alles lautlos in den Normalzustand zurück und war wieder so, wie ich es vorher wahrgenommen hatte. Ich erinnere mich noch an das unbeschreibliche Hochgefühl, das mich erfüllte, als ich aus der Rinne in einem Zustand atemloser Erregung herauskletterte.

Mir war, als sei mir etwas sehr Zauberhaftes offenbart worden. Irgendwo im Innern wusste ich, dass das Empfinden des Einsseins, das ich erlebt hatte, sehr wichtig und irgendwie für das Leben entscheidend war. Der Schleier war kurz beiseite gezogen worden, damit ich sehen konnte. An jenes Erlebnis erinnerte ich mich meine ganze Kindheit hindurch. Es blieb faszinierend unerreichbar jenseits der Alltags-Wirklichkeit, doch ich wusste immer, dass es real war.

Der Kontakt mit der Natur war mir während der ganzen Kindheit sehr wichtig. Ich verbrachte viel Zeit auf Bäumen und beobachtete alles, was sich um mich herum bewegte. Im Schutz von Hecken gediehen Schlüsselblumen und Veilchen, Wasserfälle waren der Spielplatz der Otter und in der frühen Stunde vor der Morgendämmerung kehrte der Fuchs in seinen Bau zurück. Voll Begeisterung entdeckte ich alle diese Dinge, saß ganz still und beobachtete alle Aktivität der Natur,

die mich einlud in eine Welt voller Geheimnisse. Diese frühen Erfahrungen mit den Elementen und der Naturwelt prägten mich und schenkten mir Vitalität, Staunen und Freude.
Der Frieden und die innere Harmonie, die ich in der Natur erlebte, waren mir ein kostbarer Schatz in den verwirrenden Jahren des Heranwachsens, und sie verloren nie ihre Kraft und Faszination. Ich entwickelte eine große Wertschätzung unberührter und schöner Landschaften und fand heraus, dass die Rhythmen und Reinheit der Natur irgendwie mein Verständnis vom Leben unterstützten.
Wenn ich in der Natur spazieren ging, fand ich den Frieden und die Einstellung zum Leben, die mich an die Bedeutung meines Kindheitserlebnisses und an das Einssein erinnerten, das ich im Herzen des Lebens wusste. Die Schönheit in allen Einzelheiten der Natur bestätigte es auf Schritt und Tritt. In der Natur fand ich immer den wahren inneren Frieden und ich spürte: Das Geheimnis des Lebens lag in ihren Mustern und Kräften.
Während meines Studiums an der Universität wohnte ich in einem Landhaus beim Meer. Die Spaziergänge mit meiner älteren Nachbarin am Ufer, das Sammeln von Treibholz, das Toben der Winterstürme, die subtilen Veränderungen des Lichtes und der Farben des Meeres, das Rufen der Austernfischer und der Geruch von Seetang waren Dinge, die ich liebte und die sich mit den Erinnerungen an jene Studentenjahre verflochten. Ich begann wichtige Gebiete des Studiums zu erkunden, die einen größeren Einfluss auf mein Leben haben sollten.
Im Rahmen meiner Prüfungsvorbereitungen für das Fach „Spanische Sprachen“ hatte ich die Gelegenheit, in den peruanischen Anden zu arbeiten, wo ich die traditionellen Arzneipflanzen des Quechua-Volkes studierte. Zu dessen Heilkunde gehörte nicht nur ein umfassendes Wissen über Heilpflanzen, sondern auch eine geheiligte Beziehung zur Erde und die Achtung für die Naturwelt, die die Menschen ernährt und unterstützt. Jene Arbeit öffnete mir die Tür zu einer ganz

anderen Weltsicht und wurde zu einer entscheidenden Phase meiner Forschungen und Studien.
1984, zwei Jahre später, kehrte ich in die Anden zurück, um in Bolivien eine Studiensammlung von Arzneipflanzen anzulegen. Diese Arbeit nach dem ersten akademischen Grad konzentrierte sich auf den symbolischen Gebrauch von Pflanzen in Ritualen der Quechua- und Aymara-Gemeinschaften. Durch die Beschäftigung mit schamanischen Praktiken war ich aufgeschlossen für andere Bewusstseinsdimensionen und tiefere Ebenen des Heilens. Es faszinierte mich, wie Pflanzen und Symbole in bedeutsamen Ritualen eingesetzt wurden, um Zugang zu den Heilkräften der Natur zu schaffen.
Die Rituale und Zeremonien, derer ich Zeuge wurde, drückten eine große Ehrfurcht vor der Natur aus. Sie spiegelten eine rhythmische Lebens- und Denkweise und eine enge Verbundenheit mit der Erde wider. Die Rituale waren vertraute Gesten der Kommunikation voll Vitalität und Bedeutung, dazu bestimmt, ein wesentliches Gleichgewicht im Leben herbeizuführen. Ihre Hauptaufgabe war es, in der Zusammenarbeit mit Pachamama oder Mutter Erde die Essenz und Vitalität der Erde zu erhalten.
Die Aymara und Quechua zeigten mir, dass es Wege zu anderen Ebenen des Bewusstseins gab und eine Kommunikation stattfinden könnte. Alle ihre Rituale und Gebräuche erkannten die geistigen Ebenen als eine wesentliche Dimension des Lebens an, und ich war sehr bewegt, zu erleben, wie sie diese viel tiefere und verbundene Vision der Wirklichkeit annahmen. Im Zentrum ihrer Heilungsrituale stand ein Verständnis des wesentlichen Gleichgewichts und der Harmonie in der Natur sowie der Wichtigkeit der Beziehung zwischen allen Formen des Lebens.
1986, während ich meine Doktorarbeit vollendete, begann ich einen dreijährigen Kurs in traditioneller chinesischer Akupunktur. Dieser umfasste eine gründliche Ausbildung zum Erspüren des Chi (der Energie oder Lebenskraft), das in der Praxis der Akupunktur beobachtet und reguliert wird. Dazu

gehörte ein eingehendes Studium der Bewegungen der Lebenskraft im menschlichen Leben und in der Natur. Die spezifischen Gesetze des Heilens, die in der Akupunktur, einer überaus wirksamen und effektiven Heilkunde, angewendet werden, gehen auf die Beobachtungen der Bewegungen und Muster in der Natur zur Zeit der chinesischen Antike zurück. Meine Beschäftigung mit der Akupunktur brachte mir eine tiefe Wertschätzung der Einzigartigkeit des Individuums und unserer heilsamen Verbindung mit der Natur.

Die Entfaltung der physischen Sinne ist ein wichtiger Aspekt der traditionellen chinesischen Diagnose, und die Fähigkeit, den Zustand und Strom des Chi wahrzunehmen, umfasst Sehen, Hören, Tasten und Riechen. Die Ausbildung gilt nicht nur der Verfeinerung des Gespürs für Anzeichen von Störungen des Energiegleichgewichts im Patienten, sondern lehrt auch, den Geist der Elemente und den zyklischen Fluss der Vitalenergie überall in der Natur zu beobachten und zu verstehen. Hierzu kommt ein eingehendes Studium der Anatomie, Physiologie und der Pathologie der Krankheit. Die Entwicklung der Sensitivität und die Erarbeitung dieser Lebensphilosophie wurde zu einer Grundlage für all mein weiteres Lernen.

Das Studium der Akupunktur lehrte mich nicht nur, Energie oder Chi als Begriff zu verstehen, sondern auch, sie und ihr Wirken in der Natur zu beobachten, wie sie jede einzelne Pflanze, jedes Blatt und jede Blüte gestaltet. Als wir übten, die Energiebahnen im menschlichen Körper mit den Fingerspitzen zu verfolgen, lernten wir auch, jeden Aspekt unserer physischen Sinne zu gebrauchen, um die Energie der Elemente, der Jahreszeiten und ihrer jeweiligen Einflüsse zu spüren. Die Erkenntnisse über die Lebenskraft und ihr Wirken innerhalb dieser natürlichen Rhythmen vermittelten eine Wertschätzung der großen Ordnung, Harmonie und vitalen Kraft der Natur.

Jene Zeit der Ausbildung weckte in mir ein großes Interesse an der Natur des Lebens und der menschlichen Verfassung.

Ich empfand es als absolut folgerichtig, dass sich das ganze Leben auf vitale Kräfte und Energien stützt, die in der Natur und in uns selbst wirken. Es faszinierte mich, im Rahmen der präzisen Gesetze der Akupunktur zu entdecken, wie eng unsere Beziehung zur Natur mit dem Heilungsvorgang verknüpft ist und warum sie so notwendig ist für die Wiederherstellung unseres Empfindens, heil und ganz zu sein.
1991, im Alter von dreißig Jahren, ging ich durch eine Lebensphase der Veränderungen und hörte mit der Ausübung der Akupunktur auf. In meinen Zwanzigern war ich intensiv mit Studieren, Lernen, Üben und Praktizieren beschäftigt gewesen, und nun empfand ich es als wichtig, eine Periode der Ruhe und der Rückschau einzuschalten. Ich spürte, dass neue Entwicklungen vor mir lagen, und schätzte die Gelegenheit, mehr Zeit in der Natur zu verbringen und über meine Studien und Erfahrungen nachzudenken.
Im folgenden Winter heiratete ich meinen Mann Simon in Ladakh im Himalaja, im hohen Norden Indiens. Wir hatten uns während meiner Feldarbeit in den Anden kennen gelernt. Als ich aus Bolivien zurückkehrte, waren Simon und ich bereits unzertrennlich, und seitdem entfaltete sich unsere Reise Seite an Seite. Wir feierten unsere Hochzeit mit Freunden aus Ladakh im tiefen Frieden des Gebirgswinters. Beschneite Berggipfel umgaben die Hauptstadt Leh wie Kristalle. Die Gebetsfahnen der Buddhisten flatterten überall an den Hängen in der hellen Wintersonne und verbreiteten ihre Botschaften und Segnungen über das Tal des Indus.
Nach diesem Aufenthalt in Indien öffneten sich meine psychischen Sinne weiter und ich erlebte den Kontakt mit der Deva-Bewusstseinsebene. Ich wusste, dass ich psychische Fähigkeiten besaß, die ein Teil meiner Empfänglichkeit für Orte, Menschen und Ereignisse waren. Der Kontakt mit der Deva-Bewusstseinsebene war eine Entwicklung, die überraschend in mein Leben trat und eine völlig neue Wahrnehmung der Natur und unserer Beziehung zu ihr mit sich brachte. Dies entfaltete sich sanft und allmählich und ich behan-

delte meine ersten Erlebnisse behutsam und mit großer Ehrfurcht.

Ich hatte von Dorothy Macleans Pionierarbeit mit den Devas im Garten der Findhorn-Gemeinschaft in Schottland gelesen und war stets fasziniert davon gewesen, wie ihr Kontakt mit den Devas sich zu der praktischen Kooperation im Garten entwickelt hatte. Angesichts der engen Beziehung mit der Natur, die ich in traditionellen Anden-Gemeinschaften beobachtet hatte, und aufgrund meiner Erfahrungen mit Energie in der Akupunktur erschien es mir absolut sinnvoll, dass man sich auf den Geist und die Essenz der Natur einstimmen und einen Kontakt erleben konnte. So hatte ich keine Schwierigkeiten, die Wirklichkeit von Deva-Bewusstsein zu akzeptieren, aber ich hätte es nie für möglich gehalten, solches einst selbst zu erleben. Im Rückblick erkannte ich, dass dies eine völlig natürliche Entwicklung war und aus einer Bereitschaft erwuchs, diese Dinge zu erleben.

Als ich zum ersten Mal eine Botschaft von einem Deva empfing, war es ein ganz besonderes Erlebnis. Die Botschaft fiel in mein Gewahrsein wie ein kristallklarer Regentropfen in einen Teich. Sie war so hell und so durchdringend klar, dass jede Einzelheit dieses Ereignisses in meine Erinnerung eingeprägt blieb und nichts von ihrem Gehalt und ihrer Wirkung verlor. Es war ein einzigartiges Ereignis, noch nie zuvor hatte ich so etwas erlebt. Ich erkannte sofort, dass etwas geschehen war, das über meinen gewöhnlichen Bewusstseinszustand hinausging.

Als es geschah, lag ich auf einem flachen Felsen am Meer. Mein Sinn war frei von Gedanken, ich lauschte dem Rhythmus der an das Ufer donnernden Wellen. Mein Blick fiel auf die glatten Steine, die an der Flutlinie des Strandes aufgereiht lagen, und zu meiner größten Überraschung wurde die folgende Botschaft in mein Bewusstsein eingeprägt. Sie nahm die Gestalt von Worten an, die in einem zusammenhängenden Strom kamen wie ein maschinengeschriebener Text, der in meinem Innern aufblitzte und so klar war, als hätte ihn jemand gesprochen – nur dass die Kommunikation lautlos geschah. Die Botschaft war ohne jeden Zusammenhang mit meinem eigenen Denken und entsprang nicht aus mir. Ich war zutiefst verwundert. Ich erkannte, dass etwas Außergewöhnliches geschah, doch ich ließ es zu, bis der Strom abrupt endete. Was ich hörte, kam aus den wunderschön gerundeten Steinen, die den Kiesstrand bildeten, und es lautete folgendermaßen:

Wir laden dich ein, eins mit uns zu werden. Wir versammeln uns hier in großer Stille und Schönheit. Wir strahlen aus und hüten die Einheit der Form. Einheit ist das Einbeziehen von wesentlichen Qualitäten, und unsere Formgebung ist ein Prozess. Viel Zeit wird benötigt für die Erschaffung dessen, was du hier siehst. Aber wir sind froh, dass du es wahrnimmst. Wir sind zeitlos und veränderlich – rhythmisch bewegt von Meer und Gezeiten. Damit sind unsere Lebensmuster vereint und eins mit den Kräften und Bewegungen von Sand und Wasser. Alles ist miteinander verbunden. Licht und Luft haben ebenso ihren Anteil an unserer Formation wie Materie und Substanz.
Sähest du das Leuchten unserer inneren Formen, würdest du uns nicht länger als grobe Materie betrachten. Alles ist eins mit dem großen Licht und Plan. Fühle unsere Glätte und verbinde dich mit dem Ganzen! Wir sind uralt und doch lebendig. Unsere Qualitäten sind hier verankert und du nimmst unsere Rolle in dieser Bucht wahr. Wach auf, sagen wir! Freue dich im Herzen und nimm Notiz von allem, das dich umgibt! Groß ist unser Wunsch, eingestimmt zu sein und die Winkel deines Bewusstseins zu erreichen und in Freude zu vereinen! Alles ist Freude! Lebe in der Einheit!

Mein Gewahrsein wurde erschüttert von diesem unerwarteten Geschehen. Die Botschaft war mit einem so ausgeprägten Gefühl der Freude und Ruhe gekommen, dass ich entzückt war, voll Ehrfurcht und Erregung zugleich. Ein spürbarer Frieden und tiefe Ruhe folgten der Botschaft – eine Stimmung ähnlich der, die ich als Kind beim geheimen Wasserfall-Teich erlebt hatte. Ich verstand, dass die Botschaft von der Natur gekommen und irgendwie zu mir übermittelt worden war. Ich war etwas verblüfft und empfand eine außergewöhnliche Erhebung.

Ich ging am Strand entlang zurück und dachte über das nach, was geschehen war. Eine große Stille lag über der Bucht und eine Zeit lang nahm ich jede Einzelheit des Sandes auf, die sich kräuselnden Wellen und die Steine, die gesprochen hatten. Nichts in der Landschaft um mich herum hatte sich verändert. Austernfischer riefen sich weiterhin zu, während sie sich ins seichte Wasser voranschoben, der Sonnenschein glitzerte auf der ruhigen See und der Wind strich sanft über das Heidekraut am Ufer. Alles schien sich in der friedvollen Stille dieses unberührten Ortes versammelt zu haben, und die Einheit, von der die Steine gesprochen hatten, schien von der Landschaft um mich herum vollkommen widergespiegelt zu werden.

Ich erkannte, dass dieses Erlebnis eine Öffnung des Bewusstseins gewesen war, doch mein Erstaunen hielt noch einige Zeit an. Ich war nicht so sehr überrascht vom Inhalt der Botschaft, sondern von der Tatsache, dass dies überhaupt geschehen war. Jener Strom des Bewusstseins war anders als alles, was ich je zuvor erlebt hatte, und ich war nicht ganz sicher, wie solche Wirklichkeitsebenen so plötzlich offenbart werden konnten. Ich dachte wieder und wieder darüber nach, denn das Erlebnis warf zahlreiche Fragen und Möglichkeiten auf: Würde es wieder geschehen, und wann und wo? War es normal, solche Dinge zu erleben? Warum war es mir geschehen, und was würde weiter offenbart? Ich wusste mit absoluter Gewissheit, dass ich es mir nicht eingebildet hatte, deshalb konnte ich es nicht einfach abtun. Ich spürte, dass sich in meinem Leben eine Tür geöffnet hatte; wenn dies mit einem bestimmten Zweck geschehen war, würde mit der Zeit alles klar werden. Von da an trug ich immer ein Notizbuch und einen Bleistift bei mir, obwohl es einige Zeit dauerte, bis ich weitere Botschaften empfing. Es war wichtig zu akzeptieren, was geschehen war, und den Grund zu verstehen. Nachdem ich durch diese Tür gegangen war, gab es kein Zurück mehr. Meine Spaziergänge in der Natur waren jetzt geprägt von einem neuen Gefühl des Erkundens und ich beobachtete alles um mich mit neuen Augen. Ich spürte, dass jederzeit ein ähnliches Erlebnis eintreten könnte; es war eine seltsame Erwartungshaltung. Jene Phase meines Lebens war ein subtiler Öffnungsprozess, begleitet von einem gesteigerten Gewahrsein. Im Laufe der folgenden Monate kam es zu weiteren Botschaften, und es wurde klar, dass ich Übermittlungen von der Deva-Bewusstseinsebene in der Natur empfing. Die Devas verschiedener, individueller Arten begannen sich mir kundzutun. Mir war, als würden mir Fragmente einer viel größeren Wirklichkeit offenbart, um mich behutsam weiterzuführen und mein Verständnis von der Komplexität, der Aufgabe und dem Muster des Göttlichen zu vertiefen.

Die Devas sprachen zu mir, wenn mein Sinn vollkommen klar war und ich still an einem ungestörten Platz saß. Anfänglich kamen die Botschaften recht spontan und nicht unbedingt dann, wenn ich sie erwartete. Doch allmählich gewöhnte ich mich an das Muster des Kontakts und die Art dieser Kommunikationen. Die Botschaften besaßen eine eigene Qualität, die ich augenblicklich erkannte, und sie waren immer begleitet von einem Gefühl der Freude und der Erhebung, die mein Gewahrsein noch für einige Zeit danach veränderten.

Ich begann Botschaften von den Devas der Bäume und wilder Pflanzen zu empfangen. Manchmal sprachen die Devas einer Landschaft gemeinsam. Der Kontakt mit den Devas geschah nicht zufällig, denn die Botschaften traten immer dann ein, wenn ich auf den individuellen Charakter eines Baumes oder die Einzelheiten einer Landschaft aufmerksam geworden war. Es schien, dass die Devas dann zu mir sprachen, wenn ich friedvoll die wesenhafte Natur dieser Dinge in mich aufnahm und innerlich auf sie eingestimmt war. Bald lernte ich, dass eine konzentriert ausgerichtete Aufmerksamkeit ein wichtiges

Mittel war, sich der Deva-Bewusstseinsebene zu öffnen, und dass die Botschaften vermittelt wurden, wenn ich mich in einem empfänglichen Zustand befand.

Als diese wunderbaren Übermittlungen fortgesetzt wurden, fühlte ich, dass sich eine Beziehung zu den Devas zu formen begann und ich mit jeder Botschaft aufgerufen wurde, die Natur eingehender zu betrachten. Die Botschaften zeugten von solch liebevoller Intention und Leichtigkeit des Geistes, dass ich das Gefühl hatte, das Licht und die Energie des Deva-Bewusstseins direkt erleben zu können. Diese stillen und sanften Erlebnisse ließen mich zunehmend staunen. Selbst wenn ich gerade keine Botschaften empfing, stellte ich fest, dass ich Bäume, Pflanzen und Steine auf eine neue Weise betrachtete, mit einer erhöhten Empfänglichkeit für ihre Schönheit und Individualität.

Bis zu dieser Zeit nun waren die Botschaften gelegentlich und spontan übermittelt worden, und ich fragte mich, ob es Möglichkeiten gab, mit den Devas so zu kommunizieren, wie sie im Stande waren, sich mir mitzuteilen. Ich war ganz und gar nicht sicher, ob es möglich war, ihre Bewusstseinsebene zu erreichen, wenn ich dies wünschte. In stillen Augenblicken, wenn mein Sinn absolut rein von Gedanken ist, sitze ich bei einem Baum oder einer Wildblume und richte meine Aufmerksamkeit auf deren eigentliche Essenz und Beschaffenheit. Jedes Mal kam in einem gewaltigen Ausbruch von Energie eine Botschaft gänzlich individuellen Charakters hervor. Ich begann, den Devas gezielte Fragen zu stellen, und regte damit einen breiten Strom des Kontakts mit ihnen an. Es war eine große Freude zu entdecken, dass ein Austausch, eine Kommunikation in beiden Richtungen möglich war, und seitdem bildete die Kommunikation mit den Devas einen fortlaufenden Dialog, der jederzeit aufgenommen werden kann.

Anfänglich fiel es mir leichter, mich auf die Devas einzustimmen, wenn ich an einem unberührten Ort und ganz klaren Sinnes war. Der Kontakt mit den Devas ist immer klar begrenzt und ich weiß genau, wann eine Botschaft anfängt und aufhört. Alle gedankliche Aktivität kommt zum Stillstand. Die Botschaften kommen in einem Strom von Energie, der konzentriert, rein und intensiv ist. Mein Bewusstsein dient dabei einfach als ein klares, offenes Gefäß, das die Botschaften der Devas in Form von Worten empfängt. Die Deva-Botschaften gehen immer mit einem Gefühl der Energie und Lichtheit einher, die typisch für unseren Kontakt geworden sind. Die Energie fühlt sich weich, leicht, rein und flink an.

Die Gewandtheit der Botschaften nahm zu, während ich mich auf die Energie einstellte, mit der sie empfangen wurden. Anfänglich fühlte ich mich sehr gefordert, diese Energie und den raschen Strom der Botschaften aufzunehmen. Zu Beginn enthielten einige Botschaften Pausen, in denen mir komplexere Begriffe vorgestellt wurden. Oft empfange ich Bilder, die solche Begriffe illustrieren, die schwer in Worte zu übertragen sind. Die Bilder sind symbolhaft und enthalten Muster von Licht und Farbe, die unterschiedliche Dimensionen widerspiegeln. Die Botschaften kommen immer rasch, in einem einzigen Ausbruch, bis sie abrupt enden. Ich habe festgestellt, dass die Einstimmung auf die Deva-Bewusstseinsebene vollkommene innere Stille und Klarheit des Geistes voraussetzt.

Es war von Anfang an klar, dass Sensitivität, Klarheit des Bewusstseins und Reinheit der Intention wesentliche Voraussetzungen zur Kommunikation mit den Devas sind.

Die Klarheit des Geistes war wesentlich, um einen geeigneten Kanal einzurichten, und die Intention spielte eine wichtige Rolle für die Wahl der Ebene des Kontakts. Zur Kommunikation mit den Devas gehört das Empfangen einer sehr reinen Energiequalität und ich habe diese Kommunikationen immer mit großem Respekt behandelt. Ich spürte, dass es einen Zweck für die Übermittlungen gab, und ich fühlte eine Verantwortung, meine Sensitivität auf die rechte Weise zu entwickeln.

Ich achtete darauf, mit den Devas keinen Kontakt zu suchen, wenn ich mich auch nur geringfügig aufgeregt fühlte oder unfähig zur Konzentration, und ich lernte bald, in einen empfänglichen Zustand einzutreten und ihn wieder zu verlassen. Es fühlte sich an wie ein seltsamer, holpriger Übergang, der mit der Zeit allmählich einfacher wurde. Das Kommunizieren mit dem Deva-Bewusstsein verlangt eine gewisse Disziplin, zum Beispiel die Gewöhnung an ein regelmäßiges Meditieren. Ich entwickelte auch Methoden, zentriert zu bleiben und meine Sensitivität jederzeit zu schützen. Ich stellte fest, dass sich so allmählich ein Muster des Kontakts entwickelte, der in einer Atmosphäre hoher Konzentration und tiefer Stille stattfindet. Je mehr ich mich an unseren Kontakt gewöhnte, desto leichter und rascher stellte er sich ein.

Die Devas bewiesen endlose Geduld, Mitgefühl und Liebe, und sie ermutigten mich ständig, die schöpferische Kraft der Liebe in ihrem Wirken zu sehen. Ich fragte mich oft, wie unser Kontakt möglich war, und eines Tages beschloss ich, die Devas zu fragen, wie sie den Prozess der Kommunikation wahrnahmen. Sie antworteten:

Du stellst dich auf uns ein; unsere Welt zu erreichen ist ein Akt des Willens. Er öffnet das Bewusstsein. Du suchst uns, und wenn eine Öffnung bereitet ist, können wir unsere Eindrücke übermitteln. Wir schicken sie als Gedanken aus, aber viel hängt von deiner Empfänglichkeit ab. Es ist wie ein Begegnen, ein Verschmelzen von Bewusstsein. Das ist natürlich, denn Leben ist! Du hast uns immer deutlich gesehen, aber wir konnten nicht sprechen, bevor dein Bewusstsein bereit war. Doch dies bedeutet nicht, dass Kontakt nicht stattfinden kann. Die Liebe zu einem Ort, die Liebe zur Natur ist genug. Viele Menschen kennen unsere Werke und nehmen sie wahr, und wir sind dankbar. Aber es ist präziser, unsere Welt jemandem zu vermitteln, der auf die richtige Ebene eingestimmt ist. Wenn dein Herz und Sinn auf das Ganze ausgerichtet sind, dann besteht eine Bereitschaft, eine Konzentration der Energie.

Fürchte dich nicht vor der Kraft! Es ist nur eine Hebung des Denkens. Wir tun unser Bestes, um Gedanken auf eine Weise zu ge-

stalten, die du verstehen wirst. Also kommunizieren wir in einer Sprache, die Sinn haben wird. Aber wir gebrauchen deinen Sinn für diese Möglichkeit. Du wirst feststellen, dass sich Stille und Empfänglichkeit leichter einstellen werden, wenn du dich daran gewöhnst. Es ist ein großer Schritt nach vorn; wir können dies nicht genug hervorheben. Betrachte, empfange, erkenne an! Viel Verständnis und Wachstum wird kommen. Lerne, deine Gabe anzunehmen. Es ist eine Freude für uns, und wir sind erfreut über die Bewusstseinsebene, die wir teilen. Sei froh! Alles ist, wie es sein sollte.

Eines Tages ging ich an der Küstenlinie einer abgelegenen schottischen Insel entlang, und dann landeinwärts über eine Wildblumenwiese. Die Blumen bildeten einen dichten, nickenden Teppich um meine Beine, während ich ging. Ich war bewegt, an diesem unberührten Platz eine solche Fülle des Lebens zu sehen, und fühlte mich gedrängt, mich zwischen die Blumen zu setzen und bei ihnen zu sein. Ich hatte erst vor kurzem angefangen, mit den Devas zu kommunizieren, und sagte innerlich Dank für die Fülle des Lebens um mich herum. Die Antwort der Devas war kraftvoll und zu meinem Entzücken folgte eine Botschaft:

Fürchte dich nicht, uns zu lauschen! Es ist nur ein Schritt weiter, als hier ein Gefühl des Friedens zu empfinden, denn wir sind hier, und wir haben unsere eigene Stimme, unsere individuelle Bestimmung. Wir sind zahlreich hier, vor allem weil wir ungestört sind. Du siehst eine Fülle des Lebens vor dir; es ist unser natürlicher Seinszustand. Wir betonen wieder und wieder: Unser Werk ist es, Licht zu bewegen. Du könntest es bezeichnen als eine pulsierende Kraft, die aus der Mitte gegeben wird und fähig ist, Form anzunehmen, während sie hinausgesandt wird, wie die Energie des Klanges die erkennbaren Charakteristika trägt, die dann identifiziert werden können.
Das ist unser Weg: Es ist die Bewegung von Leben und Rhythmus: Es ist Energie; Klang, all diese Dinge in ihrer Essenz, und wir sind

die Baumeister. Wir helfen individuell, diese Energie auf die rechte Stimmung und Tönung zu bringen, sodass sie mit ihrem individuellen Charakter wie ein Klang ausgesandt werden kann. Jede Pflanze ist ein Ganzes, ein Vollendetes, ein Sein von Essenz, geformt aus Licht und geboren aus der Einen Quelle. Dies ist ein Zustand des natürlichen Gleichgewichts. Wir halten die Fäden und Rhythmen des Lebens, und hier sind wir fähig, unsere Arbeit mit großer Klarheit und Leichtigkeit auszuführen. Somit erbaut diese Energie und wächst und erlaubt es dem Leben, sich zu vermehren.

Denke an das enorme schöpferische Potenzial, das erschlossen wird, wenn der Mensch gelernt hat, mit uns zusammenzuarbeiten! Viel könnte aus einer schöpferischen Partnerschaft erwachsen, eine Kreativität, die der Schönheit dieser wilden, unberührten Orte gleichkäme, die vom Leben so grün sind. Dies ist unser natürlicher Zustand, doch wir sind zu all diesem auch in deiner Sphäre fähig. Wir sehnen uns danach, die Menschen zu lehren, sich auf dieses Gleichgewicht wieder einzustellen. Wo Bestimmung verbunden ist mit der richtigen Ausrichtung der Kraft, fließt schöpferische Energie mit Leichtigkeit. Wir bitten dich, zu beobachten und daraus zu lernen.

Die Botschaften der Devas sind immer voll von Optimismus und Bestimmtheit und bringen eine starke Liebe zum Leben zum Ausdruck. Zu Beginn war ich oft enttäuscht von meiner Unfähigkeit, den Kontakt mit ihnen aufrechtzuerhalten, und ich fühlte mich entmutigt, wenn ich zu sehr abgelenkt war, um an diesem Austauschen teilzunehmen. Mit der Zeit begann sich das Gefühl der Trennung zu zerstreuen und der Kontakt mit den Devas blieb über längere Zeit erhalten. Ich war der Devas gewahr, auch wenn ich nicht gerade eine Botschaft von ihnen erhielt.

Ich begann zu sehen, dass dieses Gewahrsein ein wesentlicher Punkt des Kontakts war, von dem alle Kommunikation ausging. Eines Tages äußerte ich den Devas gegenüber meine Sorge über die Zeiten, in denen ich mich unfähig fühlte, mit ihnen Kontakt aufzunehmen. Ich saß an einem friedvollen Platz an einem wilden Fluss. Die sofortige und beruhigende Antwort der Devas lautete:

Verbanne die Traurigkeit! Wir werden dich erquicken und inspirieren! Komme zu uns nicht mit dem Bestreben, etwas zu erreichen, sondern um unsere Welten zu erleben und unser Bewusstsein zu teilen. Sobald du voranschreitest, wirst du fühlen, wie Müdigkeit und gedankliche Belastungen von dir abfallen. Denn beim Einstimmen auf uns stimmst du dich auf ein Licht ein, das alles Leben durchdringt. Lass Leben und Licht herein! Wir verstehen nicht die dichten Energien, die sich im menschlichen Leben anhäufen, denn unsere Welt ist anders. Hier erklingt ständig Musik und Gesang! Lausche auf den Fluss! Rieche an dem Moos und nimm den Duft der Blumen in dich auf! Alles verstrahlt sein Licht, und wenn du dich auf uns einstimmst, tust du das gleiche, nämlich auf deine Weise. In der Tiefe des Einsseins allen Lebens ruht eine tiefe, liebende Quelle, wie ein Teich, endlos erfüllend und gebend. Aus ihr sind wir geboren und zu ihr werden wir zurückkehren. Es gibt Ebbe und Flut, aber alles in Licht und Ordnung. Wir werden nie vergehen, sondern einfach in eine andere Richtung gelenkt werden. Du hast große Anstrengungen unternommen, um zu uns zu kommen, und das erkennen wir an. Wo auch immer du gehst, wirst du fähig sein, dich wieder auf uns einzustimmen. Genieße es! Denn das Licht des Lebens brennt in jedem Augenblick. In deinen stillen, weniger aktiven Augenblicken herrscht Frieden und in dieser Stille und Ruhe kommst du auch zu uns.

Während sich meine Beziehung zu den Devas entwickelte, erlebte ich die Kraft der Liebe, die die Schönheit und die Komplexität des „Goldenen Netzes“ erschaffen hat. Nachdem ich eine Botschaft empfangen habe, fühlt sich alles strahlend an und voller Leben. Ich beginne, die Bäume, die Moose und Wildpflanzen als Leben tragende Wesen wahrzunehmen; jedes von ihnen birgt seine einzigartigen Gaben an das Leben.

Nicht eine einzige Blume oder ein Stein fühlt sich von diesem Prozess ausgeschlossen. Allmählich wurde meine Wahrnehmung der Natur fließender, empfänglicher, dauerhafter und detaillierter. Die Devas haben mich gelehrt, dass jedes Lebewesen seinen einzigartigen Wert und Ausdruck besitzt, und so erschien die Natur weniger fragmentiert, da die Devas meine Wahrnehmung der vielen ausgebildeten Formen in der Natur und des Bewusstseins in ihnen vertieft haben.

Die Botschaften der Devas vermitteln nicht eine separate Wirklichkeit, sondern ein tieferes, genaueres Bild des Lebens. Die Devas wünschen, dass wir unsere Grenzen der Wahrnehmung ausdehnen und das Leben als das wahrnehmen, was es wirklich ist. Die Natur spricht zu jedem auf andere Weise, und die Devas wünschen jedem von uns, dass er seine eigene Beziehung und Verbindung mit der Natur aufbaut. Die Devas sind überall und Teil von allem, was uns umgibt. Wir können mit ihnen kommunizieren, indem wir einfach eine bewusste Verbindung mit den Aspekten der Natur herstellen, die wir lieben. Eines Tages fragte ich die Devas, wie es möglich sei, die Sensitivität für die Natur zu steigern, und sie gaben die folgende, detaillierte Antwort:

Deine Sensitivität wurde bis zu einem Punkt entwickelt, an dem wir dich auf der gemeinsamen Bewusstseinsebene erreichen konnten. Wir wurden miteinander verbunden, als die Zeit geeignet war. Im menschlichen Leben ist diese Sensitivität abhängig von verschiedenen gesteigerten Wahrnehmungsfähigkeiten. Nicht alle teilen sie, aber die Menschheit ist zu mehr Sensitivität fähig, als gemeinhin angenommen wird. Wir durchdringen einfach alle Aspekte der Natur. Wir existieren in allen Sphären der Naturreiche. Der Geist der Natur umfasst alle Aspekte der Elemente, der Erde, der Himmel und der einzelnen Energien der Pflanzen, Steine und aller Lebensformen, die die Erde bevölkern. Deshalb sind wir nicht ein illusionäres Reich, denn wir sind Teil der Wirklichkeit, und wir existieren, ob die Menschheit uns wahrnehmen kann oder nicht.

Der erste Weg, auf dem die Menschen ihre Sensitivität für uns steigern können, besteht in der Suche nach uns. In die Natur einzutreten, ist ein bewusster Wunsch, Zeit in unseren Reichen zu verbringen. Dieses Bewusstsein erreicht uns. Alle Hinwendung an uns beruht auf einem Akt des Willens. Ob wir darauf ansprechen oder nicht, hängt von der Fähigkeit des Individuums ab. Aber wir sprechen auf mannigfache Weise. Du bist beispielsweise berührt worden von der ausgeprägten Musikalität dieses Flusses, vom Licht der Silberbirkenblätter, die sich im Winde drehen, und den uralten Felsen, die die Teiche umrahmen, die du seit deinem Kindesalter erkundet hast. Deine Fähigkeit, mit uns zu kommunizieren, wuchs aus gerade dieser Wertschätzung unserer Bereiche. Sie wurde in deinem Leben zu einer instinktiven Ansprechbarkeit, die deine Offenheit entwickelt und ausgerichtet hat. Dies ist der Weg in unsere Welt und auf ihm wird aufgebaut. Jeder darf diesem Pfad folgen. Er ist nicht exklusiv.

Das Gefühl des Einsseins mit der Natur ist ein wahres Verschmelzen mit dem Licht unserer Bereiche. Botschaften sind nicht immer notwendig. Wir senden sie aus, weil wir Wortführer brauchen, um das lebenswichtige Werk der Vermittlung und Kommunikation weiterzugeben. Doch wie du weißt, ist dir deine Liebe zur Natur teuer, und tief in deinem Herzen schätzt du sie. Für andere gilt dies gleichermaßen. Wir gehen allen entgegen, die auf uns zukommen und das größere Muster des Lebens, zu dem wir alle gehören, achten und wertschätzen.

Wir sprechen auf mannigfache Weise! Unsere Botschaften tragen auch der Sonnenschein, die Regentropfen, die zauberhafte Welt der Wildblumen, die Tiefen des Waldes und die Wasserfallbecken. Wir sind überall und überall verströmen wir unsere Gaben ans Leben! Die Wertschätzung von Schönheit und der innersten Natur des Lebens ist die eigentliche Priorität. Die Natur leuchtet und strahlt! Die Gaben und Segnungen sind da für alle, die ihre Sinne gebrauchen und sie auf uns richten. Es ist ein Austauschen. Sensitivität ist für uns also nicht eine begrenzte Aktivität, denn es gilt, das Gewahrsein in unsere Bereiche zu lenken. Wir erkennen an und antworten. Kommunikation findet in allen möglichen

Formen statt – sie ergießt sich auf alles Leben, das dich umgibt! Das muss vermittelt werden. Die Natur lehrt und segnet alle und alle sind willkommen. Wir verlassen dich mit unserem Schauer von Regentropfen und unserem Segen auf diesen, deinen geliebten Felsen.

KAPITEL 3

Liselotte Baertz

Die Engel und die Menschen-Entwicklung

Die Esoterik kennt zwei große Entwicklungswege, die der Engelwesen und die der Menschen. Damit ist nicht gesagt, dass es nicht auch noch andere Entwicklungswege im Universum gibt, aber die Menschen haben eine besondere Verbindung zu diesen beiden Wegen, berühren sie sich doch in den beiden betreffenden Welten.
Der Mensch geht den Weg der Erfahrung. Es fällt ihm relativ leicht, neues Wissen aufzunehmen. Schwerer fällt ihm die Umsetzung dieses Wissens. Auch wenn er sich vornimmt, das Wissen anzuwenden, weiß er doch oft nicht, wie er es zum Ausdruck bringen soll, welche Gesetzmäßigkeiten ihm dabei helfen können und wie er seine Gedanken und Gefühle einsetzen muss, damit am Ende auf der physischen Ebene das in Erscheinung tritt, was er wirklich will. Ein Beispiel mag das verdeutlichen. Man möchte in einer ganz bestimmten Art von Situation Ruhe bewahren. Kommt man aber dann in die Situation, dann gelingt es einem nicht, auch wenn man sich darum bemüht. Die inneren Körper haben nicht die Flexibilität, um jedem Impuls nachgeben zu können. Man macht die Erfahrung, dass einem irgendetwas fehlt. Durch stetiges Bemühen, durch die Betrachtung von Ursache und Wirkung, lernt man über viele Inkarnationen, seine einzelnen Körper (Äther-, Astral- und Mental-Körper) zu gebrauchen und seine Seele so auszudrücken, wie diese es will.
Ein Deva (Engelwesen) stammt aus einer anderen Schöpfungslinie als ein Mensch und geht den Weg des Wissens. Anders als für uns Menschen, ist für einen Deva die Wissensaufnahme viel schwieriger. Wenn das Wissen aber dann in seiner globalen Form aufgenommen ist, wird es unmittelbar und einwandfrei umgesetzt. Ein Deva wendet demzufolge das Wissen nie falsch an. Wenn er über ein Wissen verfügt, wird es folgerichtig umgesetzt; ist das Wissen nicht vorhanden, er-

folgt auch kein Handeln. Wir Menschen können über ein Wissen verfügen, aber auch gegen unser Wissen handeln. Anders als wir Menschen, inkarniert ein Deva nur bis zur Äther-Ebene, nimmt demzufolge keinen physischen Körper an und taucht damit nicht in die physische Ebene der Trägheit ein.
Menschen und Devas sind dennoch sehr eng miteinander verbunden, stellt doch die Äther-Ebene nur den feinstofflichen Teil der physischen Ebene dar. Die ätherische (energetische) und die materielle Ebene sind demzufolge *eine* Ebene. Wir können den feinstofflicheren Ätherbereich nur nicht sehen, da unser Sehvermögen begrenzt ist. Menschen, die den physischen Körper für eine gewisse Zeit zu verlassen vermögen, sind auf der Äther-Ebene noch in der Lage, die physische zu sehen. Auf der Astral-Ebene stellt sich dem Betrachter die Welt ganz anders dar.
Oft begleiten Devas die Menschen und haben Anteil an den Erfahrungen, die der Mensch auf der physischen Ebene gewinnt. Sie übernehmen z. B. eine Schutzfunktion (Schutzengel), begleiten dann ihren Schützling oder legen einen Schutzkreis um ihn, damit kein dunkles Wesen die Grenze des Karma-Gesetzes überschreitet. Auch achten sie darauf, dass der Mensch in der Inkarnation bleibt, solange seine Seele es will. Kein Mensch kann demzufolge seinen Körper verlassen (sterben), wenn die Seele es nicht will. Still, oft unbemerkt, begleiten Engel den Menschen, wehren Gefahren ab und vermitteln ihm Energien. Wir können uns an sie wenden, wenn Gefahr droht oder wenn wir besondere Energien benötigen. Sie können uns helfen, unseren Körper wieder gesunden zu lassen, oder sie schützen uns beim Autofahren. In diesem Fall bekommen wir von ihnen Impulse, achtsam zu sein oder auch langsamer zu fahren, wenn wir an eine Gefahrenstelle kommen. Kinder umhüllen sie mit Licht und Liebe und flößen ihnen Vertrauen ein, wenn sie ängstlich sind. Sie sind immer bereit, uns zur Seite zu stehen, gehorchen dabei aber auch kompromisslos dem Karma-Gesetz. Sie greifen also nicht in entwicklungsbedingte Schicksalsereignisse ein.

Flower A. Newhouse

Das Reich der Engel

Wunderbares durchdringt unsere Welt, erhabene Mysterien, fast zu rein für unser volles Verstehen. Unser Planet und seine Atmosphäre wird nicht nur von unsichtbaren radioaktiven Strahlen und anderen, aber wirksamen Feldern durchzogen, sondern auch von leuchtenden Wesen, deren unablässige Dienste uns beleben und aufrichten. Weit wunderbarer als die weitreichenden Auswirkungen des Fernsehens oder das Nutzbarmachen der einzigartigen kosmischen Strahlung, wird die Erinnerung an diese herrlichen Wesenheiten sein. Seit in die Zeit die wundervolle Schöpfung entfaltet wurde, haben die himmlischen Wesen den Fortschritt und die Entwicklung des Menschen geführt. Berichte über sie wurden allgemein mit Lächeln oder Unglauben aufgenommen. Hinter jedem zeitlosen Glauben jedoch steht eine verborgene Wirklichkeit, deren Beleuchtung voller Ernsthaftigkeit gesucht werden sollte. Unsere Unwissenheit bezüglich der Engel bringt sie nicht zur Nichtexistenz, es verschließt uns nur vor ihrem Dasein. Unser Begehren, sie zu erkennen, öffnet uns für eine Verbindung mit ihnen.

Das Reich der Engel stellt, wie das Menschenreich, einen Weg sich entwickelnden Lebens dar. Es wird von Wesen gebildet, deren Körper, verglichen mit den unseren, ätherisch sind. Der der Engelentwicklung zugrunde liegende Zweck ist Vollendung durch Fröhlichkeit und Dienst. Der menschliche Weg ist auf die Weiterentwicklung durch Liebe und Weisheit ausgerichtet. Jene, die das himmlische Reich bevölkern, sind frei von Kampf und Übel. Menschen erstarken durch die Überwindung disharmonischer Kräfte und des Bösen in ihnen. Engel sind unsterblich; Menschenwesen benötigen die Ruhepause des Todes, um sich für einen neuen Zyklus der Selbstfindung vorzubereiten. Der Pfad der Engelevolution ist anspruchsvoll und langwierig, während jener der menschlichen

Wanderer, obwohl mühsam, vergleichsweise kurz ist. Je mehr sich der Mensch mit der Natur verbindet, um so reiner wird seine Ausstrahlung, da Naturwesen keine zerstörerischen Emotionen besitzen. Alles wird bewusst von der höchsten und reinsten Ebene aus verrichtet.
Es gibt zahlreiche himmlische Stufen und von vielen wissen wir nur wenig. Die Gruppen, von denen wir Unterstützung erfahren, sind die folgenden:

1. Engel der Natur
2. Erbauer der Form
3. Engel der Inspiration
4. Engel der Liebe
   a. Schutzengel
   b. Heilungsengel
   c. Engel des Gottesdienstes
   d. Engel des Gesanges
5. Engel von Geburt und Tod

Die der Natur geweihten Engel bewirken eine beständige Wiedergeburt jenes Reiches. Sie beaufsichtigen die Elementarwesen und unsere Jahreszeiten. Das Gesetz von Ursache und Wirkung benennt die Art der Ordnung, der die Erde untersteht. Sie können Erdbeben und Fluten zwar nicht verhindern, doch Regen oder Wetterberuhigung in die geeignete Gegend bringen. Unsere sorglose Vernachlässigung der Erhaltung der Bodenkrume innerhalb der Zentralstaaten bewirkte viele Wochen enorme Sandstürme. Wenn die Menschheit in Unkenntnis oder Unbesonnenheit einen Fehler begeht, ist es den Engeln der Natur nicht erlaubt, in den Ausgleich einzuwirken, den der Mensch aufgrund der Bodenerosion anzieht. Wäre es den Großen erlaubt, solche Katastrophen zu verhindern, würden wir nicht unsere Lehren ziehen, bezüglich des richtigen Gebrauches und der Pflege jener Gaben, mit denen die Natur ausgestattet ist.
Die Erbauer der Formen befinden sich, anders als die Engel

der Natur, nicht in unserer Atmosphäre. Die Gedanken dieser Architekten leiten die Planung und Konstruktion der Manifestationen dessen, was an neuen Arten von Mineralien, Gemüsen, Tieren oder Menschen erscheint. Sie arbeiten ausschließlich aus der fünften Dimension, jener Ebene, die ganz dem intellektuellen Streben gewidmet ist.

Die strahlenden Engel der Inspiration bilden eine farbenfrohe Gruppe. Ihre Aura trägt die Schattierungen eines flammenden Sonnenunterganges, was überaus mit dem kontemplativen Ernst ihrer Gesichter kontrastiert. Ihr ausgeprägtes Empfinden für Schönheit drückt sich in den vibrierenden Gedankenformen aus, die sie zur Erde schicken. Diese himmlischen Impressionen erscheinen dann in solchen musischen Gebeten wie der Ouvertüre aus Wagners „Lohengrin". Inspirierte Gedanken sind mit der Vorstellung von Künstlern und Dichtern verflochten, damit die Idee in der Schönheit der Form zum Ausdruck kommt. Göttliche Träume vermögen den Geist eines Komponisten auf ihre erhabenen Ebenen zu ziehen oder das „Heiligtum der schöpferischen Impulse" zu besuchen. Die „Engel der Inspiration" geben sich nur selten zu erkennen, da sie sich ausschließlich auf den Fluss lyrischer Ideen oder Harmonien konzentrieren, die ein strebendes Individuum erreichen sollen.

Die mystische Ankündigung des Sonnenaufganges schickt einen Segen voraus, den alle Wesen, die dem Naturreich angehören, voller Ehrfurcht erwarten. Leuchtende Farben, vermischt mit den tönenden Auswirkungen des Sonnenaufganges, verkünden die freudigen Botschaften des neuen Tages. Durch die Schönheit des Aufganges hindurch vibrieren die Gesänge der „Engel des Morgens". Sie sind Botschafter des Sonnenlogos, deren Aufgabe es ist, die geistigen Strahlungen der Sonne auf diesen Planeten zu richten, der vor ihnen seine Bahn zieht.

Die himmlischen Arbeiter, die uns direkt dienen und die uns näher als die meisten anderen aus den Reihen der Engel stehen, sind die „Engel der Liebe". Sie widmen sich ganz der Auf-

gabe, uns zu führen, Heilkräfte zu senden, aufzumuntern und in Harmonie zu schwingen.
Ein Schutzengel ist von großer Bedeutung für unseren Fortschritt. Er steht in Kontakt zu jenem Meister, der der Lehrer unseres Strahles ist. Seine Ratschläge empfangen wir durch unsere intuitiven Empfindungen und inneren Überzeugungen. Er führt uns auf dem langen „Pfad der Überwindung" und wird, wenn die „Halle der Prüfungen" erreicht ist, zu unserem Initiator. Wenn wir im Laufe der Zeiten voranschreiten, unterlässt es der Schutzengel mehr und mehr, uns zu beraten. Während des langen Prozesses der inneren Belehrung bleibt er bei uns; doch beim ersten Anzeichen selbstständigen Denkens und Handelns wird er seinen Einfluss zurücknehmen. Dann wacht er über uns, um unsere Schritte zu leiten. Zu Zeiten, wenn unser Bewusstsein getrübt ist, wirkt das Seine als klärender Strom, der den Geist von negativen Schleiern befreit.
Schutzengel wirken wahrhaft wie geduldige ältere Geschwister, die uns stützen, Tadel oder Ermutigung geben, wann immer notwendig. Von den anderen Engeln lassen sich die Schutzengel durch die goldene Ausstrahlung um ihr Herzzentrum und die zarte, rosafarbene Aura unterscheiden.
Ein wertvoller Dienst wird uns von den „Engeln der Heilung" erwiesen. Es ist ihre Aufgabe, die verstopften Gebiete unserer ätherischen Körper zu reinigen, sodass der Fluss der kosmischen Energien sowohl den inneren als auch den äußeren Menschen beeinflussen kann. Diese Arbeiter sind in hellblaue Strahlen eingehüllt und ihre spezielle Ausstrahlung kennzeichnet ihren Dienst.
Krankenhäuser und Sanatorien sind in dieses heilende Licht, geschaffen von den Engeln, eingebettet. Die Gedankenformen, die an solch einem Ort des Leidens geboren werden, sind so schwer und dunkel, dass die feineren Kräfte kaum eindringen könnten, gäbe es nicht die „Engel der Heilung", die durch ihren starken, reinen und beruhigenden Einfluss die umgebende Atmosphäre ausgleichen und verändern. Sie bewirken die Umwandlung von Depression in Hoffnung und

führen leidende Seelen zu neuem inneren Frieden. Drei „Engel der Heilung“ befinden sich auf jeden Fall um ein Krankenhaus, doch die Gebete der Patienten oder die Bitten der besorgten Verwandten ziehen oft Wesen an, die einzelne Fälle übernehmen. Zuerst stellen sie fest, ob ein Patient von seinem Körper befreit oder geheilt werden soll. Wenn ihre Prüfungen ergeben, dass die Lebensuhr des Menschen noch nicht abgelaufen ist, bringen sie zuerst seine Krankheit zum Stillstand und bemühen sich dann, das Bewusstsein des Kranken zu erlichten. Sie geben den Ärzten die zutreffenden Diagnosen und richtigen Behandlungsmethoden ein. Ob ein Arzt etwas verschreibt oder ein Heiler betet, die Hilfe aus den höheren Ebenen steht den Leidenden bei. Die kommende neue Rasse wird mittels Telepathie fähig sein, sich genauso sicher mit den Energien der „Engel der Heilung“ zu verbinden, wie wir uns durch unser Radio in eine Übertragung des Senders einschalten. Dann werden uns die Engel über die verborgenen Ursachen der Krankheiten unterrichten und durch ihre Hilfe und Heilungsanweisungen werden wir ein unerschütterliches Vertrauen in die geistigen Heilkräfte erlangen.

Jene Wesenheiten, die eine Menschengruppe einhüllen, wann immer der Geist Gottes verehrt wird, werden die „Engel der Religionen“ genannt. Diese Diener der Hingabe erscheinen in Kirchen, Kapellen, Hallen oder Häusern, in denen eine Anrufung der Kraft des Allerhöchsten vollzogen wird. Wenn die Kapelle leer ist, verweilen zumindest zwei spirituelle Arbeiter, um die stillen Einflüsse der Kirchen zu verstärken. Während des Gottesdienstes jedoch zieht jede Gruppe drei bis zwölf Engel an, deren herrliche Aufgabe es ist, die hingebungsvollen Ausstrahlungen der Versammelten weiterzuleiten. Sie verbreiten diese Energien von der Kirche aus in die ganze Umgebung, sodass auch Vorübergehende, die nicht am religiösen Leben interessiert sind, trotzdem inneren Frieden erfahren, wenn sie in diese aufgeladenen Energiefelder eintreten.

Während des Gottesdienstes bemühen sich die „Engel der Religion“, die nur passiv Verharrenden zu einem aktiven Gebrauch spiritueller Kräfte anzuregen. Die Entmutigten werden von ihrem Selbstmitleid befreit; jene, die nach Wahrheit streben, erfahren eine besondere Inspiration durch eine Bemerkung, die der Pfarrer oder Gottesdienstleiter veranlasst wird zu äußern. Wären sich die Betenden der strahlenden Wesen über ihnen bewusst, würden sie eine Schönheit bezeugen können, die unbeschreibbar ist. Sie würden Gesichter erkennen, aus Wogen schillernder, korallenfarbener Schleier auf sie herabschauend. Doch die Zeit wird die schweren Lider des Geistes heben, um dem Menschen zu ermöglichen, Zeugnis für die Herrlichkeit des Göttlichen Lebens über sich abzulegen.

Gelegentlich wird von Sphärenmusik gesprochen, ohne eine klare, die volle Bedeutung dieses Begriffes erfassende Bestimmung zu geben. Im Reich der Engel existiert eine Gruppe, die sich der Musik geweiht hat. Diese besteht nicht aus einem Orchester, sondern bildet einen Chor. Ihre Gesänge ähneln den herrlichen Chorälen und sind nach menschlicher Zeit häufig im März zu vernehmen. Das Ausmaß dieses Chores ist nahezu unvorstellbar, und noch schwieriger sind die verschiedenen Oktaven und Tonarten zu erfassen, in denen die himmlische Schar singt. Engel benötigen für Sprache und Gesang keine Organe, ähnlich den menschlichen Stimmbändern. Sie sprechen aus dem Geist und singen mit dem Herzen. Für den Zuhörer sind ihre Variationen geradezu überwältigend. Ebenso bedeutsam ist der Einfluss ihrer Hymnen der Liebe und Anbetung für die Menschenwelt. Die inneren Ohren des Menschen sind beständig auf die Sphärenmusik ausgerichtet. Unser höheres Selbst ist sich immer der rhythmischen Kadenzen bewusst, die die lichten Ebenen so natürlich durchziehen wie der Gesang der Vögel die unsere. Die Empfindungen der Wesen aller Welten drücken sich in diesen nie endenden Gesängen aus. Die Komponisten des Menschenreiches nahmen diese Lieder auf, die Themen wie Wachsen durch geistiges Streben, die Seligkeit der Liebe oder den Segen der Selbstüberwindung zum Inhalt hatten. Die Gesänge werden zu jenen gesandt, die zu Unrecht im Gefängnis sitzen oder das Leiden einer schmerzhaften Krankheit ertragen. Die Stunde des Sonnenaufganges am Osterfest lässt die triumphalen Lobgesänge eines gewaltigen Chores erschallen. Obwohl die himmlische Musik nur von wenigen bewusst aufgenommen wird, machen sich die Auswirkungen der Gesänge auf die Entwicklung eines höheren Bewusstseins belebend bemerkbar. Wären die Menschen fähig, die „Engel des Gesanges" wahrzunehmen, könnten sie Heerscharen herrlicher Sänger erblicken, deren aurische Ausstrahlungen einen in zarten Tönen verfließenden Regenbogen bilden. Wagner scheint äußerst empfindlich für die Klanggebilde der himmlischen Chöre gewesen zu sein, denn seine Partituren reflektieren ihre Gesänge nahezu in reiner Form. Caesar Frank, ein mystischer Künstler, vernahm sicherlich die himmlischen Töne, denn seine Musik birgt eine Botschaft aus transzendenten Welten.

Einen Eindruck von Musikdevas empfing ich, als ich einmal einem Sinfoniekonzert in einem der schönsten und weiträumigsten Freilichttheater Südkaliforniens beiwohnte. Während der ersten Stücke wurde eine große Anzahl der „Engel der Musik" sichtbar. Sie sammelten die den Klängen innewohnenden Energien in einem großen Kraftstrom, der die Gruppe umfloss. Als die ersten Takte von Strawinskys „Feuervogel" ertönten, wurde das große Auditorium von einer herrlichen Wesenheit eingehüllt. In seinem Strahlenfeld erschien alles lebendiger, ausdrucksvoller und bezaubernder. Nie zuvor hatte Musik ihre wahre Bedeutung so klar für mich enthüllt wie in dieser Nacht. Der leuchtende Besucher beeindruckte offenbar auch andere aus dem Zuhörerkreis, denn die entzückten Menschen schienen außergewöhnlich aufmerksam. Nach Beendigung dieses Stückes zog sich der himmlische Bote zurück. Allem Anschein nach beabsichtigte er, bei der Einführung neuer Musikformen zu helfen, mit dem Ziel, durch bestimmte Harmonien die intuitiven Fähigkeiten der Menschen anzuregen. Das ungewöhnliche Werk „Der Feuervogel" enthält Staccato-Klänge, die wie Pochen an die Tore zu den inneren Mysterien wirken. Auf unserem menschlichen Pfad werden wir mit den zentralen Erfahrungen von Geburt und Tod konfrontiert. Jene Geschehnisse werden von Wesen mit himmlischer Entscheidungsgewalt überwacht. An Größe, Schönheit und geistiger Entwicklung überragen sie alle zuletzt genannten Engel.

Die Bewohner aller himmlischen Ebenen werden durch das Einatmen jener Energie gestärkt, die wir Elektrizität nennen. Die Engel von Geburt und Tod verstehen es, wie die anderen Engel, jene belebenden Elemente aufzunehmen, besitzen außerdem aber noch eine weiterreichende Fähigkeit. Sie benutzen die elektrischen Ströme, um die Seele mit einem kindlichen Körper bei der Geburt zu vereinigen und sie im Tode von der physischen Hülle zu befreien. Nur in diesen entscheidenden Augenblicken sehen wir jene erhabenen Gestalten, deren Weisheit, Mitgefühl und Macht wir nur erahnen können. Den letzten Eindruck, den wir vor dem Eintritt in die Materie mitnehmen, ist der eines beseeligenden Antlitzes, umrahmt von einer Aura blendenden Lichtes; und die erste Wesenheit, die uns dann auf der Schwelle des Übertrittes in die Geistige Welt begrüßt, ist wieder jener heilige Wächter. Das Mysterium von Geburt und Tod findet seinen Höhepunkt im Erblicken dieses erhabenen Führers.

Wesen aus dem himmlischen Reich treten aus vielfältigen Gründen in menschlicher Form in unser Reich ein. Gewöhnlich werden sie durch die Neugier angezogen, jene Einflüsse kennen zu lernen, die uns erleuchten. Oftmals fühlen sich jene, die in unsere Welt kommen, von unseren Sitten und Gebräuchen befremdet. Infolgedessen wirken jene Gäste in unserer Welt wie am falschen Platz stehend.

Eine der hübschesten Frauen aus meinem Bekanntenkreis enthüllte mir ihre Herkunft durch einige aufschlussreiche Bemerkungen. Sie sagte z. B.: *„Obwohl ich allen Grund habe, mit meinem liebevollen Ehemann, hübschen Kindern, einem schönen Heim und wertvollen Freunden glücklich zu sein, fühle ich mich* *in meiner Umgebung eingesperrt. In der Natur bin ich wie ein aus dem Käfig befreiter Vogel. In meinen Verbindungen mit anderen Menschen und meinen Reaktionen auf materielle Probleme, scheine ich Dinge wie ‚von außen' zu betrachten. Mein Mann und Kollegen sehen diese Situation mehr aus einer Perspektive ‚von innen'. Bin ich nicht normal? Sollte ich mich bemühen, ihren Standpunkt anzunehmen?"*

Während die Sprecherin sich noch selbst analysierte, erhellte mir ein Strahl der Intuition ihre Herkunft. Sie war eine Naturdeva, unzufrieden mit dieser Welt. Nach und nach machte ich die beunruhigte Frau vorsichtig mit meiner Entdeckung vertraut. Ihre Augen füllten sich mit dem Licht des Verstehens, als sie sagte: *„Du hast mir den Ursprung meines Wesens enthüllt. Das Wissen, dass ich hier ein Gast aufgrund einer heiligen Suche bin, wird mir Geduld, Toleranz und Verständnis für die Welt geben, die ich besuche."*

Ich bin der Meinung, dass Marie Corelli, Olive Schreiner und Vaslaw Nijinsky Wesen aus der Evolutionslinie der Naturwesen sind. Ein bezeichnender Vorfall enthüllte mir das Heimatland des größten Tänzers der Welt. In einem Abschnitt des Buches *„Nijinsky"* von Romola Nijinsky ist der Bericht von einer Fußverletzung Nijinskys zu lesen. Eine Röntgenuntersuchung erbrachte, dass Vaslaws Füße anatomisch nicht so wie die anderer Menschen geformt waren; sie waren eine Art Kombination aus Mensch und Vogel. Der Arzt sagte: *„Dies ist das Geheimnis seiner unglaublichen Sprünge; kein Wunder, dass er fliegen kann; er ist ein menschlicher Vogel!"*

Von Zeit zu Zeit kommen Wesen aus himmlischen Reichen in unsere Dimension, um einige besondere Aufgaben zu erfüllen. Ich glaube, dass dies auch bei Johanna von Orleans der Fall war. Manchmal halten es die strahlenden Wesen für erforderlich, uns ganz konkret zu helfen. Auf meinen Reisen hatte ich zweimal die Freude, dass sie uns vor möglichem Tod bewahrten. Während meiner Kindheit fuhren meine Mutter und ich gemeinsam mit einem Ehepaar in einer nebligen Nacht durch die Pocono-Berge von Pennsylvania. Ein blitzen-

des Zeichen meines Schutzengels diente dem Fahrer als Warnung, sofort anzuhalten. Kaum kamen wir zum Stehen, als ein Nachtzug vor uns vorbeisauste. Müdigkeit und der dichte Nebel hatten uns den schlecht ausgeschilderten Bahnübergang nicht sehen lassen. Keiner von uns hat diese Nacht der ernsten Gefahr und wundersamen Rettung je vergessen.
Jahre später sahen mein Mann und ich auf einem befahrenen Highway dem Tod ins Auge. Im entscheidenden Augenblick waren wir uns einer Kraft bewusst, die unseren Wagen buchstäblich in eine weiche Schneewehe schob. Eine aufgeregte Menschenmenge versammelte sich, staunend über unsere Rettung. Sie fanden uns tief erschüttert durch diese Bestätigung der unsichtbaren Hilfen.
Zwei liebe Freunde teilten ein außergewöhnliches Geschehnis mit uns, in dem Glauben, dass wir es besser verstehen würden als sie. Dieses Paar fuhr eines Nachts durch ein einsames Moorgebiet in Georgia. Zu dieser ungelegenen Zeit hatten sie eine Reifenpanne. Herr G. durchsuchte unsicher die Werkzeuge in seinem neuen Wagen. Unglücklicherweise hatte er keine Taschenlampe bei sich, was die Anstrengung der Suche in dieser sehr dunklen Nacht noch verstärkte. Schließlich kamen sie zu der Überzeugung, dass sie die Hilfe eines vorbeifahrenden Autos benötigten. Auf dem Highway befanden sich keine Fahrzeuge, als Frau G. vorschlug, um Schutz und Hilfe zu beten. Obwohl sie während der letzten Stunde kein einziges Auto gesehen hatten, schlugen sie kaum ihre Augen wieder auf, als sich ihnen ein Tourenwagen näherte. Der Fahrer des Wagens hielt an und sprang unaufgefordert aus seinem Fahrzeug. Der Mensch, der seine Hilfe anbot, erschien groß, hager, voller Vitalität und Humor. Sein vielsagender Gruß: *„Es ist unsicher für Sie, an diesem einsamen Ort in Schwierigkeiten zu kommen“*, gab dem Paar später zu denken. Ohne weitere Fragen machte sich der junge Helfer am Auto zu schaffen, während Frau G. die Taschenlampe aus dem anderen Wagen hielt. Nach ein paar Minuten sagte der Mann: *„Der Wagen ist jetzt in Ordnung, Sie können weiterfahren.“*

Frau G. reichte dem Mann einen großzügigen Scheck, der jedoch mit der Bemerkung zurückgewiesen wurde: *„Ich habe dafür keine Verwendung."* Als unsere Freunde wieder bequem in ihren Sitzen saßen, wollten sie ihrem Retter noch ein freundliches Aufwiedersehen zurufen, als sie plötzlich bemerkten, dass weder Auto noch Fahrer irgendwo zu sehen waren. Mit weit aufgerissenen Augen suchten sie den Highway ab. *„Das ist seltsam"*, meinte Frau G. *„Es scheint fast unerklärlich! Was glaubst du, ist aus unserem ritterlichen Helfer geworden? Vielleicht stellte alles eine besondere Fügung dar ... Ich wünschte, wir wüssten mehr."* Als ich von diesem Zwischenfall hörte, erkannte ich sofort, dass die Gebete dieser selbstlosen Menschen die Aufmerksamkeit eines bereitwilligen Helfers angezogen hatten.

Tieferes Wissen um die Bewohner des Engelreiches folgt aus unserem Verlangen nach Bestätigung. Die reine Tatsache, dass ihre Existenz unsere Aufmerksamkeit erregt, zeigt an, dass wir bereit sind, die Schwelle zu ihrer Entdeckung zu betreten. Bevor wir jedoch diese kristallklaren Ebenen sehen können, muss unser Bewusstsein Schicht um Schicht geläutert werden. Ernsthaftigkeit, Sehnsucht und Zielstrebigkeit, eher als Keuschheit, zerteilen den Nebel negativer Angewohnheiten. Das notwendige Bestreben zur Erlangung der inneren Sicht hängt nicht so sehr von der Stärke oder Entschlossenheit ab, sondern von der Entwicklung des Charakters und positiver Aufnahmefähigkeit. Diese Qualitäten werden durch Meditation und die Pflege der inneren Gaben im Menschen entfaltet.

Für den Höherstrebenden ist die tägliche Meditation so wichtig wie das Essen. Regelmäßige Ausführung vermittelt uns die Gewissheit eines sich ständig erweiternden Bewusstseins. Meditation ist das Labor – mit unserem höheren Selbst als Alchimisten. Nach und nach werden die niederen Elemente unserer Interessen und Wünsche umgewandelt, bis die Färbung und Tendenz unserer Energien einem höhertragenden Strom folgt. Indem wir uns die Fröhlichkeit und Selbstlosigkeit der

Engel vor Augen halten, beginnt unser Wesen, etwas von ihrem Licht zurückzustrahlen, wodurch wir im Gleichklang mit ihnen schwingen. Jede Periode zielbewussten Gedankenflusses vertieft und bereichert unsere innere Wahrnehmungsfähigkeit.
Die Phasen, denen unsere Aufmerksamkeit während der Meditation zukommt, folgen allgemeinen Grundzügen:

1. Hingabe an das Bemühen um Selbstüberwindung
2. Beharrlichkeit in dem Gedanken an das Ziel unseres Strebens
3. Erweiterung unseres Bewusstseins

Die unkontrollierten und unkultivierten Bereiche unseres Wesens bedürfen der täglichen Überprüfung. Zorn, Intoleranz und Hass belasten uns schwer mit ihrem niederdrückenden Einfluss. Die Beseitigung dieser zerstörerischen Kräfte sollte von uns geplant und ausgeführt werden. Selbstzufriedenheit, Zweifel und Unwissenheit müssen durch geduldige Prüfung ihrer Wurzeln beraubt werden. Wir sollten unsere stündlichen Überwindungen aufzeichnen. Der Preis, den wir während der fruchtbringenden Selbstüberwindung zahlen, ist gering im Vergleich zu den unschätzbaren Werten, die wir auf unserer aufstrebenden Reise erzielen. Sollte die unseren launischen Gedanken und Vorstellungen auferlegte Disziplin beschwerlich sein, können unsere Bemühungen verstärkt werden. Die Gedanken an die herrliche Wirklichkeit der Engel spornen uns zu neuem Streben an. So oft wie möglich sollten wir auf abgelegenen Wegen spazieren gehen. Unser Alleinsein ist wesentlich. Bevor wir einen einladenden Pfad betreten, sollten wir uns vergegenwärtigen:
„Dieser Spaziergang ist der Gegenwart Gottes in allem, was mich umgibt, gewidmet. Ich will die Landschaft in diesem Gedanken betrachten. Gott atmet durch diese Bäume, von jenem Berg, und in allen Feldern. Er ist der Geist, der die Vögel veranlasst zu singen und den Wind zu säuseln. Ich werde so mit Betrachtung und

Zuhören angefüllt sein, dass, wenn mich eine Wesenheit umhüllen sollte, ich sie ebenfalls fühlen und sehen werde.“

Wandern wir dann voll Ruhe dahin, sind wir so der Aufmerksamkeit an das Höchste hingegeben, dass unser eigenes höheres Selbst durch die offene Tür unserer Sinne die Welt betrachtet. Unser Verstand ist abgeklärt, unsere Emotionen im Einklang mit jubilierender Freude und langsam werden unsere physischen Sinne durch die geistigen intensiviert. Die Landschaft vor uns erscheint wie ein strahlendes Schauspiel unvorstellbarer Schönheit und Lebendigkeit. Silhouettenhaft gegen diesen malerischen Hintergrund heben sich große, farbenprächtige Wesen ab, deren kleinste Gaben eine vibrierende, übersprudelnde Energie beinhalten, die dem Menschen unbekannt ist.

Mit jedem Gang in die Natur erwacht eine umfassende Vorstellung und Würdigung der ewigen Wahrheiten in uns. Die Gewohnheit, bewusst zu leben, muss kultiviert werden, damit sich unser Bewusstsein an jedem geeigneten Ort, im Haus, im Garten oder in einem Tempel in das uns umgebende höhere Reich erleben kann. Sobald der Eintritt in diese unermesslichen Dimensionen vollzogen wurde, besteht unser Bemühen darin, diese Bewusstheit in allen Bereichen unseres Lebens aufrechtzuerhalten.

Welch unendlich kleiner Bruchteil der uns umgebenden Herrlichkeiten erkennen wir normalerweise! Anhaltendes Streben und schöpferisches Bemühen wird den Umfang unserer Wahrnehmungen erweitern. Unsere Vergegenwärtigungen werden auch die grenzenlosen Reihen beinhalten, die sich im unwandelbaren Geist entfalten. Wie wunderbar wird es sein, Gott in allen seinen Manifestationen zu ahnen. Ebenso schön wird unsere Vereinigung mit der gemeinsamen Prozession der Menschen und Engel sein, deren ehrfürchtige Hymnen zum Lob des Allerhöchsten durch das Universum hallen.

Dora Kunz

Das Weihnachtsfest der Engel

Für die Schüler auf dem „Pfad der uralten Weisheit" stellt das Weihnachtsfest eine wundervolle Wirklichkeit dar – eine weitaus lebendigere Wirklichkeit, als es sich die meisten von uns vorzustellen vermögen, da sie alles Geschehen der Natur einschließt, nicht nur das Schicksal der Menschheit allein. Für uns ist Weihnachten der Geburtstag unseres Herrn, der Jahrestag seiner physischen Inkarnation auf der Erde; darum versuchen wir, eine Zeit des Friedens und des guten Willens untereinander zu verbringen, eine Zeit wirklicher Einheit und brüderlicher Liebe. Aber haben wir uns jemals darüber gewundert, weshalb zu Weihnachten eine solche Einheit möglich ist, und warum die Menschen gerade zu dieser Jahreszeit tatsächlich einen guten Willen untereinander verspüren und nur an das Geben anstelle des Nehmens denken? Der „Weihnachtsgeist" stellt eine so wahrhaftige und gewaltige Kraft dar, dass wir für das Verständnis seines Wesens tiefer schauen müssen, als ihn lediglich mit der Erinnerung an die Geburt Christi zu erklären, den heutzutage so wenige wirklich im Herzen anzubeten scheinen.

Diejenigen, die ihre innere Wahrnehmung genügend erweckt haben, wissen um den verborgenen Aspekt des Weihnachtsfestes, während der gewöhnliche Mensch Derartiges nie vermuten würde, obwohl er auf die Einflüsse reagiert. Wir müssen uns vergegenwärtigen, dass die gesamte Erdensphäre erfüllt ist von geistigen Besuchern, Engeln, Erzengeln und himmlischen Wesen, die auf einer höheren Entwicklungsstufe stehen als wir selbst und für die Leitung und Überwachung der mannigfaltigen Prozesse der Natur verantwortlich sind. Es sind deren Gedanken, Gefühle und Aktivitäten, die eine so wichtige Rolle spielen bei der Erzeugung der besonderen Atmosphäre guten Willens, die sich Weihnachten bemerkbar macht. Zu dieser Jahreszeit erbebt die ganze Erde unter den wundervollen Energien, welche die Engel ausströmen, und unter dem machtvollen Segen von Christus, der als Antwort ihrer Anbetung herabsteigt. Während der gesamten Adventszeit und sogar noch einige Wochen zuvor werden in den inneren Welten auf unterschiedliche Weise Vorbereitungen für die Feier des großen Festes getroffen; mit jedem Tag werden die Einflüsse stärker und intensiver, bis schließlich am Weihnachtstag der Höhepunkt erreicht ist und die Welt ihr Herz der Sonne öffnet wie eine Blüte ihre Blätter, in die sich ein machtvoller Strom der Liebe und Kraft ergießt, von Christus selbst ausgehend, als irdischer Inkarnation der zweiten Person der Heiligen Dreifaltigkeit.

Wir sollten jedoch nicht denken, es sei die physische Geburt, welche die Engel mit solcher Kraft und Freude feiern. Christus, der Herr, ist tatsächlich ihr Herr und Lehrer, so wie Er es für uns ist; sie erachten ihn jedoch nicht als Menschen, sondern als Engel, wobei die Einzelheiten seines physischen Erdenlebens eher zur menschlichen Vorstellung als zu jener der Engel von Ihm gehört. Tatsächlich unterscheidet sich die Wahrnehmungsweise des Lebens seitens der Engel recht beträchtlich von der menschlichen Sichtweise. Wir betrachten das Universum im Allgemeinen vom formalen Standpunkt aus, denken zunächst an die Form und dann erst an das Leben, welches sie beseelt und mit Energie versorgt – dies ist die typisch menschliche Perspektive. Selbst wenn sich die innere Sicht entwickelt und die Wahrnehmungsfähigkeit der unsichtbaren Welten erreicht ist, schaut der menschliche Betrachter zunächst immer noch auf den Form-Aspekt jener Sphären und anschließend erst auf das Bewusstsein, das sich in verschiedenen Formen ausdrückt. Der Standpunkt des Engels ist genau gegensätzlich, er blickt zuerst auf das Leben oder Bewusstsein und dann, nur als sekundäre Erwägung, auf die Form, in der das Leben wie von einem Schrein eingeschlossen wird – dies ist die typische Sichtweise der Engel. Wenn wir beispielsweise einen Menschen ansehen, sollten wir zunächst seinen physischen Körper betrachten, dann seinen emotionalen, mentalen und kausalen Körper, wobei wir ihre verschiedenen Farben und Streifen wahrnehmen und seinen Charakter und seine inneren Möglichkeiten deren Feinheit und Anordnung gemäß beurteilen. Der Engel würde den Menschen jedoch vom Standpunkt des Bewusstseins aus erfassen. Um zu erkennen, inwieweit Gottes Leben in ihm zur Verkörperung gelangt ist und welche Kräfte sich durch ihn zu offenbaren vermögen, würde er zuerst die Form der höheren Körper ansehen. Dies ist ein fundamentaler Unterschied in der Betrachtungsweise, die jeweils zwei getrennten Linien der Evolution angehört.

Die Wahrnehmung des Weihnachtsfestes seitens der Engel ist ähnlich weitreichend von unserer Wahrnehmung verschieden. Wir erachten Weihnachten als Gedächtnisfeier der menschlichen Geburt Christi und es stellt für uns weitgehend die Teilnahme an einer Zeremonie, einer Form dar. Selbst in den traditionellen Gottesdiensten der Kirche hat der formale Aspekt des Festes Vorrang. Die Engel erleben Weihnachten hingegen von der „Lebensseite", als Wendepunkt aller Naturkräfte auf jeder Ebene und in jeder Hinsicht, als Zeit eines direkten und machtvollen Ausströmens kreativer Kraft und spiritueller Energie aus Gott selbst heraus. In der nördlichen Hemisphäre (von der alle großen Religionen und Zivilisationen der Welt ausgegangen sind) folgt Weihnachten unmittelbar dem kürzesten Tag der Wintermitte, während es in Teilen der südlichen Hemisphäre genau nach dem längsten Tag des Mittsommers gefeiert wird; folglich markiert es einen Wendepunkt mit tiefer Bedeutung für das verborgene Leben der Natur. Der Wechsel von negativen Kräften, die einen Stillstand der schöpferischen Energien im Winter mit sich bringen, zu den positiven, dynamischen, welche die Erde im Frühling aufblühen lassen, vollzieht sich zu Weihnachten, und weil es dazu dient, diesen gewaltigen Wechsel der Polarität zu ermöglichen und einzuleiten, wird es sowohl im Himmel als auch auf Erden so freudig gefeiert. Es ist eine Geburt im wahrsten Sinne, die gefeiert wird – nicht nur die physische Geburt

Christi in Palästina, nicht nur die symbolische Geburt der Sonne, sondern die weitaus wundervollere Geburt des der Natur innewohnenden Christus, die jährliche Erneuerung und Wiedererweckung der schöpferischen Lebenskraft, die zum großen Osterfest ihre herrliche Vollendung erfährt – als dem höchsten Triumph des Lichtes über die Dunkelheit, der Schönheit über die Form. Wegen dieser Einheit von Christus im Himmel mit dem sowohl der Natur als auch dem Menschenherzen innewohnenden Christus verkörpert die Sonnen-Symbolik die Sonne der Gerechtigkeit, in allen großen Religionen, die von Christus als dem Lehrer der Welt gestiftet wurden. Hierbei stellt die Sonne das ewige Symbol und, auf geheimnisvolle Weise, das direkte Medium Christi dar. Die großen Naturfeste wurden von den Menschen aller Zeitalter genau beobachtet, denn der Mensch hat, als Teil der Natur, an ihrem verborgenen Leben teil, ob er sich dieser Tatsache bewusst ist oder nicht.

Die Engel sind nun die Werkzeuge und Botschafter Christi in der Natur. Sie kontrollieren deren machtvolle Kräfte, gleichen sie aus, lenken ihre Evolution in allen Einzelheiten und wirken als Instrumente des Lebens und als Mittler der Energie Gottes innerhalb der gesamten Schöpfung. Der rhythmische Wechsel der Jahreszeiten ist wahrhaftig ein Ausdruck des Bewusstseins Gottes, doch die Engel-Hierarchie verkörpert seine Vermittler, die für die Veränderungen in den niedrigeren Welten zuständig sind. Weihnachten ist daher eine Zeit gewaltiger Aktivitäten in der Welt der Engel; die Kräfte dieses Reiches werden zeitweise auf die große Arbeit der Vorbereitung für den Einfluss des neuen Lebens gerichtet, und alle Engel, ob ihre Arbeit nun vorrangig mit der Natur verbunden ist oder nicht, verleihen diesem großen kosmischen Fest ihre Unterstützung. Sie weihen sich dem Dienst an Christus, indem sie bei dieser inneren Geburt helfen. Mit größtem Interesse und mit Begeisterung beobachten sie diese Veränderungen und bringen ihre gesamte Kraft in die Arbeit ein – dabei entwickeln sie sich ganz natürlich, indem sie so handeln. Diese Fähigkeit, mit den Vorgängen der Natur zusammenzuarbeiten, entspricht der Tatsache, dass das Bewusstsein der Engel auf die Lebensseite der Evolution gerichtet ist, daher vollzieht sich das Herabfließen und Ausgießen des Lebens in hohem Maße durch die Engel und befindet sich in ihrer Obhut. Es gibt einen bemerkenswerten Unterschied zwischen den Einflüssen, die während des Weihnachtsfestes in der nördlichen und der südlichen Hemisphäre ausströmen. Aus verschiedenen Gründen ist die nördliche Hemisphäre das Zentrum des Lebens auf der Erde und enthält die Kanäle dieser Energien, welche die Evolution der Menschheit ebenso wie der Natur formen; die südliche Hemisphäre war dagegen in der Vergangenheit in vielerlei Hinsicht weniger kreativ, weniger lebensspendend in ihren Naturkräften – eine Tatsache, die bis zu einem gewissen Grad für den Unterschied zwischen australischer und europäischer Vegetation verantwortlich ist. Außerdem gibt es Unterschiede bei den Engeln, welche die Evolution der beiden Hemisphären lenken, und wir können verallgemeinernd sagen, dass die beiden Hälften der Erdoberfläche komplementäre Charakteristika besitzen, positive und negative, welche in der Vereinigung ein perfektes Ganzes ergeben. Während in der nördlichen Hemisphäre zu Weihnachten eine richtige Geburt stattfindet, eine Geburt, die der Geburt eines kleinen Kindes auf wunderschöne Art nahekommt und entspricht, geschieht in der südlichen Hemisphäre eher eine Vertiefung des Lebens, eine weitere Herabkunft des Lebens Christi in bereits vorbereitete Formen, die es empfangen. Die Geburt eines Menschenkindes entspricht der ersten Berührung der Seele mit dem kleinen, neugeborenen Körper, und das ist eine Zeit der Freude und Schönheit. Doch es vollzieht sich eine Vertiefung des Lebens, wenn das Kind ungefähr sieben Jahre alt ist und sich die Seele schrittweise mehr und mehr in diese neue Verkörperung hineinbegibt, bis sie im Erwachsenenalter die volle Kontrolle darüber ausübt. Dies bildet nur eine schwache Analogie zum Unterschied zwischen dem Weihnachtsfest in der nördlichen und in der südlichen Hemisphäre. Im Norden bilden Liebe, Freude und Schönheit die herausragenden Einflüsse, im Süden wird Kraft und Stärke ausgestrahlt. Es handelt sich dabei eher um eine beträchtliche Vertiefung des Lebens Christi in der Natur als um das Mysterium seiner Geburt. Der Unterschied dieser Einflüsse ist auffällig und höchst interessant für den Schüler, der es wahrzunehmen versteht.

Die große Vorbereitungsarbeit der Engel auf Weihnachten beginnt sogar schon vor der Adventszeit und erreicht allmählich ihre höchste Steigerung Ende Dezember. Diese Arbeit weist zwei Aspekte auf, zum einen wird von unten nach oben gearbeitet, es manifestiert sich die kreative Lebenskraft Gottes, des heiligen Geistes, ein Prozess der Belebung der Naturkräfte, einer Erneuerung und Öffnung; zum anderen geschieht ein Ausströmen von oben herab, die wahrhaftige Herabkunft des Gottessohnes, ein eher inspirierender und beseelender Vorgang. Der erste Aspekt betrifft die ungeheuren Energien, die aus dem Mittelpunkt der Erde ausstrahlen, aus dem Herzen der Welt heraus, in welchem sich der heilige Geist besonders manifestiert, eine die ganze Welt durchstrahlende Macht, vom Zentrum bis zum äußeren Rand. Sie wird von den Engel-Hierarchien verteilt, die mit dem Leben und der Evolution der Natur verbunden sind, und dient ihnen bei ihrer Vorbereitungsarbeit. Hier finden wir die reinigenden, klärenden, kreativen Kräfte, die ein Herabfließen des neuen Lebens ermöglichen, welches die Welt darauf vorbereitet, Christus in ihrem Herzen zu empfangen. Dabei ist bemerkenswert, dass wir in unseren Kirchen angewiesen werden, genau diese machtvollen, reinigenden Energien während der Adventszeit aufzunehmen. Doch die Vorbereitungsarbeit betrifft nicht nur die besonders für die Bereiche der Erdoberfläche zuständigen Engel, obwohl sie bei dieser Arbeit eine große Rolle spielen; diese Arbeit dehnt sich auch in viele unerwartete und interessante Richtungen aus.

Bestimmte Gruppen von Engeln betrachten es als ihre spezielle Aufgabe, ihre Energien auf den schöpferischen Quell

Gottes zu lenken und mittels ihrer Gedankenkraft dessen „Wasser des Lebens“ herabzurufen, damit sie von den Naturengeln genutzt werden können. Andere Engel arbeiten eher auf den intuitiven und emotionalen Ebenen, wobei sie enorme Energien durch ihre wundervolle Anbetung freisetzen, Energien, die vorzugsweise in der allgemeinen Vorbereitungsarbeit genutzt werden. Wieder andere unterstützen die Arbeit, indem sie an den Zeremonien teilnehmen, die zu dieser Zeit in der Natur abgehalten werden; und die durch ihre Rituale ausströmende Kraft wird ebenfalls im oben erwähnten kreativen Prozess verwendet. Die kirchlichen Zeremonien, welche während der Adventszeit stattfinden, tragen ebenso wie die Gedanken und Gefühle der Menschheit – wenngleich größtenteils nur unbewusst – zur machtvollen Vorbereitung der Geburt Christi in der Natur bei. Dies beschreibt den ersten Aspekt der Vorbereitung, durch den Gott, der Heilige Geist, sich besonders manifestiert.

Der zweite Aspekt der Vorbereitung der Engel betrifft die Herabkunft des Gottessohnes, dieses großartige Ereignis, welches das charakteristische Merkmal des Weihnachtsfestes bildet. Die Herabkunft Christi in die Verkörperung bildet den eigentlichen Zweck der Eucharistie; und so verfolgt die gesamte Arbeit, einen mystischen Tempel in den inneren Welten zu errichten, ebenso wie das Ausströmen von Macht, Liebe und Hingabe seitens der Engel und Menschen, kein anderes Ziel, als den Durchgang für diese Herabkunft und die Aufnahme und Verteilung der Kräfte zu ermöglichen, die so reichlich von unserem mit Gott vereinten Herrn ausgegossen werden. Somit bildet die Geburt Christi in der Natur den wesentlichen Zweck des Weihnachtsfestes, und dies ist das Zentrum und der Höhepunkt, auf den sich die gesamte lange Vorbereitung ausgerichtet hat. Diese Herabkunft stellt eine äußerst reale und wunderbare Tatsache dar, weil ebenso wie an „Allerheiligen“ eine besonders nahe Beziehung zwischen den inneren Welten und der äußeren Welt besteht und den Austausch zwischen diesen Welten besser ermöglicht als jede andere Jahreszeit. Christus selbst kommt seinen Geschöpfen Weihnachten besonders nahe, sogar noch viel näher, als Er zu anderen Zeiten mit den Engeln und Menschen verbunden ist. Ein größeres Ausmaß an Kraft scheint sich durch seine Person zu verkörpern, als Offenbarung des Höchsten Göttlichen, so als strahle das verborgene Licht noch heller aus Ihm, der das Licht ist. Dies sind heilige und für uns schwer verständliche Dinge. Doch wir können zumindest sagen, dass die Engel und alle Hierarchien der Naturreiche unserem Herrn besonders nahe kommen und Ihn dabei in tiefster Anbetung als wundervolle Persönlichkeit zu erkennen vermögen, als die Verkörperung des Göttlichen auf der Erde. Sein Leben fließt auf eine für uns kaum fassbare Weise herab, sodass die ganze Welt von seinem machtvollen Segen erfüllt ist und in die Schwingung seiner Liebe und seines Friedens eingehüllt ist. Daher bezeichnet man Weihnachten auch als Symbol der „ersten großen Einweihung", der Geburt Christi im Menschen; denn die Herabkunft Christi in die Natur wird durch den Abstieg des persönlichen Christus in unsere eigenen Herzen widergespiegelt, er verkörpert das im Menschen verborgene Licht, die zweite Person der Heiligen Dreifaltigkeit. Der gleiche Aspekt göttlichen Lebens ist zu Weihnachten in der Natur verkörpert, im Menschen bei der Einweihung und in der Hostie bei jeder heiligen Eucharistie-Feier. So kann man von Weihnachten sagen, dass die ganze Welt jedes Jahr von Neuem eingeweiht wird und sich jedes Jahr zu umfassenderen Bewusstseinsebenen erhebt, die nie zuvor erreicht wurden. Die kraftvolle Macht Gottes, die sich Weihnachten offenbart, entspringt wahrhaftig dem Himmel und den Elfen der Erde. Die ganze Welt verbindet sich im Reichtum der Liebe und der Freude, die in dieser wunderbaren Jahreszeit so reichlich ausgegossen werden.

Betrachtet man diesen zweiten Aspekt genauer, treten die Grundelemente des Weihnachtsfestes deutlich hervor. Während der Adventswochen und besonders vor Weihnachten bringt die gesamte Engelwelt die Fülle ihrer Liebe und Anbetung unserem Herrn Christus dar, dem eingeborenen Herrn der Liebe. Die machtvolle Antwort, die von Ihm herabströmt, fließt gleichermaßen in die Natur ein und verleiht ihr Kraft aus frischer Quelle, aus einem neuen Impuls des göttlichen Lebens. Diese wundervolle Anbetung erreicht in der Weihnachtsnacht ihren Höhepunkt, wenn die ganze Welt in Wellen der Lobpreisung pulsiert und erbebt, welche zum Herrn der Heerscharen zahlloser Engel auf der ganzen Welt emporsteigen. Wellen, die die Erde mit Farbtönen aus zartem Rosa oder Malve einhüllen – und als Antwort strömt die Kraft des Herrn mit dem wunderbaren Segen des Friedens und der Liebe herab. Ist es verwunderlich, dass sich durch all die verborgene Anbetung und Segnung der „Christus-Geist" in der ganzen Welt verbreitet und die Menschen sich einander und Gott zuwenden? Die Engel helfen dem Menschen, soweit ihm irgend geholfen werden kann. Sie intensivieren seine höchsten Bestrebungen, wecken seine Anbetung und seine Liebe und verleihen den ehrwürdigen und wunderschönen Worten ihrer traditionellen Hymne Ausdruck: „Ehre sei Gott in der Höhe und Friede den Menschen auf Erden, die guten Willens sind." Doch das ist noch längst nicht alles, denn die heilige Geburt wird nicht nur in Farben, sondern auch in Klängen gefeiert. Hierbei übernehmen die großen Engel der Musik eine wundervolle Aufgabe beim Weihnachtsfest, um dem großen Entzücken in den inneren Welten feierlich Ausdruck zu verleihen. Ihre himmlische Musik ähnelt jedoch nicht Harfen- und Geigenklängen, sondern eher dem Läuten von Myriaden süß klingender Silberglocken. Jeder Engel gleicht einer Glocke und jede Glocke wiederum einer Note in der vollendeten Harmonie. Das Klingen der Weihnachtsglocken vermag man während der gesamten Adventszeit zu hören, in der Weihnachtsnacht und dem darauf folgenden Tag jedoch versammeln sich die Engel um den Herrn der himmlischen Heerscharen. Der ganze Engelchor ist zu einem herrlichen Gesang vereint und die anschwellende Glockenmusik erklingt als einzige Hymne der Anbetung für den Herrn der Liebe. Diese

Musik vereinigt alles Lebendige, harmonisiert die ganze Welt und stimmt sie ein, durchflutet sie mit göttlicher Schönheit, die von der Schönheit der Wälder und Berge widergespiegelt wird, von Seen, Bäumen, Blumen und von allen wundervollen Dingen auf Erden.

Ebenso stellt sich das Weihnachtsfest in den inneren Welten dar – eine Zeit wunderbarer Macht und Verwirklichung, sowohl für die Engel als auch für die Menschen, eine Zeit tiefer Verbindung mit unserem Herrn Christus. Wenn wir den Engeln bei ihrer Aufgabe helfen wollen, müssen wir den „Christus-Geist" in uns selbst vollständig verwirklichen, jeden selbstsüchtigen und selbstbezogenen Gedanken beiseite lassen und uns mit Herz und Seele in den Dienst am Nächsten begeben. Der Grundtenor dieser Jahreszeit besteht aus Anbetung und Liebe, Anbetung Christi und Liebe zu unseren Geschwistern, in denen Er verborgen lebt. Es gibt eine hilfreiche Übung für diejenigen, die den „Christus-Geist" tiefer verwirklichen wollen. Sie besteht in der Bemühung, das Bewusstsein mit der Natur zu verbinden, zu versuchen, eine wunderschöne Szene des Lebens genauso wahrzunehmen, wie sie die Engel erleben, und etwas von den verborgenen Kräften zu erspüren, die sie formen und ihr Schönheit verleihen – und diese Kräfte selbst anzuziehen. Dadurch vermögen wir den Sinn der Einheit, Liebe und Freude zu erfahren, die in so besonderem Maße die Weihnachtszeit prägen, und uns als Kanäle für die ausströmenden Energien zu öffnen. Vor allem muss eine vollkommene Harmonie zwischen uns und anderen bestehen, um das Weihnachtsfest richtig feiern zu können, denn dies ist eine notwendige Bedingung, damit uns die Weihnachtskräfte zu durchfließen vermögen. Christus regiert im Herzen eines jeden Menschen, und indem wir unseren Geschwistern dienen, dienen wir dem Herrn der Liebe selbst, unmittelbar und persönlich. Wie Er selbst vor langer Zeit sagte: „Was ihr dem Geringsten meiner Brüder tut, das habt ihr mir getan."

KAPITEL 6

White Eagle

Die Eigenschaften der Engel

White Eagles einführende Worte sprechen den Kernpunkt seiner Lehren an, das Christuslicht in uns. Dieses geistige Licht bildet die Grundlage allen Verstehens.

Die Erforschung des Unbekannten muss in der bescheidenen und schlichten Wahrheit, dem Christuslicht in uns, ihren Ausgang nehmen. Wie seinerzeit die Alten, so wollen auch wir uns als ein Universum, einen Mikrokosmos betrachten. Wir müssen unsere Beziehung zu allen Schöpfungen Gottes, auf Erden wie im Himmel, erkennen. Alles, was im scheinbar fernen Himmel über uns liegt, ruht auch in uns selbst. Zwischen uns und allen Lebensebenen, von den niedrigsten bis zu den höchsten, besteht eine Wesensverwandtschaft. In unserem Sein – dem physischen, ätherischen, mentalen und geistigen – befinden sich genau dieselben Lebensatome wie in den weit außerhalb der Erde liegenden Sphären. Darüber hinaus besteht zwischen jeder Seele und den Planeten, deren Auswirkungen und sogar ihren Ätherkräften eine gegenseitige Wechselbeziehung. Daher sind wir auf unserem Evolutionspfad mit den planetarischen Engeln und der gesamten Engelhierarchie verbunden.
Bitte beschränkt eure Vorstellung nicht auf die unsichtbaren Welten, die die Erde umgeben. Diese beginnen mit den Ätherebenen innerhalb der Erde selbst und erheben sich zur höchsten Stufe, die die Menschheit erreichen kann. Wenn wir oder ein anderer Lehrer von den verschiedenen Lebensebenen und -sphären sprechen, denkt daran, dass sich diese gegenseitig durchdringen und untrennbar voneinander sind – das Leben ist ein Ganzes.

Eines der Ziele dieses Buches besteht darin, zu zeigen, dass eine Trennung von dem übrigen Universum, von Gott und den Engeln einfach unmöglich ist. Die Engel-Evolutionslinie steht in enger Beziehung zu unserer eigenen. Diese Einheit des Le-

bens bedeutet, dass unser Kontakt zu den Engeln nicht damit beginnt, der Erde zu entfliehen, sondern innerlich in zunehmendem Maße zu erwachen. Dies ist weniger ein Vertieftsein in sich selbst, als der Blick in unseren wahren, mit Gott verbundenen Wesenskern. Durch die Verbundenheit mit Gott sind wir auch mit jedem Menschen, jedem Tier und jeder Lebensform auf diesem Planeten verknüpft sowie darüber hinaus mit den Sternen und den geistigen Dimensionen, die alles durchdringen. „Was unendlich weit entfernt zu sein scheint, liegt in Wirklichkeit auch in uns." White Eagle legt großen Wert darauf, dass wir uns immer mehr dieser gegenseitigen Verbundenheit allen Lebens bewusst werden, da uns nur diese Erkenntnis wirklich befähigt, den Wert des Lebens, den Dienst am Nächsten und die Wahrung von Schönheit und Harmonie in der Welt zu erfassen und die göttliche Aufgabe, der die Engel dienen, ein wenig zu verstehen.
Die folgenden Worte White Eagles sind dem Buch „Naturgeister und Engel" entnommen:

Ihr schaut des Nachts zum Himmel empor und erblickt Millionen von Lichtern – ihr nennt sie Sterne –, und ihr glaubt, ein unermeßliches Universum zu sehen, dessen Leben ihr nicht kennt. Euer physisches Auge vermag die Unendlichkeit des unsichtbaren Universums nicht wahrzunehmen und euer physisches Gehirn kann es nicht erfassen. Und doch, wenn ihr lernt, in die Stille eures einfachen Herzens zu treten, beginnt ihr, ein wenig mehr von dem zu verstehen, was in dem sichtbaren und unsichtbaren Universum liegt. Wenn ihr den Herzschlag der Verbundenheit verspüren könnt, beginnt ihr, Harmonie zu fühlen und Schwingungen in Form von Farbe wahrzunehmen. Ihr werdet euch anderer Kreaturen außerhalb der Menschheit, Wesen des Tier- und Pflanzenreiches, bewusst.
Geht in euren Garten und werdet still; zieht euch in den Tempel der Stille zurück. Ihr mögt euch, wenn auch nur für einen flüchtigen Augenblick, der zahllosen Kreaturen bewusst werden – der Naturgeister, Elfen und Gnome. Selbst die Steine werden von

ätherischen Wesen bevölkert. Doch gewöhnlich seht ihr nur die äußere Form eurer hübschen Blumen. Wenn ihr innehaltet und darüber nachsinnt, mögt ihr euch fragen, was sie zum Erblühen bringt, was ihren Duft herbeiführt und warum eine Blume gelb und eine andere rosafarben ist und die Blätter grün sind. Welche Kraft verbirgt sich dahinter?

Täuscht euch nicht! Ob sie es weiß oder nicht, die Menschheit hat seit Anbeginn unter der Obhut der Engel Gottes gelebt. Stets haben sie die Menschenkinder auf ihren Erdenwegen begleitet. Die Engel gehören einer anderen Evolutionslinie an als die Menschen, obwohl sie parallel verläuft. Sie sind eng mit der Menschheit verbunden und helfen euch bei eurer Arbeit und eurem Dasein auf Erden.

Ein bestimmter Aspekt der schöpferischen Arbeit der Engel ist ausschließlich der Seelenebene gewidmet und beschäftigt sich mit der Seele eines Menschenwesens ebenso wie mit der Seele des Universums. Göttliche Eigenschaften wie die Liebe werden von den Engeln der Liebe verwaltet; die göttliche Wahrheit von den Engeln der Wahrheit und die göttliche Gnade von den Engeln der Gnade. Diese Engel sorgen für die Seele der Dinge und manifestieren ihre Eigenschaften. Zum Beispiel nehmen sich die Engel der Musik der Form und des Tons der Musik an, um aus der Stille den Klang hervorzubringen. Sie schaffen Musik, damit Körper und Geist die göttlichen Harmonien vernehmen können. Die Engel der Kunst beschäftigen sich mit den Schwingungen der Farbe; die Engel der Religion unterstützen die Schaffung oder den Aufbau geistiger Kräfte bei der Verehrung des Göttlichen. Es gibt auch einen dualen Aspekt im Engelreich – die Engel des Lichts und die Engel der Finsternis. Das Zusammenwirken dieser beiden Aspekte bringt Gleichgewicht hervor – eines der grundlegenden Lebensgesetze.

Wie wir bereits erwähnt haben, müssen wir Gott in unserem Innern finden – Gott in unserem Herzen erkennen, um diese Dinge zu verstehen. Nicht eher als bis der Mensch Gott kennt, vermag er das Universum zu verstehen. Es ist der Christus in uns und im Himmel, von dem wir diese glorreichen Wahrheiten lernen müssen. Die Engel und die Himmelssphären, aus denen sie auf eure Ebene hinabsteigen, liegen nicht so unendlich weit entfernt, wie ihr annehmt. Das Himmelreich ist in dir und du musst lernen, diesen inneren Himmel zu finden, während du noch in einem physischen Körper weilst.

Was meint White Eagle damit, wenn er sagt, dass wir das „Himmelreich in uns" finden müssen, während wir noch in einem physischen Körper weilen, um das Engelreich zu verstehen und mit ihm in Verbindung treten zu können? Engel „widmen sich der Seelenebene und manifestieren die seelischen Eigenschaften". Er fordert uns daher auf, jene Seelenqualitäten zu entwickeln, aus denen die Engel bestehen, um Kontakt zu ihnen aufnehmen zu können. Um mit dem Engel des Friedens in Verbindung zu treten, muss man inneren Frieden kultivieren. Man kann die Engel nur dann kontaktieren und sich ihrer bewusst werden, wenn man diejenigen Schwingungen im Innern fördert, die mit ihrer Ausstrahlung in Harmonie stehen. Wenn wir hinaus in die Wälder und Felder wandern oder heilige Stätten besuchen, dürfen wir nicht erwarten, Engel zu sehen, ohne mit ihnen in Einklang zu schwingen. Das mag schwierig klingen, aber unser Bestreben und unsere Offenheit sowie unser Glaube an die gegenseitige Verbundenheit sind der Schlüssel dazu.

Wir können sie ganz einfach um Hilfe bitten, um innerlich still zu werden und Frieden zu finden. Diese Hilfe wird uns zuteil werden, wenn wir uns tatsächlich darauf einstellen, friedvoll zu sein, und gewillt sind, all das loszulassen, was dem Frieden und der Stille im Wege steht. Dann können die Engel des Friedens nahe an uns herantreten und die Entfaltung dieser Seelenqualität in uns fördern, da es zu ihrem Aufgabenbereich gehört. White Eagle erläutert, wie wir auf diese Weise in Einklang mit der Ausstrahlung der Engel schwingen, und spricht ebenfalls über die Bedeutung richtigen Denkens. Er betont die Notwendigkeit des reinen Gedankens und der positiven Lebenseinstellung.

Wir sprechen oft von der Gegenwart der Engel, aber vielleicht erkennt ihr noch nicht die Bedeutung ihrer Arbeit. Wir möchten euch zu verstehen geben, dass das Zusammenwirken der Naturkräfte und der menschlichen Gedankenkraft gewisse Manifestationen auf physischer Ebene hervorruft. Die Menschheit kann nicht alleine arbeiten; ihr müsst wissen, wie ihr die Naturkräfte anrufen könnt, deren Aufgabe darin besteht, einem Träger des Lichts in seiner oder ihrer Arbeit beizustehen. Ebenso müsst ihr die Bedeutung eures täglichen Denkens sowie eurer Einstellung zum Alltag und den kleinen Dingen begreifen. Je tiefer ihr in die geistigen Lebensmysterien eintaucht, desto wesentlicher werden die Reinheit des Gedankens und der Bestrebung. Doch der Gedanke als solcher besitzt nur wenig Macht, wenn er nicht vom Geiste angeregt wird.

Die alten Philosophen pflegten zu sagen: „Wie oben, so unten." Wenn ihr etwas in der Meditation erkennt und zudem lernt, weiser, reiner und wahrer zu meditieren, werdet ihr das im Irdischen manifestieren, was ihr im Lichte der Meditation wahrnehmt. Ihr seid Gottes Instrument auf Erden. Ihr könnt den ätherischen Arbeitern, jenen Wesen, die das Wachstum der Pflanzen fördern, die der Erhaltung der Menschheit dienen, und den Engeln der Luft, die alles Schöpferische inspirieren, beachtliche Hilfe leisten. Am meisten aber könnt ihr durch eure auf Gott ausgerichteten Gedanken und eure Liebe helfen. Alle guten Gedanken für eure irdischen Gefährten hinterlassen ihre Spuren. Sie werden als Licht verzeichnet. Von dem so aufgebauten Lichtkörper tragen die Engel den guten Gedanken zu anderen, damit noch mehr inkarnierte Seelen diesen Strom konstruktiven Denkens empfangen. Auf diese Weise baut sich eine starke positive Gedankenkraft auf, eine Lichtkraft. Dieses Reservoir von Macht und Liebe erschafft ihr mit Hilfe der Engel der Form. Durch ihr Wirken nehmen die Gedanken und Impulse, die eurem höheren Selbst entströmen, Gestalt an.

Die Engel treten nahe an jene heran, die aufrichtig für Frieden, Heilung, Liebe und Schönheit, für ihre Lieben, die Menschheit und die Erde selbst beten.

Einstimmung auf die Gegenwart der Engel

Männer und Frauen werden mit den Engeln wandern und sprechen, doch bedenkt, es bedarf eines Engels, um einen Engel zu erkennen. Ihr zieht das an, was ihr selbst seid. Daher müsst ihr die erforderlichen Eigenschaften in euch entwickeln.

Unsere Ausdauer und Geduld ermöglichen es uns schließlich, mit dem Engelreich in Verbindung zu treten, sodass wir die Gegenwart der Engel erfahren und enger mit ihnen zusammenarbeiten können. Dadurch „beleben wir unsere Gedanken mit der Kraft des Geistes“, wie White Eagle es ausdrückt. White Eagle hat die ätherische Erscheinungsform der Engel beschrieben, die wir zu diesem Zeitpunkt vielleicht noch nicht „sehen“. Doch die Vorstellung ihrer Gestalt (oder zumindest wie die Engel uns erscheinen mögen) hilft uns, ein Gefühl für ihre Anwesenheit zu bekommen. Dieses Empfinden und das teilweise Verstehen ihres Wesens prägen sich unserem Geist und unserem Herzen ein. Unterstützt durch Kontemplation und Meditation schafft dieser Eindruck eine Schwingung, von der die Engel angezogen werden.

Die Engel in den geistigen Welten, die euch beschützen und lieben, freuen sich über eure Reaktion auf ihren Einfluss und ihre Hilfe. Es wäre nicht gut für euch, wenn ihr die Strahlkraft dieser geistigen Wesen, die mit euch arbeiten, völlig erblicken könntet. Ihr wäret nicht fähig, euer Erdendasein zu leben, würdet ihr die Schwingungen dieser gottähnlichen Brüder zu stark empfinden. Doch gelegentlich geben wir euch ein Bild von ihrer Schönheit und ihrer Liebe. Ihr sprecht von Liebe und sehnt euch nach Liebe; ihr dient tapfer und dennoch, die Schönheit dieser Lichtwesen könnt ihr noch nicht erfassen.
Die Engel besitzen die zweifache oder dreifache Größe eurer selbst, ausladende Schwingen und eine strahlende, grenzenlose

Aura. Breite Lichtstrahlen gehen wie Federn von ihnen aus und sie bringen Frieden und Liebe. Ihre kreisförmig dem Kopf entspringende Ausstrahlung gleicht weißen Flügeln. Wenn wir von geflügelten Wesen sprechen, meinen wir damit, dass die Kraftfelder dieser ätherischen Wesen die Formen von Schwingen annehmen. Erblickt man sie nur flüchtig, hinterlassen sie den Eindruck einer hoch gewachsenen Menschengestalt mit Flügeln. Diese „Flügel" sind Strahlen der Kraft und Stärke, die einhüllend und beschützend wirken und von denen Gotteskräfte ausströmen.

TEIL 3

Engel-
Erzählungen

Das Wölkchen Sebastian

und andere Erzählungen

Das Wölkchen Sebastian

In der endlosen Weite des Universums lebte eine kleine Wolke mit Namen Sebastian. In ihrem weißen, flauschigen Gewand, pausbäckig, war sie recht niedlich anzuschauen. Die Wolke Sebastian war noch eine sehr junge Wolke, und so war sie, was ja durchaus verständlich ist, ausgesprochen neugierig. So vieles gab es in der großen Schöpfung, was ungeheuer interessant zu sein schien.
Jene Gegend, in der Sebastian lebte, wurde von einem Engel namens Silvius geleitet. Zu diesem Engel begab sich das Wölkchen und bat um die Erlaubnis, auf Reisen gehen zu dürfen. Als ihn der Engel fragte, wo er denn überhaupt hinreisen wollte, bemerkte er, dass er ja gar kein bestimmtes Ziel angeben konnte. So blickte er Silvius ein wenig ratlos an, als ihm plötzlich doch etwas einfiel. Er hatte einmal die Engel über einen kleinen Planeten sprechen hören, der eine ganz besondere Bedeutung haben sollte. Dieser Planet, das wusste er noch, hieß Erde. Stolz und selbstbewusst gab er also Silvius zur Antwort: „Ich will die Erde besuchen."
Silvius nickte nachdenklich mit dem Kopf. Er blickte Sebastian ein wenig streng an und sagte zu ihm: „Du bist eigentlich noch viel zu jung für so eine weite Reise, aber weil ich bisher viel Freude mit dir gehabt habe, so will ich dir deine Bitte gewähren. Einen Rat möchte ich dir aber vorher noch geben. Hier in dieser Welt, wo du jetzt lebst, kann nichts Böses bestehen. Überall gelten die weisen Gebote unseres himmlischen Vaters. Dort aber, wo du hin willst, gibt es auch vieles Böse. Darum sei vorsichtig und rufe deinen Himmelsvater, wenn dir Gefahr droht. So, nun wünsche ich dir alles Gute auf deiner Reise."
Sebastian dankte Silvius herzlich für diese lieben Ratschläge. Dann flog er los. Das Wölkchen Sebastian war auf der Reise zur Erde.
Mit den Zeitmaßstäben der Menschen kann man gar nicht

angeben, wie lange Sebastian unterwegs war. Es war eine kleine Ewigkeit. Wunder über Wunder begegneten ihm auf seiner langen Fahrt. Sonnenwelten, Sterne, riesige kosmische Meere, Blumenparadiese, Vogelreiche und vieles mehr erblickte er. Immer kleiner kam er sich vor und dachte schließlich ganz demutsvoll, wie groß doch die Schöpfung sei und wie klein dagegen er, das Wölkchen Sebastian.

Endlich erreichte er die Erde. Er wusste aber nicht ganz sicher, ob sie es wirklich war, da er nur von ihr erzählen gehört hatte. So beschloss er, sich zu erkundigen.

Nachdem er über einem großen, schneebedeckten Gebirge eine Weile herumgeflogen war, sah er in der Ferne eine kleine Wolke. Erfreut flog er auf sie zu. Er hatte sie kaum erreicht, als er auch schon rief: „Liebe Schwester – es war nämlich ein weibliches Wölkchen –, kannst du mir sagen, ob dies hier die Erde ist?"

Das Wölkchen sah ihn erstaunt an; es wunderte sich offensichtlich, wie jemand eine so dumme Frage stellen konnte. Beim Betrachten stellte es aber fest, dass die Wolke Sebastian ganz anders aussah als sie und ihre Bekannten über der Erde. – „Ja, dies ist die Erde. Aber sag mir einmal, wo du herkommst? Du siehst anders aus als wir. Auch möchte ich gerne wissen, wie du heißt."

Über diese Auskunft war Sebastian sehr erfreut und beantwortete gerne die Frage des Wölkchens. Nachdem er seinen Namen genannt hatte, wollte er nun auch wissen, wie sein Wolkenschwesterchen hieß, und er erfuhr, dass sie Orchidea gerufen wurde. – Sie unterhielten sich lange über dem Gebirge und beschlossen dann, gemeinsam um die Erde zu reisen, wobei Orchidea versprach, Sebastian alles zu erklären.

Zuerst einmal interessierte ihn sehr, wieso die Erde einen so überaus strahlenden Lichtkranz besaß, und Orchidea erzählte ihm, dass auf diesem unscheinbaren Planeten einmal für kurze Zeit der Hüter dieses Reiches – also auch aller Wolken – gelebt hatte. Darum sei er auch vor allen anderen Planeten dieser Sphäre ausgezeichnet. Als Sebastian dies hörte, wurde er ganz still und betrachtete die Erde von nun an mit anderen Augen. Der Hüter all der vielen Wunder, die er auf seiner langen Fahrt gesehen, hatte auf diesem kleinen Planeten gelebt. Es war ein atemberaubender Gedanke.

Orchidea freute sich über Sebastians Bewunderung. Sie mochte ihn gern.

Langsam flogen sie weiter. Sie überquerten zahlreiche Länder. Dabei trafen sie auch auf viele Engel, deren Aufgabe Sebastian nicht recht verständlich war, weshalb er Orchidea darüber befragte.

„Jedes Land", antwortet Orchidea, „hat von Gott einen Engel erhalten, der es bewacht und verwaltet. Dieser Engel hat aber einen bestimmten Auftrag. Er muss darüber urteilen, wie gut oder wie schlecht die Menschen eines Landes sind. Wenn es ein sehr böses Volk ist, so muss er zulassen, dass diesem Volk auch vieles Üble widerfährt. Aber nicht der Engel verursacht dies, sondern es ist die Reaktion auf das Verhalten der Menschen. Wenn dagegen die Menschen sehr gut sind, so darf der Engel ein starkes Schutzfeld um sein Land ziehen und kann es damit vor allem Bösen beschützen. Niemandem ist es dann möglich, dieses Schutzfeld zu durchbrechen und den guten Menschen zu schaden. So bestimmen die Menschen ganz allein, ob es ihnen gut oder schlecht geht." Dies sah Sebastian ein.

Auf dem Weiterflug kamen sie über zahlreiche Städte, in denen Sebastian viele dunkle Flecken bemerkte, die nur von wenigen hellen unterbrochen waren. Auf seine Frage erklärte ihm Orchidea, dass dies Abbilder der guten und schlechten Gedanken der Menschen seien, wobei vor allem die Menschen in den großen Städten vielfach böse Gedanken hegten.

Darüber wurde Sebastian sehr traurig und fragte Orchidea, ob dies nicht zu ändern sei.

„Dies ist nicht so einfach", gab sie ihm zur Antwort, „da alle Menschen einen freien Willen haben und nur aus sich selbst heraus zu ändern sind. So können die dunklen Flecken nur verschwinden, wenn die Menschen selbst dies wollen."

Mit dieser Antwort war Sebastian zufrieden. So flogen sie

immer weiter und Sebastian lauschte aufmerksam den vielen Erklärungen, die ihm Orchidea gab.
Nachdem sie fast die ganze Erde umflogen hatten, blieben sie eines Tages über einer großen Stadt im Westen der Erde stehen. Kaum ein Lichtfleck leuchtete über ihr. Während sie hinabschauten, bemerkten sie plötzlich, wie eine große schwarze Wolke auf sie zugesaust kam. Sie machte ein bedrohliches und grimmiges Gesicht und wollte sich auf Orchidea und Sebastian stürzen.
„Hilfe", schrie Orchidea, „eine schwarze Räuberwolke. Schnell, lass uns fliehen!" Sie jagten wie der Wind davon, aber die schwarze Wolke war schneller und kam ihnen immer näher. Als sie sie fast erreicht hatte, fiel Sebastian der Rat von Silvius ein. Eng kuschelte er sich mit Orchidea zusammen und rief: „Lieber Himmelsvater, hole uns wieder heim zu dir!"
Da rauschte es gewaltig und beide verschwanden aus dem Himmel der Erde. Einige Menschen, die zufällig in den Wolkenhimmel geschaut hatten, wunderten sich über das plötzliche Verschwinden der beiden weißen Wolken, vergaßen es aber schnell wieder.
Orchidea und Sebastian jedoch fanden sich wieder und standen – vor Silvius.
„Seht ihr", sprach er, „denkt zuerst immer an euren Himmelsvater und so werdet ihr stets beschützt sein." Beide versprachen es.
Dann zeigte Sebastian Orchidea den großen Weltenraum, und es ist anzunehmen, dass sie bis heute noch nicht fertig geworden sind.

Das Wolkenschiff

Stille.
Kosmisches Schweigen.
Im Gleichmaß ewiger göttlicher Gesetze zogen die Planeten

ihre Bahnen. In der Grenzenlosigkeit des Universums leuchtete ein kleiner Lichtpunkt – die Erde. Die Dämmer- und Lichtreiche zogen sich um die blaue Kugel, dem geistigen Auge nur sichtbar.
Goldenes Feuer erstrahlte, gebildet aus der geistigen Kraft der Seelen des irdischen Lichtreiches. Wesen herrlichsten Glanzes zogen durch seine Weite, sandten Strahlen der Liebe in die Dämmerreiche und auf die Erdenwelt. Kometengleich schweiften sie durch die Dunkelheit, Trauernde tröstend, Leidende heilend und vor allem – Frieden bringend.
Fielen bisher alle Lichtstrahlen aus dem Lichtreich hinab zur Erde, so leuchtete plötzlich auf der Erde ein Funke auf. Rasch vergrößerte er sich und ein Lichtbündel schwebte durch die Reiche der Dämmerung empor, bis es die lichten Sphären erreichte. Eine Seele hatte die engen Bande des Körpers abgelegt und war zurückgekehrt in ihre Heimat. Eingehüllt in eine strahlende Aura hatte sie sofort den Weg ins Licht gefunden. Nach kurzer Zeit des Ausruhens gelangte sie unmittelbar nach dem Tod wieder zur Klarheit ihres Bewusstseins. Sie betrachtete die unvergleichliche Schönheit ihrer Umgebung. In schweigender Dankbarkeit beugte sie ihr Haupt, dem ewigen Einen aus zutiefst bewegtem Herzen zu danken.
Die heimgekehrte Seele war eine junge Inderin gewesen, die eine Krankenstation in den unwegsamen Bergen des Nordens geleitet hatte. Nach ihrer Ausbildung zog sie sofort in die Berge, um den Bergbewohnern zu helfen, deren medizinische Versorgung äußerst schlecht war. Sie schlug eine gut bezahlte Stellung in Neu-Delhi aus, um sich ihrer Aufgabe in den Bergen zuzuwenden. Zusammen mit zwei Helfern hatte sie eine kleine Krankenstation aufgebaut, durch die den Hirten und Bauern der Berge große Hilfe geleistet werden konnte. Vor allem war es ihr gelungen, den abergläubischen Menschen die Angst vor Spuk und Zauberei zu nehmen und sie zur Liebe und zum Glauben an einen allgütigen Gott zu führen.
Nach einigen Jahren war die kleine Krankenstation angewachsen und hatte sich zu einer gut ausgebauten Stätte des

Heilens und Helfens entwickelt. Inzwischen waren weitere junge Mediziner aus den Städten in die Berge gekommen. Die Krankenstation hatte ihre feste Stellung im Leben der Bergbewohner gefunden.
Von einem Krankenbesuch bei einer jungen Mutter war die indische Ärztin auf dem Heimweg von einem kleinen Bergdorf hinab zur Krankenstation gewesen, als ihr am Rande eines Feldes eine weißgekleidete Gestalt entgegengekommen war. Diese hatte ihre Hände ergriffen und zu ihr gesagt, ihre Aufgabe sei beendet. Bei diesen Worten war sie eingeschlafen und erst im Lichtreich wieder erwacht. Unter einer kleinen Krishna-Figur liegend, fand man sie am Rande einer heiligen Grotte, glaubte zuerst, sie schliefe, aber sie war heimgekehrt.
Die junge Inderin öffnete wieder die Augen, die sie zum Gebet geschlossen. Ein Lichtschein kam auf sie zu. Sie vermochte anfangs keine Konturen zu erkennen, es schien eine Wolke zu sein. Allmählich näherte sich die Wolke und sie sah, welche Bewandtnis es mit ihr hatte. Eingebettet in die Umhüllung einer Wolke erschaute sie ein Schiff, ein Wolkenschiff.
Wenn nicht ein leuchtendes Blau das Schiff von der weißen Umhüllung der Wolke abgehoben hätte, wäre gar kein Unterschied erkennbar gewesen, denn auch das Schiff bestand ausschließlich aus winzigen Wölkchen. Es besaß die Form eines Segelschiffes, war allerdings wunderlich zierlich.
Als das Schiff sie erreichte, erblickte sie in ihm jene weiße Gestalt, der sie zuletzt auf der Erde begegnet war.
„Wer bist du?“, sprach sie ihn erstaunt an.
„Ich bin ein Liebeslicht. Steig ein in mein Schiff und komm mit mir. Wir dürfen noch einige Geschwister aufnehmen, bevor unsere Reise beginnt. Auch sie sind Liebeslichter wie du, und wir werden gemeinsam weiterziehen.“
Das Wolkenschiff suchte mit seinen Insassen seine Sphärenbahn über der Erde.
Ein Licht leuchtete auf und wie schon bei der jungen Inderin, durchflog es alle Dämmerreiche, bis es ins Lichtreich gelangte. Eine zweite leuchtende Seele war heimgekehrt von ihrer

Erdenmission. Sie war ein junger englischer Missionar gewesen, der in Südostasien das Evangelium der Liebe verbreitete. In den Wirren und Schrecknissen vieler kriegerischer Konflikte bemühte er sich, den Menschen das Gebot der Liebe ins Herz zu senken. Er hatte die Gefangenenlager betreut und es war ihm fast immer gelungen, die Haftbedingungen für die Kriegsgefangenen zu erleichtern. Bei einem Luftangriff amerikanischer Bomber hatte er versucht, Verletzte zu retten, und war dabei von einer Granate getötet worden.

Erst allmählich gewöhnte er sich an die Schönheit der geistigen Welt. Immer noch blickten seine Augen in verwundertem Staunen umher, als ihn das Wolkenschiff aufnahm.

Dann zog es weiter seine Bahn. Sphäre um Sphäre durchquerte es, bis tief unter ihm erneut jenes Licht aufleuchtete, das die Entkörperung eines reinen Wesens ankündigte.

Ein buddhistischer Mönch war in seiner letzten Meditation auf Erden nicht wieder in seinen Körper zurückgekehrt. Auch im Lichtreich war er umhüllt von seinem orangefarbenen Ordensgewand, da seine Gedanken noch mit seinem Leben verbunden waren. Nach wenigen Momenten im Lichtreich verlöschte die Form aber. Die Seele hatte das Erdenreich ganz hinter sich gelassen. Der Mönch war Leiter einer Ordensschule gewesen, in der junge Mönche Buddha geweiht wurden und ihre erste Ausbildung erhielten. Sein Leben lang hatte er seine Schüler in Liebe und Sanftmut geführt. Von allen war er als ehrwürdiger Vater geliebt und geachtet worden. Niemand vernahm je ein Wort des Zornes oder des Ärgers aus seinem Mund.

Als Greis hatte er die Erde verlassen, als leuchtender Jüngling bestieg er das Wolkenschiff.

Weiter zog das Schiff seine Bahn, wartend auf das Leuchten vom Erdball.

Als erneut eine lichte Gestalt aufstrahlte, war ihr Gesicht nicht zu erkennen. Es war eine Mohammedanerin. Nur zögernd löste sich ihre Verschleierung, zu stark wirkte anfänglich die irdische Gewöhnung auch im Geistreich nach. Die Mo-

hammedanerin war in ihrem Leben die Frau eines sehr reichen Mannes gewesen.
Durch Einfühlungsvermögen war es ihr gelungen, die Güte im Herzen ihres Mannes zu erwecken, und es war ihr möglich geworden, mit seinem Geld den vielen armen Menschen ihres Landes zu helfen. Von ihren Landsleuten wurde sie als Heilige verehrt.
Beim Gebet in einer Gebetsstätte unter freiem Himmel hatte sie ihren Erdenkörper verlassen. Ein Lächeln überirdischen Friedens glänzte noch auf ihrem Gesicht.
Einen letzten Weg musste das Schiff gehen, ein weiteres Mal warteten seine Insassen, bis das Licht aufleuchtete.
Eine Jüdin sollte die sechste Reisegefährtin sein. Ganz von irdischen Bindungen frei, erwachte sie im Lichtreich. Sie war in ihrem Leben als geistige Heilerin tätig gewesen und stand schon zu Lebzeiten in einem innigen Verhältnis zur geistigen Welt.
Auch sie bestieg das Wolkenschiff.
Als die Jüdin in das Schiff aufgenommen war, erbrauste ein mächtiger Sturm und die Segel füllten sich prall. Ein vieltausendstimmiger Chor erschallte, umhüllte sie von allen Seiten, bis letztlich nur noch eine Stimme erklang.
„Gemeinsam zogt ihr aus dem lichten Reich, hinab ins Tal der Menschen. Um Liebe in dies Tal zu tragen, trenntet ihr euch sogar von eurem himmlischen Du. Durch alle Religionen seid ihr geschritten und alle lehrtet ihr die gleiche Botschaft. Liebeslichter brauchen keine Religionen, sie sind Religion! Wo aber Religionen keine Liebeslichter erzeugen, ist keine wahre Religion. Ihr alle habt eure Mission erfüllt. Der Samen eurer Liebessaat wird reiche Früchte tragen. Euer Weg ist zu Ende. Erkennt euch und kehrt heim.“
In den Herzen der sechs Seelen erwachte die Rose der ewigen Liebe und die Dualseelen fanden sich wieder.
Der Wind des Herrn aber füllte die Segel und das Wolkenschiff verließ das Lichtreich der Erde. Sphären unsagbarer Schönheit, Reiche unsagbarer Liebe erwarteten sie; und kein

Mensch hat je vernommen, was Gott denen bereitet, die ihn lieben.

Die Prinzessin der Elben

Tautropfen perlten von den zierlichen Blüten des Goldregens hinab. Am Horizont blinzelte der erste Sonnenschimmer, beäugte den neuen Morgen, scheinbar prüfend, ob es ein guter Tag werden sollte.

Es sollte ein guter Tag werden.

Im aufgehenden Sonnenlicht erstrahlte Schloss Goldregen, der Königspalast der Elben. Er hatte seinen Namen durch den Goldregen erhalten, der sich um das ganze Gebäude gerankt hatte und es wie ein goldener Schutzwall umhüllte.

Die Sonne war kaum aufgegangen, als im Elbenschloss eine emsige Geschäftigkeit anhob. Tausende kleiner Hände waren eifrig bemüht, das Schloss zu schmücken. Vor einer Woche hatte der Elbenkönig, Korialan VII., überraschend bekannt gegeben, man werde ein Fest feiern. Seitdem herrschte große Aufregung unter den Elben, denn keiner wusste den Grund für diese unerwartet veranstaltete Feier.

Heute nun sollte sie stattfinden und die kleinen Elben wieselten durch die einzelnen Gewölbe, schleppten Girlanden und bunte Kerzen und waren ungeheuer zappelig und aufgeregt.

Was mochte den König wohl veranlasst haben, ein so unerwartetes Fest zu feiern? Nun, in wenigen Stunden würde man es wissen.

Es gab unter den Elben kaum Geheimnisse, jeder vertraute dem anderen nahezu alles an. Umso größer war, wie man sich leicht vorstellen kann, die Neugier.

Zur Mittagszeit war das Schmücken des Schlosses beendet und fast schlagartig kehrte Stille ein. Die Elben begaben sich in ihre Häuser, um ihre Festgewänder anzulegen.

Die Sonne hatte ihren höchsten Punkt bereits ein wenig über-

schritten, als von den sieben Türmen von Schloss Goldregen das Glockenspiel erklang. Auf jedem der sechs Türme der Außenmauern befand sich ein silbernes Glockenspiel, nur der Innenturm, in der Mitte des Schlosshofes, enthielt ein goldenes. Von diesem wurde jeweils der Einsatz zum Spiel gegeben, die sechs anderen stimmten harmonisch mit ein.
Kaum war der erste Ton erklungen, als aus allen Türen die Bewohner des Elbenschlosses strömten. Die vielen Elbenfamilien boten in ihren farbenprächtigen, schillernden Gewändern ein bezauberndes Bild. Gemessenen Schrittes zogen die Pärchen vor die große Treppe der Königsgemächer. Nur die kleinen Elbenkinder wollten gar nicht einsehen, warum sie heute nicht wie sonst herumtollen sollten, und brachten den ganzen Zug in Unordnung.
Zugleich mit Beginn des Glockenspieles waren auch die Schlosstore geöffnet worden und aus den umliegenden Wäldern strömten zahlreiche Waldelben dem Schloss zu. Ihre grünen Gewänder mischten sich unter das schillernde Völkchen der Schlosselben, sodass letztlich der ganze Innenhof angefüllt war mit vielen Tausenden.
Gespannt blickte alles die Treppe hinauf, wo man den König erwartete. Genau in dem Augenblick, als die Sonne den ersten Strahl auf das Wappen am Hauptportal sandte, wurde dieses geöffnet.
Korialan VII. betrat die Treppe. Er unterschied sich nur durch seinen größeren Wuchs von den anderen Elben und durch eine zierliche Krone, die sein langes dunkles Haar schmückte. Zusammen mit seiner Frau, Königin Korialana, nahm er auf einem der zwei Sessel Platz.
Einen Augenblick betrachtete er schweigend die große Zahl der versammelten Elben, die erwartungsvoll zu ihm hinaufsah. Dann begann er zu sprechen:
„Liebe Geschwister! Wie ihr wisst, haben wir leider keine Kinder von unserem Lichtvater geschenkt bekommen. Es war dies unser Schicksal, denn von unseren Weisen wurden es bei meiner Amtsübernahme bereits prophezeit. So wäre es das Gesetz

der Elben, nach meinem Tod aus den Reihen des Elbenvolkes einen Nachfolger zu wählen. Ich möchte euch nun heute einen anderen Vorschlag unterbreiten. Vor sieben Tagen ist eine Fremde, die nicht dem Volk der Elben angehört, in unser Schloss gekommen; und ich möchte gerade sie zu meiner Nachfolgerin bestimmen. Deshalb sollt ihr darüber entscheiden, ob die Fremde heute zur Elbenprinzessin gekrönt wird. Seid ihr mit diesem Vorschlag einverstanden?"

Erstaunt sahen sich die Elben an. So etwas hatte es im Elbenreich noch nie gegeben. Deshalb erklang ihre Zustimmung auch etwas zurückhaltend.

Der König erhob sich darauf und rief, sich zur Tür drehend: „Schneeblüte, komm zu uns heraus, damit dich die Elben kennen lernen können." Die Tür öffnete sich und ein Mädchen trat heraus, mit einem schneeweißen, bis auf die Füße reichenden Gewand bekleidet, auf das lange dunkle Haare fielen. Es war größer als der Elbenkönig und das Elbenvölkchen konnte sich mancher bewundernder und überraschter Ausrufe nicht enthalten.

„Liebes Elbenvolk", sprach Schneeblüte zu den Versammelten, „ich bin aus dem Reich der Blumen zu euch gekommen. Seit langen Jahren wachen die Elben schon über das Wachstum der Pflanzen, Sträucher und Bäume. Mit großer Freude hat der allwissende Lichtvater euer emsiges Wirken beobachtet. Für euren Fleiß möchte er euch eine Belohnung geben. Ihr sollt in die tieferen Geheimnisse des Blumenreiches eingeführt und damit befähigt werden, die Pflanzenwelt der Erde noch viel prächtiger zu gestalten. Wenn ihr dieses Geschenk annehmen wollt, so will ich mit Freuden eure Prinzessin werden."

Als Schneeblüte ausgesprochen hatte, brach ein Begeisterungssturm los, wie ihn Schloss Goldregen noch nie erlebt hatte. Die Freude der Elben lässt sich kaum beschreiben, denn sie liebten ihre Blumen unsagbar. Die Vorstellung, ihre Pracht noch verschönern zu können, ließ sie kaum zur Ruhe kommen. Es wurde ein großes Fest gefeiert, das die ganze Nacht hindurch währte, und Schneeblüte wurde zur Elbenprinzessin gekrönt.

Am nächsten Tag begann Schneeblüte ihre Aufgabe. Sie zeigte den Elben, wie sie die Blumen veredeln, wie sie durch Kreuzung völlig neue Arten erzeugen konnten, und in kurzer Zeit war die Blütenpracht des Elbenreiches unbeschreiblich erweitert.

Schneeblüte lebte viele Jahre bei den Elben. Als König Korialan und seine Frau gestorben waren, übernahm sie die Führung des Elbenvolkes.

Die Elben liebten sie sehr und ihre Verehrung von Schneeblütes Wissen über die Blumen war grenzenlos. Schneeblüte wusste aber, sie würde einmal die Elben wieder verlassen. So wählte sie im Verlauf ihres Lebens bei den Elben ein Paar aus, von deren Güte und Weisheit sie sich vielfach hatte überzeugen können, die ihre Nachfolger werden sollten.

Als nun der Tag des Abschieds gekommen war, herrschte große Traurigkeit unter den Elben. Sie würden Schneeblüte sehr vermissen.

„Ihr Lieben", sagte Schneeblüte beim Abschied zu ihnen, „ich gehe jetzt ins Reich der Menschen. Ich habe euch alles gelehrt, was ich wusste, und kann euch nun nichts mehr geben. Meine Liebe aber wird immer bei euch bleiben, auch wenn ich nicht mehr unter euch weile. Die Menschen aber brauchen mich noch. In ihrer Welt herrscht nicht die Harmonie des Elbenreiches und so will ich euch verlassen. Habt Dank für all eure Liebe und bleibt allzeit unserem Lichtvater treu. Lebt wohl!"

Bei diesen Worten erstrahlte sie in weißem Licht und verschwand aus dem Elbenreich.

Im gleichen Augenblick erschaute ein kleines Menschenkind das Licht der Welt. Scheu sahen die zierlichen Augen umher, während von einer Kirche her die Glocken erklangen.

Silberwind und Silberwolke

Das Wasser des Fjordes spiegelte sich golden in den letzten Strahlen der untergehenden Sonne. In der einsamen Hütte am Nordufer des Sees brannte knisternd das Kaminfeuer. Zwei Menschen saßen davor und blickten träumend in die flackernden Flammen. Es waren zwei Studenten aus Oslo, Lilja und Carelius, die hier ihren Sommerurlaub verlebten. Sie liebten diese Abende vor dem Feuer, wenn sie gemeinsam ihren Träumen lauschen konnten, Bilder ihrer Gedanken malten. Es war für sie, als ob ihre Gedanken lebendig wurden.
So strahlten ihre Herzen in das Licht der Flammen und formten geistige Wesenheiten.
Sie ritten beide auf zwei weißen Pferden über die Wolken und besuchten die himmlischen Welten. Wie Schwingen schwebten ihre Worte durch den Raum, während sie ihre Gedanken erzählten.
Sie sahen sich an und spürten, wie jeder von ihnen in seinem Gegenüber lebte. Für einen Moment waren sie wieder ganz in der Hütte mit ihrem Denken; aber schnell suchten sie erneut ihre Pferde. Während ihre Gedankenbilder durch die Unendlichkeit reisten, ertönte plötzlich eine Stimme. Sie schien aus dem Feuer zu kommen.
„Wer seine Welt aus Liebe formt, der darf sie auch bewohnen."
Die Worte klangen noch in ihren Ohren, als sich der Lichtschein des Feuers zu vergrößern begann. Immer heller wurde es. Die Lichtkugel wuchs und wuchs, sie hüllte sie ganz ein. Schnell ergriffen sie ihre Hände, um sich nicht zu verlieren. Noch immer schien die Lichtkugel zu wachsen, aber ihre Aufmerksamkeit wurde von etwas anderem gefesselt. Vor ihnen standen jene beiden schneeweißen Pferde, von denen sie eben noch geträumt hatten. Sie kamen auf sie zugelaufen und legten ihre Köpfe auf ihre Schultern. Offensichtlich freuten sie sich sehr, sie zu sehen. Vorsichtig streichelten Lilja und Ca-

relius ihr Fell, so als trauten sie der Wirklichkeit des Geschauten noch nicht recht.
Noch mehr erstaunten sie, als Liljas Pferd plötzlich zu ihnen sprach.
„Wir sind wirklich und lebendig, ihr könnt ruhig aufsteigen und mit uns reiten." Lilja und Carelius sahen sich an.
„Ja, wieso könnt ihr denn sprechen?", fragte Carelius verblüfft.
„Ihr seid in der geistigen Welt, hier gibt es nur die Sprache des Geistes und diese wird von allen Lebewesen verstanden."
Allmählich waren Lilja und Carelius von der Wirklichkeit ihrer Pferde überzeugt und sie kletterten auf ihre Rücken. Dabei stellten sie fest, dass sie ja noch nicht einmal die Namen ihrer beiden Pferde wussten, und Lilja fragte diese danach.
„Wir haben noch keine Namen. Wir sind von euch geschaffen worden und können nur von euch unsere Namen erhalten."
„Silberwind", rief Carelius. „Silberwolke", Lilja.
Damit hatten ihre Pferde einen Namen, der ihnen offensichtlich sehr gefiel, denn sie sprangen vergnügt umher.
„Aber wohin reiten wir jetzt?", fragte Carelius.
„Wohin ihr wollt", antworteten Silberwind und Silberwolke.
Lilja und Carelius überlegten nicht lange, sie wollten das Elfen- und Feenreich besuchen.
Kaum hatten sie ihre Wünsche ausgesprochen, als Silberwind und Silberwolke auch schon davonsausten. Ihre Mähnen flatterten übermütig und auch Liljas Haare wehten wie ein Sternenschweif hinter ihr her.
Es war herrlich, so dahinzufliegen. Sie hielten sich am Hals ihrer Pferde fest und flüsterten in ihre Ohren.
Fliegen sollten sie – und sie flogen durch die endlose Weite des Raumes. Über Wolkengebirge, unter riesigen Regenbögen hindurch, an einer Schneewelt vorbei, immer weiter und weiter.
Vor ihnen tauchte ein Berg aus reinstem Kristall auf, dessen Gipfel ein wunderschönes Schloss zierte. Es war aus farbigem

Glas gebaut und leuchtete und funkelte wie eine ganze Sternenwelt.
„Das ist das Schloss der Elfenkönigin", rief Silberwolke Lilja zu, „gleich werden wir es erreicht haben. Man erwartet uns schon."
Kurz darauf waren sie vor dem Tor des Schlosses. Zwei kleine Wesen öffneten das Tor und ließen sie ein. Die Elfen waren viel kleiner als die Menschen. So waren Lilja und Carelius sehr bedacht, ja auf keines der kleinen Wesen zu treten oder es sonstwie zu verletzen. Auf Zehenspitzen folgten sie den zwei Türelfen. Sie führten sie in einen Saal, dessen Inneres ganz aus Mondstein hergestellt worden war. In seiner Mitte saß auf einem filigranen, allerliebsten Thron die Elfenkönigin.
„Willkommen im Elfenreich, ihr Lieben", begrüßte sie die Königin. „Gern wollen wir euch unsere Welt zeigen. Wie ihr aber schon gesehen habt, sind wir Elfen weitaus kleiner als die Menschen, und auch unsere Welt ist dementsprechend nicht so groß wie die eurige. Darum möchte ich euch bitten, während der Dauer eures Besuches bei uns im Elfenreich unsere Größe anzunehmen. Ihr werdet bei eurer Abreise wieder eure normale Größe erhalten. Seid ihr damit einverstanden?"
Lilja und Carelius nickten. Daraufhin machte die Königin eine kurze Handbewegung und beide besaßen die gleiche Größe wie die Elfen. Jetzt erst erkannten sie die wahre Schönheit der Elfenwelt. Alles war endlos sanft und zierlich. Die Blumen in den Gärten viel feiner als auf Erden. Die Häuser, die Straßen, alles war aus Glas. Die ganze Elfenwelt leuchtete in den verschiedensten Farben. Viele Dinge lassen sich gar nicht beschreiben, weil es sie auf Erden nicht gibt und sie mit nichts verglichen werden können.
Ein Wunder löste ein nächstes ab. Wie lange sie in der Elfenwelt waren, wussten sie nicht. Einmal war aber auch diese Zeit vorbei. Lilja und Carelius kamen wieder zurück ins Schloss der Königin. Bei ihr bedankten sie sich noch ganz besonders und erhielten zwei kleine Ringe geschenkt. Die Elfenkönigin steckte sie selbst an die Hände der beiden und sah sie dabei

mit einem Lächeln an. Dann folgte erneut eine kurze Handbewegung und sie erhielten wieder ihre vorherige Größe. Winkend verabschiedeten sie sich und wurden von den beiden Türelfen hinausgeführt, wo Silberwind und Silberwolke auf sie warteten.
Lilja und Carelius stiegen auf die Rücken ihrer Pferde, grüßten noch einmal zurück zu den Türelfen und flogen dann davon – dem Feenreich zu. Während sie durch die Lüfte jagten, erzählten sie ihren Pferden ihre Erlebnisse im Elfenreich. Silberwind und Silberwolke spitzten die Ohren und lauschten aufmerksam. Am Spiel ihrer Ohren konnten Lilja und Carelius ihre Begeisterung ablesen.
Nachdem sie alles berichtet hatten, widmeten sie ihre Aufmerksamkeit wieder ganz ihrer Umgebung. Sie flogen gerade durch ein Vogelreich. Tausende und abertausende von Vögeln gurrten, trillerten und zwitscherten. Ein atemberaubendes Konzert. Kaum war der Gesang der Vögel verklungen, tönte ihnen ein himmlischer Chor entgegen. Er schien von den Sternen zu kommen. Ja, die Sterne sangen wirklich. Sie sangen ein Preislied Gottes. Machtvoll hallten die Töne durch die Unendlichkeit. Das Lied des Kosmos.
Als Nächstes begegnete ihnen eine große Schar weißer Pferde. Sie jagte an ihnen vorüber, bildete dabei Formen – Kreise, Sterne, Pfeile. Einige kleine Fohlen bildeten ein Kreuz, riefen etwas zu Silberwind herüber und stoben davon, den anderen hinterher.
Kaum hatten sie die Pferde aus den Augen verloren, als ein Nebelmeer vor ihnen auftauchte. Schon waren sie mitten in ihm. Musik erklang. Sphärenmusik. Sie lauschten der Hymne der Nebelgeister.
Als sie das Nebelmeer hinter sich gelassen hatten, wurde es vor ihnen sehr hell. Silberwolke rief ihnen zu, dass sie gleich am Ziel seien. Sie sahen sich um, konnten aber nichts erkennen, was darauf schließen ließ, dass sie sich dem Feenreich näherten. Plötzlich hielten die Pferde an.
Lilja fragte, wo sie wären, und erhielt von Silberwolke die

Antwort, sie seien am Feenreich angekommen. „Aber wir sehen doch überhaupt nichts", rief Lilja.
„Ihr könnt das Reich der Feen erst dann erblicken, wenn die Feen euch in die Lage versetzen, ihr Licht zu schauen", gab ihnen Silberwind Auskunft.
Eine Harfe erklang, und im selben Augenblick sahen sie, wo sie waren. Sie standen vor einem Rosentor, das sich gerade öffnete. Sie sprangen von den Pferden und führten sie in einen zauberhaften Rosengarten. Alles war aus Rosen gebildet.
Durch einen langen Tunnel gingen sie weiter. Der Duft der Rosen war unbeschreiblich. Immer breiter wurde der Tunnel und endete auf einem großen Park. Vor ihnen erhob sich eine Burg aus weißen und roten Rosen. Im Vordergrund standen sieben Lichtgestalten. Sie strahlten wie die Sonne. Jede von ihnen trug ein Diadem mit sieben weißen Diamanten.
Eine der Lichtgestalten sprach zu ihnen.
„Ich grüße euch im Namen des Heiligen Rates. Wir freuen uns, euch bei uns zu sehen. Ihr werdet es nicht bereuen, den Weg zu uns gefunden zu haben. Kommt mit uns ins Innere. Ihr habt die Burg der Liebesrose erreicht."
Lilja und Carelius umarmten noch einmal Silberwind und Silberwolke und folgten dann den Feen ins Innere der Rosenburg. Als sie das Tor durchschritten, bemerkten sie, wie sich ihre Gestalt veränderte. Sie wurden zu Licht gleich den Körpern der Feen.
In der Mitte eines großen Gewölbes standen sieben Rosensessel. Weiße und rote Rosen bildeten sie, wie die Burg. Die sieben Feen nahmen auf ihnen Platz.
„Kommt zu uns", rief die Mittlere von ihnen, „und kniet vor uns nieder."
Lilja und Carelius kamen ihrem Wunsch gerne nach. Sie waren wie verzaubert. „Ihr seid noch sehr jung", fuhr die Fee fort, „aber ihr seid den Weg der Liebe schon sehr weit gegangen. So ward es euch auch gestattet, bis zu uns zu gelangen. Wir wollen euch nicht ohne eine Gabe von hier entlassen."
Bei diesen Worten bildete sich ein Diadem zwischen ihren

Händen, das in seiner Schönheit denen der Feen in nichts nachstand. Behutsam setzte sie es Lilja auf. Danach formte sie eine zierliche Krone für Carelius.
„Gebt euch jetzt die Hände“, bat sie die beiden.
Lilja und Carelius legten ihre Hände ineinander und blickten sich an. Alle sieben Feen standen auf und streckten ihre Hände über sie. Gemeinsam sprachen sie zu ihnen: „Für ewig sei der Liebe Band geflochten, das Gottes Tränen einst erschuf.“
Wie ein Blitzstrahl durchlohte ein Feuer die Herzen von Lilja und Carelius. Sie hatten die Empfindung, ineinander aufzuglühen. Von der Macht dieses Gefühles überwältigt fielen sie in einen tiefen Schlaf.
Als sie erwachten, erblickten sie Silberwind und Silberwolke über sich. Die beiden hatten sie behütet.
„Eure Reise geht dem Ende entgegen“, sagte Silberwind zu ihnen. „Wir werden euch wieder zurücktragen.“
Wie ein Sturm sausten Silberwind und Silberwolke zur Erde. Nachdem sie angekommen waren, legten beide ihre Köpfchen noch einmal zu Lilja und Carelius und verabschiedeten sich.
„Bald sehen wir uns wieder“, rief Silberwolke ihnen zu, „dann für immer.“ Danach waren sie verschwunden.
Carelius nahm Lilja in die Arme. Als er sie wieder öffnete, lagen sie vor ihrem Feuer in der kleinen Hütte am Fjord.
Als der Urlaub zu Ende war, erzählten sie ihren Freunden von ihrem Erlebnis. Aber fast niemand wollte ihnen glauben und man lachte sie aus. So wurden ihre Freunde immer weniger.
Aber sie waren nicht traurig, denn sie wussten, Silberwind und Silberwolke warteten auf sie. Bald würden sie für immer mit ihnen durch das All reiten.

Das Kreuz im Gebirge

In einem kleinen Dorf im Fichtelgebirge lebte ein junges Mädchen. Sie hieß Anika. Zusammen mit ihrer Mutter be-

wohnte sie ein winzig kleines Häuschen. Ihr Vater war früh gestorben und so hatte ihre Mutter sie allein aufgezogen.
Als ihr Vater noch lebte, besaßen sie eine weit und breit berühmte Holzschnitzwerkstätte. Nach Vaters Tod wollte ihre Mutter die ganze Werkstatt verkaufen und in die Stadt, in die Fabrik, arbeiten gehen. Anika bat sie aber inständig, dies nicht zu tun. So behielten sie die Holzschnitzerei und führten das Werk des Vaters fort.
Anika ging noch zur Schule und konnte ihrer Mutter nur am Nachmittag helfen. Deshalb vermochte sie auch nur sehr wenig herzustellen, und es genügte gerade, sie am Leben zu erhalten. Wenn Anika am Nachmittag in die Werkstatt kam, fand sie ihre Mutter oft traurig, über ein Holzstück gebeugt, sitzen. Dann legte sie ihre Arme um sie und gab ihr einen Kuss. Ihrem fröhlichen Wesen konnte die Traurigkeit der Mutter meist nicht lange standhalten. Sie sangen dann oft, während sie den Boden mit feinen Holzspänen bedeckten. Anika besaß das Talent ihres Vaters. Sie stellte herrliche Figuren her. Alles, was sie zu schnitzen begann, betrachtete sie sich zuerst ganz genau in der Wirklichkeit. Erst wenn sie glaubte, diese völlig in sich aufgenommen zu haben, nahm sie das Holz zur Hand. So wirkte alles, was sie schnitzte, wie lebendig. Dies wurde noch durch die Bemalung unterstrichen, die sie ihren Figuren am Schluss gab. – Allmählich sprach sich Anikas Geschicklichkeit herum und es kamen oft sogar Fremde aus der Stadt zu Besuch, um sich bei ihnen in der Holzschnitzerei etwas zu kaufen.
So ging es mehrere Jahre und sie konnten von dem, was sie erarbeiteten, leidlich gut leben. Anika war inzwischen eine junge Frau geworden. Lange ebenholzfarbene Haare fielen bis auf ihre Schultern herab und umrahmten ein zierliches Gesicht, dessen feine Züge eine unbeschreibliche Reinheit zum Ausdruck brachten. Sie ging selten aus, und ihre Mutter fragte sie häufig, ob sie denn gar nicht einmal daran denke, zu heiraten. Anika blickte mit ihren dunklen Augen ihre Mutter an und schüttelte nur den Kopf.

Es war Winter geworden. Noch drei Wochen bis Weihnachten. Anika freute sich sehr auf die Weihnachtszeit, sie hatte das Gefühl, als wenn ein Kleid der Stille und des Friedens um die Menschen gewoben würde. Am Nachmittag eines Sonntags verließ Anika das Haus. Vorher bat sie ihre Mutter noch um zwei Kerzen. Als sie um die Kerzen bat, wusste die Mutter, wohin sie gehen wollte – zum Kreuz im Gebirge. Sie ging nur sehr selten dorthin, weil ein Besuch des Kreuzes für sie etwas Besonderes war. Dieses Kreuz hatte noch ihr Vater gebaut. Er hatte es an einer der steilsten Stellen des Gebirges errichtet, die kaum zu finden war. Nur wer sehr genau den Weg dorthin kannte, ging nicht fehl.
Anika schlüpfte in ihre warmen Fellstiefel, vermummte sich noch mit einem dicken Wollschal, den ihre Mutter ihr gestrickt hatte, und stapfte los. Es war ein Märchenwald, durch den sie wanderte. Bis mittags hatte es geschneit und die Tannen und Fichten trugen ein herrliches weißes Kleid. Gelegentlich stellte sie sich übermütig unter eine Tanne, schüttelte einen Ast und ließ die weiße Pracht über sich hinwegrieseln. Sie fühlte sich frei und glücklich. Ein tiefer Frieden zog in ihr Herz ein.
Es wurde allmählich dunkel und ein endloser Sternenhimmel wölbte sich über ihr. Langsam stapfte sie weiter, während ihre Augen nur nach oben gerichtet waren. So erreichte sie nach einigen Stunden den Gipfel. Durch eine kleine Schonung führte ein schmaler Pfad, den man allerdings unter der Schneedecke nicht sah. Doch sie war schon so oft hier gewesen, dass sie den Weg auch mit verbundenen Augen gefunden hätte. Sie bückte sich unter einigen tief hängenden Zweigen – dann stand sie vor dem Kreuz.
Von einer weißen Haube bedeckt steckte es in einem großen Schneeschuh. Anika drückte den Schnee ein wenig herab und stellte an jede Seite des Kreuzes eine Kerze, die sie anzündete. Dann betete sie.
Wie lange sie vor dem Kreuz gekniet hatte, wusste sie nicht, als plötzlich ein strahlendes Licht vor ihr aufleuchtete. Ge-

blendet schloss sie die Augen. Sie spürte, wie eine Hand sanft über ihre Haare strich, dann wurde sie emporgehoben. Langsam öffnete sie wieder die Augen. Sie schaute in das Gesicht eines jungen Mannes. Aber es war nicht das Gesicht eines Menschen. Es schien nur aus Licht zu bestehen. Trotzdem konnte man seine Gestalt genau erkennen.
„Wer bist du?“, flüsterte sie.
„Ich heiße Sandelan und komme aus dem Lichtreich des Agadir. Ich habe auf dich hier gewartet.“
„Woher wusstest du, dass ich hierher kommen würde?“, fragte Anika, die sich von ihrem Schreck erholt hatte und großes Zutrauen dem Fremden gegenüber empfand. „Ich begleite dich, seit deine Seele diese Erde betreten. Aber ich durfte mich dir erst jetzt nähern, nachdem in deinem Herzen die Liebe erwacht ist. Sie bildet ein so großes Licht um dich, dass ich mich, ohne Gefahr für dich, dir nähern konnte.“
„Aber warum bist du kein Mensch?“, gab Anika ein wenig traurig zurück.
„Auch ich bin einmal Mensch gewesen“, erwiderte Sandelan, „aber jetzt lebe ich in einem Lichtreich, das auch bald deine Wohnstatt sein wird. Du bist nur auf diese Erde gekommen, um eine bestimmte Aufgabe zu erfüllen. Wirst du diese ausgeführt haben, dürfen wir für immer zusammenbleiben.“
Mit diesen Worten zog er Anika sanft an sich heran. Ein Strahl von Geborgenheit und Liebe durchglühte sie. Es war ein Gefühl, wie sie es nie zuvor gekannt hatte. Sie sank, von der Empfindung überwältigt, zu Boden.
Erst nach einiger Zeit bemerkte sie, dass sie wieder allein war. Sie wollte rufen, als sie aus der Dunkelheit Sandelans Stimme hörte: „Du wirst wiederkommen, und ich werde da sein.“ – Dann war es still.
Anika kniete noch einmal vor dem Kreuz nieder, dankte Gott aus zutiefst bewegtem Herzen, löschte die Kerzen und eilte nach Hause.
Ihre Mutter schlief bereits, als sie wieder in ihrem Häuschen eintraf. In dieser Nacht konnte sie lange nicht einschlafen.

Am nächsten Morgen bemerkte ihre Mutter, welch strahlender Glanz Anikas Gesicht umfloss, sagte aber nichts. Auch Anika schwieg über das Erlebnis des vergangenen Abends.
So gingen etliche Monate ins Land und Anika fragte sich oft, welche Aufgabe Sandelan wohl gemeint haben konnte. Aber so oft sie auch überlegte, sie konnte keine Antwort finden.
Eines Nachmittags saß sie wieder in der Werkstatt, als ein Fremder eintrat. An seiner Kleidung erkannte sie, dass er von weither gekommen sein musste, denn etwas Ähnliches trug man in dieser Gegend nicht. Sie fragte ihn freundlich, was er wünsche, und hörte sich dann erstaunt seinen Auftrag an. Er bestellte zwölf Zwerge. Anika wollte diesen Auftrag nicht annehmen und erwiderte, sie schnitze nur Figuren, die sie in Wirklichkeit gesehen habe. Der Fremde ließ den Einwand aber anscheinend überhaupt nicht gelten und verließ mit den Worten, er werde in einigen Wochen wiederkommen, die Werkstatt.
Verblüfft sah ihm Anika nach. Sollte dies die Aufgabe sein, von der Sandelan gesprochen hatte. Sie beschloss, an diesem Abend erstmals wieder zum Kreuz hinaufzugehen.
Als sie sich dem Gipfel näherte, bemerkte sie, wie ihre Schritte immer schneller wurden. Sie wünschte sehr, Sandelan wiederzusehen. Ob er wirklich da sein würde.
Wie schon im Winter kniete sie vor dem Kreuz nieder, um zu beten. Ihr Herz schlug schnell, sie meinte, man müsse es pochen hören. Als sie wieder die Augen öffnete, stand Sandelan vor ihr. Er hob sie hoch, ohne etwas zu sagen. Anika fühlte sich auf einmal ganz leicht, dann wurde ihr schwindelig.
Als sie erwachte, lag sie in einer wunderschönen Wiese. Neben ihr standen viele Zwerge. Sie rieb sich die Augen, glaubte zu träumen, aber als sie sie wieder öffnete, standen wirklich immer noch die Zwerge neben ihr. Dann hörte sie ein Lachen hinter sich. Es war Sandelan.
„Du kannst doch nur schnitzen, was du gesehen hast, also musste ich dich ins Zwergenreich bringen."
Er zog sie aus dem Gras empor. Zusammen mit den Zwergen

zeigte er ihr dann die wunderschöne Welt der Zwerge. Anikas Erstaunen war grenzenlos. Eine kleine Ewigkeit schien es ihr, als sie durch das Zwergenreich zogen. Endlich sagte Sandelan, er müsse sie jetzt zurückbringen. Anika verabschiedete sich von den Zwergen. Wieder hob Sandelan sie auf seine Arme, und als Anika erwachte, war sie in ihrem Haus.

Am nächsten Tag begann sie sofort mit der Arbeit. Es wurden die niedlichsten Zwerge, die je geschnitzt wurden. Als der Fremde wirklich nach einigen Wochen die Zwerge abholte, konnte er sich eines bewundernden Ausrufes nicht enthalten. Zugleich bestellte er etwas Neues – zwölf Engel.

Anika eilte am selben Abend wieder zum Kreuz hinauf. Es geschah alles wie bei ihrem Besuch im Zwergenreich. Nur erschien ihr die Welt der Engel noch unbeschreiblich viel schöner.

Wieder erschien nach einigen Wochen der Fremde und holte die Engel ab. Er lobte Anika noch mehr als beim Abholen der Zwerge. Als er aber dann seinen neuen Wunsch äußerte, erschrak Anika. Sie sollte eine Christusfigur schnitzen. Als sie diesmal zum Kreuz hinaufstieg, war sie etwas beklommen, zu ungeheuerlich erschien ihr die Aufgabe. Sandelan aber nahm ihr bald alle Bedenken.

Niemand weiß, was Anika alles erlebte; aber sie begann bald, eine Christusfigur zu schnitzen. Sie arbeitete sehr lange daran. In der Zwischenzeit war ihre Mutter gestorben. So lebte sie ganz allein in ihrem Häuschen. Nur gelegentlich kam noch ein alter Mann aus dem Dorf sie besuchen.

Eines Tages war die Christusfigur fertig. Sie wartete auf den Fremden. Monate, Jahre vergingen, aber er kam nicht. So nahm sie an einem Wintersonntag die Christusfigur und ging zum Kreuz ins Gebirge hinauf.

Seitdem hat niemand wieder etwas von ihr gehört.

Hätte nicht jener alte Mann die Geschichte weitererzählt, niemand wüsste heute etwas davon. So steht sicher noch immer die schönste aller Christusfiguren an einem Kreuz im Fichtelgebirge. Wer wird sie wohl finden?

KAPITEL 2

Das Geschenk des Engels

und andere Erzählungen

Peter Michel

Das Geschenk des Engels

In der Nähe eines kleinen Städtchens im Erzgebirge lebte ein altes Holzschnitzerpaar am Rande eines verborgenen Tales. Sie besaßen eine Werkstatt, in der sie Weihnachtspyramiden, Krippen und wunderschön verzierte Kerzenständer herstellten. Einmal im Monat kam ein Händler mit seinem großen Wagen vorbei und erwarb alles, was sie in den vergangenen Wochen hergestellt hatten. Da ihnen ihr kleines Häuschen gehörte, hatten die alten Leute ihr Auskommen.
Mit ihnen lebte ihre Tochter, ein junges Mädchen namens Karina, die in zwei Wochen ihren achtzehnten Geburtstag feiern sollte. Eigentlich hieß Karina Karuna, doch das liegt schon lange zurück, mehr als siebzehn Jahre.
Die Ehefrau des Holzschnitzers hatte sich sehnlichst ein Kind gewünscht, doch sollte ihr die Erfüllung dieses Wunsches verwehrt bleiben. Sie näherte sich jetzt schon ihrem fünfzigsten Lebensjahr und sie und ihr Mann hatten sich mit ihrem Schicksal abgefunden – bis zu jener seltsamen Juli-Nacht, als das Erzgebirge von einem schweren Unwetter heimgesucht wurde. Es blitzte und donnerte die ganze Nacht und wahre Fluten stürzten vom Himmel herab. Am Morgen klärte es dann auf und eine warme Sommersonne sandte ihre Strahlen über das kleine Gebirgstal.
Der Holzschnitzer wollte nachschauen, ob die Abdeckung über dem Brennholz dem Unwetter standgehalten hatte, und öffnete die Tür zum Garten. Beinahe wäre er über das kleine Körbchen gestolpert, das vor der Tür lag, doch zum Glück erklang genau in diesem Augenblick ein ängstliches Mauzen und der Holzschnitzer blieb überrascht stehen. Er schaute nach unten und erblickte einen geflochtenen Korb, in dem ein Kind lag, das vielleicht ein Jahr alt sein mochte, und seine Hände über ein kleines Tigerkätzchen gefaltet hatte, so als

wollte es das zierliche Wesen vor den Unbillen der Witterung beschützen. Das Kätzchen bewegte sich unter den Kinderhänden kaum. Es blickte nur nach oben und gab jene klagenden Mauz-Töne von sich, die den Holzschnitzer auf das Körbchen aufmerksam gemacht hatten. Erschrocken rief dieser seine Frau und gemeinsam trugen sie behutsam das Bastkörbchen ins Haus. Sie stellten es in der Stube vor dem großen Kachelofen auf den Ecktisch und betrachteten es verwundert. Das kleine Tigerkätzchen fühlte sich sehr wohl in der neuen Umgebung und sprang sogleich aus dem Korb und kletterte mit einiger Mühe auf seinen noch etwas tapsigen Samtpfoten in die kleine Öffnung des Kachelofens, der noch etwas warm vom abendlichen Feuer war und in dem zwei Bratäpfel schmorten. Es rollte sich ein und war im Nu mit einem wohligen Schnurren eingeschlafen.

Das kleine Kind war in eine bunte Wolldecke eingeschlagen und die Frau des Holzschnitzers nahm es vorsichtig aus dem Korb heraus. Es war ein Mädchen. Sie suchten sorgfältig, ob sich eine Nachricht oder ein Namenszettelchen finden ließ, doch außer der Decke war der Korb leer. Es fand sich kein Hinweis auf die Herkunft des Kindes. So beschlossen die beiden Eheleute, die Kleine erst einmal zu versorgen und dann ins Gemeindehaus zu bringen.

Als sie im Gemeindehaus mit dem Bürgermeister sprachen, kam zufällig der Wirt vom „Grünen Baum“ vorbei, der so noch einen Teil der Geschichte mithören konnte. Als sie geendet hatten, erzählte er, dass in der vergangenen Nacht eine Schar von Zigeunern durch den Ort gezogen sei. Sie hätten noch spät in der Nacht am Wirtshaus geklopft und zwei Krüge Bier gekauft.

„Sie haben mit diesem Goldstück bezahlt“, schmunzelte er zufrieden über sein rotwangiges, etwas aufgedunsenes Gesicht; und es war allen klar, dass dies eine fürstliche Belohnung für zwei Krüge Bier gewesen war.

Der Bürgermeister hatte nachdenklich die Stirn gerunzelt, als der Wirt die Geschichte erzählte. Er betrachtete das Goldstück und das kleine Mädchen, das im Korb vor ihm lag.

„Es wäre das Beste, wenn ihr die Kleine vorerst behaltet. Sollte ihre Mutter es nur wegen des Unwetters in eure Obhut gegeben haben, so wird sie sich bestimmt in den nächsten Wochen bei euch melden. Dann werden wir weitersehen. Vorerst muss ich das Kind jedoch im Ortsregister eintragen. Welchen Namen wollt ihr der Kleinen denn geben?"

Der Holzschnitzer, der ein weiser Mann war und auch die Schriften des Ostens kannte, wollte das Mädchen „Karuna" nennen, was in einer alten heiligen Sprache „Mitgefühl" bedeutet. Diese Idee war ihm gekommen, weil sie schon als kleines Mädchen ihr Tierschwesterchen beschützt hatte. Davon wollte der Bürgermeister jedoch nichts wissen. Einen solchen Namen gab es im ganzen Erzgebirge nicht, und es würde nur Ärger mit dem Magistrat der Kreisstadt geben. So kam es, dass aus Karuna Karina wurde.

Die kleine Karina wuchs heran und „Samtpfötchen", so hatte sie das kleine Tigerkätzchen getauft, war ihre liebste Spielgefährtin.

Die Monate und Jahre vergingen, aber die Zigeuner kehrten nicht zurück. Als Karina sieben Jahre alt war, hatte deshalb der Magistrat der Kreisstadt entschieden, dass das Findelkind dem Holzschnitzerehepaar als Tochter zugesprochen werden sollte. Die beiden alten Leute waren glücklich, so doch noch mit einem Kind gesegnet worden zu sein.

Karina wuchs unbeschwert heran und verbrachte viel Zeit in Wald und Flur. Schon bald konnten ihre Eltern beobachten, dass vor allem die Tiere sehr zutraulich waren und sich gerne von Karina streicheln ließen.

Eines Tages hatte der Holzschnitzer am Morgen ein Reh vor dem Haus gefunden, das sich anscheinend den Vorderlauf verletzt hatte. Es konnte nicht mehr laufen und hatte so vor dem Haus Schutz gesucht. Karina streichelte beruhigend über das feste braune Fell und nahm dann den verletzten Lauf zwischen ihre Hände. Im ersten Augenblick zuckte das Reh schmerzhaft mit der Pfote, doch dann ließ es Karina gewähren. Sie strich behutsam über das Sprunggelenk und legte dann für zwei Minuten ihre Hände fest um den verletzten Vorderlauf. Als sie das Reh wieder losließ, setzte es vorsichtig die Pfote auf – und der Schmerz schien verschwunden. Es lief, als wollte es sichergehen, ein wenig hin und her, dann kam es auf Karina zugesprungen, rieb sein Köpfchen an ihrer Seite und war kurz darauf im Wald verschwunden.

Der Holzschnitzer hatte dem Geschehen verwundert zugesehen und konnte sich darauf keinen Reim machen. Seine Verwunderung sollte in den kommenden Wochen noch zunehmen, denn es kamen immer wieder Tiere zum Holzschnitzerhaus, die sich verletzt hatten und von Karina wieder gesundgepflegt wurden. Es schien fast so, als würden sich die Tiere untereinander von Karina und ihren heilenden Händen erzählen. Einmal war es ein Specht mit einem gebrochenen Flügel, dann ein Hase mit einer verletzten Pfote und ein andermal der Försterhund mit einem entzündeten Auge.

Bald hatte es sich im ganzen Tal herumgesprochen, über welche wundervolle Gabe Karina verfügte. Aus allen Dörfern und Gehöften brachten die Menschen ihre kranken oder verletzten Tiere zum Holzschnitzerhaus und in den meisten Fällen konnte Karina helfen. Nur manchmal bat sie einen Bauern oder das Herrchen eines Hundes, ihren Liebling bei ihr zu lassen, weil ihm nicht mehr geholfen werden konnte. Sie setzte sich dann neben ihre Schützlinge, hielt sie im Arm oder legte ihnen die Hände auf – bis sie friedlich eingeschlafen waren.

Karinas Eltern hatten sie oft beobachtet, und als sie an einem langen Winterabend zusammen vor dem Kachelofen saßen, fragte der Holzschnitzer sie, was sie machen würde, um die kranken Tiere gesundzupflegen.

„Es ist ganz einfach. Ich fahre mit meiner Hand über das Fell, bis ich spüre, wo die Verletzung oder die Krankheit liegt. Wenn ich die Stelle gefunden habe, wird meine Hand erst ganz kalt, und dann fließt ein goldenes Licht durch eine Hand oder beide; und erst wenn dieser Lichtstrom nachlässt, darf ich die Hände wegnehmen.“

Samtpfötchen hatte sich, während Karina sprach, in ihrem Schoß eingerollt und schnurrte zustimmend.

So war Karina herangewachsen und ohne Zahl waren die Tiere, denen sie im Laufe der vergangenen Jahre geholfen hatte. Morgen nun sollte ihr achtzehnter Geburtstag sein. Er wurde immer an jenem Tag gefeiert, an dem sie vor siebzehn Jahren in ihrem Körbchen vor dem Holzschnitzerhaus gefunden worden war.

Es war eine wundervolle Sommernacht. Der Vollmond stand direkt über dem Wald und Karina saß auf der kleinen Bank vor dem Haus. Die alten Leute schliefen schon; doch sie musste in dieser Nacht über ihr Schicksal nachdenken. Wer waren ihre Eltern? Warum war sie gerade bei diesen lieben alten Menschen abgegeben worden? Versonnen blickte sie in die Nacht.

In diesem Augenblick vernahm sie ein großes Rauschen, so als sei ein gewaltiger Vogel über das Haus geflogen oder eine Sturmböe aufgekommen. Sie blickte auf und musste ihre Augen bedecken, denn vor ihr stand eine leuchtende Gestalt, bekleidet mit einem Gewand aus silbernem Licht und dunkelblauen Schwingen, die wie Flügel aussahen.

„Meine kleine Tochter. Seit vielen Jahren schon erfreuen wir uns in unserer Welt an deinem Tun. Dein liebevolles Herz bildet ein Tor zu uns, den Engeln der Heilung. Du bist in diese Welt gekommen, um Segen zu bringen und Tier und Mensch zu heilen. Deine erste Prüfung hast du bestanden, und so darf ich dich mit größerer Kraft beschenken, um dich zu einem wahren Werkzeug im göttlichen Plan zu berufen. Bleibe dir treu und diene in Liebe und Demut."

Während diese Worte gesprochen wurden, fühlte Karina einen feurigen Strom, der ihre Hände und ihren ganzen Körper durchlichtete. Das himmlische Feuer war so leuchtend, dass sie die Augen schließen musste.

Nach einiger Zeit war es wieder still; und als Karina die Augen öffnete, saß sie allein vor der Hütte.

Bis auf den heutigen Tag hat Karina zu niemandem über das

gesprochen, was ihr in jener Nacht widerfuhr. Aber sie wurde eine wundervolle Heilerin.

Peter Michel

Der Seelenbaum

In einer kleinen Stadt im Osten lebte ein junges Mädchen namens Michaela. Sie war von jener stillen Schönheit beschenkt, deren Glanz erst beim zweiten Hinschauen aufleuchtete – das Licht einer romantischen Seele.
Michaela lebte in zwei Welten; in der Welt ihres täglichen Lebens, bestimmt von Arbeit und Pflichten, und im Reich ihrer Träume und Sehnsüchte. Sie nannte dieses Lichtreich ihr verborgenes „dreizehntes Zimmer". In dieses Zimmer konnte sie sich zurückziehen, wenn die Sorgen und Nöte des Alltags sie zu erdrücken drohten. Hier vermochte sie ganz sie selbst zu sein. Hier vermählte sich das Licht in ihrem Herzen mit dem kosmischen Lichtermeer.
Michaela besuchte die Universität ihrer Stadt, die in einem wunderschönen Bauwerk aus dem 12. Jahrhundert untergebracht war. Seine mächtigen Mauern wurden verziert von Gemälden aus dem frühen Mittelalter sowie einigen Bildern aus späterer Zeit, die einige eitle Ratsherren in den folgenden Jahrhunderten hatten anbringen lassen, um ihrer Ruhmsucht zu frönen.
Über den Bildern ragten kleine Türme auf, die, zur Mitte höher werdend, eine Art Pyramide formten und auf ihren Spitzen die Zeichen der verschiedenen Stände trugen. Auf dem höchsten Turm funkelte ein vergoldeter Baum auf einem Kreuz – das Wappen der Stadt. Der Baum stand für die alte Weisheit der Kelten, die einstmals hier gesiedelt hatten. Doch wer wusste heute schon noch davon. Die frommen und braven Bürger sicherlich nicht.

Michaela studierte Literatur und Religionswissenschaft. Sie liebte die Poesie und die Lyrik, doch vertraute sie ihre eigenen kleinen Gedichte und poetischen Versuche nur ihrem Tagebuch an, das ihr vertrautester Freund in guten und in schlechten Tagen war.

Die Wochen und Monate zogen in stillem Fluss dahin und nur wenige Ereignisse unterbrachen die Beschaulichkeit des kleinen Universitätsstädtchens. Wenn Michaela in einigen Vorlesungen über die magische Kultur Ägyptens oder die weisen Rabbis zur Zeit der Könige hörte, dann kam ihr die kleine Stadt so eng und verschlafen vor. Buddha hatte in Bodhgaya zur Erleuchtung gefunden, Jesus auf Golgatha die Mächte der Finsternis überwunden und die weisen Yogis lehrten noch immer in den eisigen Höhen des Himalaya den Pfad der Selbstfindung – aber was bedeutete das für die Menschen ihrer kleinen Stadt? Diese schienen vollständig zufrieden, wenn sie die kleinen Sorgen des Alltags gemeistert hatten. Die Kinder waren in sauberem Aufzug mit zum Kirchgang erschienen und der Sonntagsbraten schmorte in der Backröhre. Alles stand zum Besten. Es war eine kleine, beschränkte, aber eine heile Welt.

Doch es war nicht die Welt von Michaela. Sie träumte von weisen Lamas, bärtigen Rabbinern und erleuchteten Yogis. Doch wie fern war diese Welt von den alten Vorlesungssälen und den muffigen Seminarräumen ihrer Universität.

So kam sie nach einem langweiligen, ereignislosen Wochenende am Montagmorgen in die Universität, um wie gewohnt am schwarzen Brett mit den Bekanntmachungen der Woche vorbeizugehen zur Vorlesung über „Lyriktheorie in der europäischen Klassik". Fast wäre es ihr nicht aufgefallen, aber aus den Augenwinkeln musste sie doch das Wort „Yoga" gelesen haben. Sie hielt inne und machte zwei Schritte seitwärts, um ein neues Plakat auf dem schwarzen Brett zu betrachten. Für den nächsten Freitag war im Rahmen des Studium Generale ein Vortrag über „Die Meister des Yoga" angekündigt. Der Referent sollte ein Dozent einer Universität aus dem Westen sein.

Was für eine interessante Abwechslung! Sie war gespannt, was der Vortragende über die Weisen Indiens zu berichten haben würde.

Die Woche verging wie im Fluge und erwartungsvoll begab sich Michaela am Freitagabend in den kleinen Hörsaal, der erstaunlich gut gefüllt war. Sie setzte sich weit nach vorne, um den gelehrten alten Herrn gut sehen zu können, denn sie hatte gar keine andere Vorstellung als die eines leicht ergrauten Professors, der viele Jahre hinter seinen Büchern verbracht hatte.

So benötigte sie einige Augenblicke, bis sie erfasste, dass der junge Mann, der auf das Rednerpult stieg, tatsächlich der Referent des Abends war. Doch dies sollte nicht die einzige Überraschung bleiben. Sie hatte erwartet, einen gelehrten, wissenschaftlich trockenen Vortrag über indische Philosophie zu hören; doch der junge Gelehrte sprach über Yoga und Meditation als geistige Übungswege für den Menschen von heute. Er erweckte die Yoga-Meister zu neuem Leben und zeigte ihre Bedeutung für die Menschen der modernen Industriegesellschaft auf.

Michaela folgte dem Vortrag mit großer Spannung. Hier war endlich jemand, der ihr aus der Seele sprach. Er enthüllte die zeitlose Wahrheit einer heiligen Tradition. Der Pfad der Meister des Himalaya leuchtete in einem neuen Licht auf.

Nach dem Schlusswort des Rektors, am Ende der Veranstaltung, reihte sie sich ein in die Schar der Zuhörer, die den Referenten noch persönlich sprechen wollten.

Endlich stand sie vor ihm und schaute in ein Paar Augen, die Tiefe und Weichheit besaßen, aber auch eine gewisse Schalkhaftigkeit, die von der Leichtigkeit des Seins Zeugnis abzulegen schien. Sie mochte diese Augen vom ersten Blick an, als sie noch nicht ahnen konnte, dass ihr Gegenüber in ihr die gleiche Tiefe entdeckt hatte. Es entspann sich ein kurzes, aber anregendes Gespräch zwischen ihnen, in dessen Verlauf man die Anschriften austauschte.

Michaela ging an diesem Abend beschwingter aus der Universität zurück, als es normalerweise der Fall war. Der laue Wind eines milden Frühsommerabends umspielte sie und die Sterne funkelten in glanzvoller Pracht über ihr, gleichsam als sichtbares Zeugnis der kosmischen Heimat des Menschen.

Einige Wochen gingen ins Land, als Michaela eines Mittags einen Brief mit einer fremden Briefmarke in ihrem Postkasten fand. Der Referent über die Yoga-Meister hatte ihr geschrieben und sie eingeladen, an einer Veranstaltung in seinem Land teilzunehmen. Sie las den Brief mehrmals, aber es stand tatsächlich eine Einladung darin.

Sie zögerte keinen Moment. Natürlich würde sie fahren, ungeachtet aller Probleme, die ihre Familie sicher machen würde, wenn sie ihr von der Einladung berichtete.

Die Fahrt in das große Land im Westen war aufregend. Noch nie war sie in diesem Teil der Welt gewesen und vieles erschien ihr fremd und ganz anders als zu Hause.

Ihr Gastgeber, den sie schon bald Pascal nannte, gab sich alle Mühe, ihr den Aufenthalt so interessant wie möglich zu gestalten; und nach zwei Tagen bemerkte sie, ein wenig erschrocken, dass sie sich in ihn verliebt hatte. Wenn sie nebeneinander saßen und über Yoga oder Buddhismus sprachen, dann schien ein Lichtband zwischen ihnen aufzuflammen und ihre Herzen zu verbinden.

So fiel ihr der Abschied schwer und nur die Hoffnung auf einen angekündigten Gegenbesuch tröstete sie. Dieser kam schon bald, und diesmal konnte kein Zweifel bestehen, dass ihre Liebe erwidert wurde.

Michaela war glücklich. Erstmals in ihrem Leben fühlte sie sich verstanden und von ihrem Wesen her geliebt. Sie hatte jenen Menschen gefunden, mit dem sie ihren Weg zusammen gehen wollte.

Von nun an sahen sie sich häufiger, obwohl ihre beiden Städte weit voneinander entfernt lagen und es fast einer Tagesreise bedurfte, um zueinander zu finden, zumal zwei Grenzen zwischen ihren Ländern lagen.

Die Wochen und Monate vergingen und Michaela entdeckte

eine neue Welt. Das Wissen der Bücher erwachte zu neuem Leben, und die alten Weisen, die sie bisher nur aus alten, vergilbten Folianten kannte, begegneten ihr nun in Wirklichkeit. Sie führten sie ein in die ewige Philosophie und das zeitlose Wissen der Meister und Eingeweihten.

Doch während sie weiterschritt auf dem uralten Pfad der Weisheit, hatte sie die Empfindung, als würde Pascal sich von ihr entfernen. Er schien nicht mehr so zärtlich und liebevoll zu sein wie in den Anfangsjahren ihrer Beziehung. Oft war er auf Reisen im Ausland, um Vorträge zu halten oder Seminare zu geben. In dieser Zeit saß Michaela allein in ihrem Zimmer, blätterte gedankenverloren in ihren Büchern und fühlte sich schrecklich allein. Sie hatte den PFAD gefunden, doch wo war ihr Gefährte geblieben?

Manchmal stürzte sie sich aus Enttäuschung in das normale Treiben ihrer Kommilitonen, mit all seinen oberflächlichen Vergnügungen und inhaltsleeren Ablenkungen, um am Ende noch einsamer in ihr kleines Studierzimmer zurückzukehren. Nur die Meditation half ihr, die Tage und Wochen der Leere zu überstehen, bis sie Pascal wiedersah.

Eines Abends, als die Herbststürme schon an den Fenstern rüttelten, saß Michaela betrübt in ihrer kleinen Meditationsecke. Pascal war am Nachmittag abgefahren, und es würde Wochen dauern, bis sie ihn wiedersehen würde. Allmählich näherte sich die Stimmung in ihrem Herzen jener vor ihrem Fenster an. Alles schien grau und ohne Zukunft. Sie schloss die Augen und spürte, wie Tränen ganz langsam über ihre Wangen liefen, als sie sich in die Meditation versenkte.

Langsam kehrte Stille ein in ihr Bewusstsein. Die Gedanken wurden weniger, ihr Atem floss langsamer. Die Schmerzen, die sie noch vor wenigen Augenblicken in ihrem Herzen verspürt hatte, ließen nach; und es trat ein tiefer Frieden ein. Ein goldenes Licht kam mit diesem Frieden und senkte sich über sie; und als es ihr Herz-Zentrum erreicht hatte, flammte vor ihr ein blaues Licht auf, in dem sich langsam eine Gestalt formte.

Michaela folgte dem Geschehen mit erschrockener Aufmerksamkeit. Sie sah die Lichtgestalt in voller Klarheit, obwohl sie ihre Augen geschlossen hatte. Es war das schönste Wesen, das sie je erblickt hatte. Seine Züge waren menschlich, wenngleich auch nicht von jener Körperlichkeit, wie sie ihr vertraut war. Es enthüllte sich eine Lichtgestalt, die anscheinend nur für Momente eine Form angenommen hatte, die Michaela wahrzunehmen vermochte.

„Komm mit mir", vernahm Michaela. Es war eher ein Gedanke als eine Stimme.

Dann schien eine lichte Hand sich ihr entgegenzustrecken. Michaela ergriff sie – und befand sich im selben Augenblick in einer anderen Welt.

Sie sah ihre körperliche Hülle neben sich, während die leuchtende Wesenheit ihr andeutete, ihr zu folgen.

„Wer bist du?", wollte Michaela wissen.

„Ich bin dein Schutzengel."

Wieder war es eher eine Schwingung als Worte, die sie vernahm.

Sie folgte ihrem Engel voller Vertrauen, geborgen in einer Hülle aus Licht und Liebe.

Sie konnte nicht fragen, ob sie lange oder weit durch eine unbekannte Welt zogen, doch auf einmal tauchte vor ihnen ein Wald auf, der aus lauter funkelnden Bäumen bestand. Jeder Baum unterschied sich von seinem Nachbarn und doch schienen sie alle irgendwie ähnlich zu sein.

„Wir sind bei den Seelenbäumen angekommen", ließ sie ihr Schutzengel wissen.

„Komm, ich möchte dir etwas zeigen."

Sie näherten sich einem der Bäume, der eher einer Baumhecke glich. Als sie bis auf wenige Schritte herangekommen waren, erschrak Michaela.

„Aber – das bin ich ja selbst!", rief sie verwundert aus. Sie erblickte sich selbst im Inneren eines Baumes, dessen dornige Zweige sie ganz umfingen.

„Was du siehst, ist dein Seelenbaum. Das Gefängnis, in dem

du deine Liebe eingesperrt hast. Deine Liebe leuchtet noch immer, doch sie kann sich nicht verströmen. Du hast eine Hecke aus Dornen um sie geflochten. Es ist eine Liebe, die festhalten möchte, was sie geschenkt bekommen hat. Aber Liebe gehört niemandem. Sie ist ein göttliches Geschenk. Sie ist zeitlos, frei und besitzt ewiges Leben. Du hast sie in Zeit und Raum einsperren wollen, wie den Falken im goldenen Käfig. Doch so, wie der Falke in der Gefangenschaft kläglich verenden muss, so erstickt auch die Liebe, deren Heimat die Ewigkeit ist, willst du sie in Raum und Zeit einsperren."

In diesem Augenblick verstand Michaela das große Geheimnis. Ihre Seele hatte vom Quell des Lebens getrunken. Nie wieder würden sie die Schatten der Vergänglichkeit überwinden. Sie lächelte und blickte auf ihren Seelenbaum, der sich ganz allmählich verwandelte. Die Dornen lösten sich auf und Rosenblüten traten an ihre Stelle. Die schweren, harten Zweige wurden heller und fesselten ihr Abbild nicht mehr. Sie empfand sich als eingebettet in himmlisches Licht und ein wunderbarer Duft entströmte den Blüten. Sie atmete ihn ein mit ihrem ganzen Wesen – und fiel in einen tiefen Schlaf.

Als Michaela erwachte, saß sie noch immer in ihrer Meditationsecke. Alles schien so, wie es zuvor gewesen war, doch ein überirdischer Rosenduft erfüllte das Zimmer, und in ihren Händen, die ineinander gefaltet auf ihrem Schoß ruhten, lag eine rote Rosenblüte. Wieder perlten einige Tränen über ihre Wange, doch der Anlass war ein anderer als zu Beginn ihrer Meditation.

Sie wusste, es würde noch lange dauern, bis sie Pascal wiedersah. Doch jetzt besaß dies keine Bedeutung mehr für sie – sie hatte erkannt, ihre Seele war eins mit ihm.

Die Adventskerze

Graue Nebel zogen über das Berner Oberland und verhüllten die majestätischen Berge. Hinter dem kleinen Kinderheim, hoch über dem Brienzer See auf dem Beatenberg gelegen, drückten sich viele Kindernasen an den Fenstern platt, sehnsüchtig Ausschau haltend nach der weißen Flockenpracht. Der Wetterbericht hatte Schnee versprochen, aber weit und breit waren nur die alten Nebelfrauen zu erkennen. Der Engel des Winters schien noch immer weit von den Schweizer Bergen entfernt zu sein, obwohl heute der 1. Advent gefeiert wurde.

Unter den Kindern, die betrübt in die nebelverhangene Landschaft schauten, war eines besonders traurig. Es war ein kleiner Tibeter, der erst vor wenigen Tagen aus Indien auf den Beatenberg gekommen war. Er vermisste den Schnee mehr als alle anderen, obwohl der Wechsel aus dem heißen Süden Indiens in die Schweizer Bergwelt schon so etwas wie ein Gefühl von Heimat in ihm ausgelöst hatte.

Lobsang war elf Jahre alt, wirkte aber schon wie ein vierzehn- oder fünfzehnjähriger Junge, was sicherlich auf seine bewegende Lebensgeschichte zurückzuführen war. Er war ein Waisenkind und hatte auf tragische Weise seine Eltern verloren. Sein Vater war ein schweizerischer Mitarbeiter der Vereinten Nationen gewesen. Er gehörte zu einer Delegation, die auf Drängen der Exil-Tibeter nach Lhasa gereist war, um die chinesischen Menschenrechtsverletzungen auf dem „Dach der Welt" zu untersuchen. Er hatte sich in Lobsangs Mutter verliebt, war dann aber auf einer Inspektionsreise nach Shigatse mit seinem Jeep verunglückt, während Lobsang noch gar nicht geboren war.

In den ersten Jahren seines Lebens hatte Lobsangs Mutter sich und ihren kleinen Sohn nur mühsam durchbringen können. Unter ihren eigenen Landsleuten nahm sie eine Außenseiterrolle ein und die Chinesen machten ihr das Leben besonders

schwer. Zuletzt hatte sie nur noch eine Wahl gesehen, zum Dalai Lama nach Dharamsala, in den Norden Indiens, zu fliehen. So schloss sie sich einer kleinen Gruppe an, die versuchen wollte, auf dem schwierigen, aber wenig kontrollierten Weg über die Bergpässe nach Nordindien zu gelangen. Sie waren erst spät im Herbst aufgebrochen, da zu dieser Zeit die chinesischen Grenzposten wegen des hereinbrechenden Winters schon abgezogen worden waren. Unglücklicherweise geriet die Gruppe in einen schweren Schneesturm. Nur drei der Tibeter überlebten, zwei kräftige Mönche und der kleine Lobsang. Er hatte unter dem Körper seiner Mutter Schutz vor dem fürchterlichen Unwetter gefunden, und die beiden Mönche hatten erst jenseits der Himalaya-Bergkette bemerkt, dass die zusammengesunkene Frau auf dem Yak gestorben war und nur ihr kleiner Junge überlebt hatte.
In Dharamsala hatte eine Schweizer Hilfsorganisation, die eng mit der Tibetischen Exilregierung zusammenarbeitete, von Lobsangs traurigem Schicksal gehört. Sie hatten den Dalai Lama gebeten, den kleinen Tibeter in ihre Obhut nehmen zu dürfen. Der Dalai Lama hatte eingewilligt und so war Lobsang in das größte Schweizer Flüchtlingszentrum nördlich von Madras gekommen. Erstmals lebte Lobsang in einem so heißen Klima, wie es der Süden Indiens hervorbringt. Schon bald war er erkrankt und hatte sich sehr unglücklich gefühlt. Er vermisste die Berge und den Schnee.
Eines Tages hatte er sein Leid einem der Schweizer Helfer anvertraut. Dieser stammte aus Grindelwald und konnte den Kummer des kleinen Tibeters gut verstehen, vermisste er doch selber oft seine geliebten Berggipfel. So hatte er eines Tages in der Schweiz angefragt, ob es eine Möglichkeit gäbe, Lobsang in seine Heimat zu bringen.
Auf diese Weise war der kleine Tibeterjunge ins Berner Oberland gelangt. Er fühlte sich noch ein wenig verlassen unter den anderen Kindern, zumal er ihre Sprache nicht verstand. An diesem ersten Advent jedoch sollten zwei Mönche aus dem Tibet-Institut in Rikon zu Besuch kommen. Das Tibet-Institut

war mit der Hilfe vieler Schweizer gegründet worden, um den tibetischen Flüchtlingen in der Schweiz die Möglichkeit zu geben, ihre Kultur und ihre Traditionen zu bewahren. Es lag auf einem kleinen Höhenzug zwischen Zürich und Winterthur und bedeutete ein Stückchen Heimat für viele Tibeter.
Lobsang freute sich, mit den beiden Mönchen in seiner Muttersprache sprechen zu können. Sie hatten eine große Kerze mitgebracht, denn sie wussten, dass die Schweizer in diesen Tagen des Kommens eines großen Lamas mit Namen Jesus gedachten. So wollten die Tibeter auch diesem großen Lama die Ehre erweisen.
Sie saßen vor einem kleinen Kamin, schauten auf die brennende Kerze und sangen leise „Om Mani Padme Hum“, das ehrwürdige alte Mantra Tibets.
Lobsang sah in die Flamme, ein wenig traurig und ein wenig glücklich, und eine kleine Träne fiel aus seinem Auge. Er wusste aber nicht, ob sie aus der Traurigkeit oder dem Glücklichsein geboren war.
Während er so auf die Kerze schaute, leuchtete die Flamme immer heller und heller, und allmählich erschien ein wunderschönes Gesicht im Feuer der Kerzenflamme. Lobsang erinnerte sich, dass seine Mutter ihm früher von den Dakinis oder Devas erzählt hatte. Vielleicht war dieses Wesen ein Deva. Wer immer es war, Lobsang fühlte keine Angst und sah erwartungsvoll in das leuchtende Gesicht.
Da löste sich aus dem Augenpaar ein goldener Flammenstrahl, der auf Lobsangs Stirn fiel. In diesem Augenblick wurde das ganze Zimmer hell und Lobsang konnte noch viele andere leuchtende Wesen erkennen. Sie winkten ihm zu und zogen sich dann langsam zu den großen Bergen zurück.
Lobsang sah auf die beiden Mönche, aber diese schienen nichts bemerkt zu haben. Verwundert stand er auf und schaute aus dem Fenster. Leise fielen die ersten Schneeflocken, und von fern sah er noch immer die leuchtenden Wesen, die er von nun an immer sehen würde. – Doch das wusste er damals noch nicht.

Peter Michel

Die gefangenen Seelen

Wollte man in der Sprache der Erdenmenschen und mit ihren Zeitvorstellungen sprechen, so tagte der „Rat der Engel von Sepharal" einmal im Monat. An diesem kosmischen Tag stand die große Sonne ihres gewaltigen Reiches genau über dem kleinen Stern, dem die „Hüter der Welten" den Namen „Sepharal" gegeben hatten.
Es war eine kleine Sternenkolonie, die sich in der galaktischen Weite, über die die „Hüter der Welten" wachten, wie ein Staubkorn ausmachte. Aber Sepharal erfüllte im großen Sternenplan eine wichtige Aufgabe und von daher richtete sich das Augenmerk der Hüter einmal im Sternenmonat auf den „Rat der Engel". Sie kamen zusammen, um über ihre Aufgabe und neue Wege, sie zu erfüllen, zu beratschlagen.
Sepharal war nicht irgendeiner der zahllosen Planeten, auf denen sich Leben entwickelte; ihm kam die Aufgabe zu, die gefallenen Seelen aus den Weiten des Universums zu beherbergen. Es waren Wesen, die auf ganz unterschiedliche Art und Weise gegen den göttlichen Plan und die Gebote der Liebe gehandelt hatten.
Sepharal war die Heimstatt von Sirianern und Erdenwesen, von Geschöpfen der Plejaden und Halblingen vom Rande der Cygnus-X-Galaxie. Die Halblinge waren auf dem Weg von der Elfen- und Sylphen-Evolution zum Reich der Engel abgefallen. Sie waren keine Naturwesen mehr, doch wurde ihnen der Weg ins Engelreich versperrt, darum nannte der Rat sie „Halblinge".
Syralphana gehörte dem Rat noch nicht lange an. Auch sie entstammte dem Reich der Naturwesen und hatte ihre letzte Inkarnation als Königin der Sylphen verbracht. Als Vollendung dieser Lebensstufe durfte sie das Tor der Einweihung durchschreiten und wurde aufgenommen ins Reich der Engel. Der Pfad der Engel verlief gemäß anderer Gesetze als etwa der

Lebensweg der Sirianer oder der Erdenmenschen. Engel schritten auf dem Pfad des Dienens voran, während die Wesen der Planeten dem Pfad des freien Willens folgten. Engel kannten stets den göttlichen Plan, die Planetenwesen dagegen mussten die Wahrheit aus sich heraus erspüren. Daher konnten die Engel niemals den Pfad ins Licht verlassen, während die Planetenkinder auch gegen das GESETZ zu handeln vermochten. Erfüllten sie aber aus freiem Willen die Gebote des großen Planes, vollzog sich ihr Weg ins LICHT auf schnelleren Bahnen als jener der Engel.

Syralphana war dieses Mal lange auf der Versammlung des Rates geblieben. Die Mitglieder hatten ausführlich darüber gesprochen, wie der großen Zahl der Seelen zu helfen war, die Sepharal in den vergangenen Sternentagen hatte aufnehmen müssen. Dieser Monat hatte die Ankunft nur weniger Halblinge gesehen, während die Sirianer, vor allem aber die Erdenwesen, in großer Zahl nach Sepharal verbannt worden waren.

Die Gründe, warum der Kongress der Weltenhüter Seelen nach Sepharal entsandte, waren vielfältig. Die Halblinge hatten den Dienst am Wachstum der Pflanzenwelten vernachlässigt. Sie hatten das Gebot der Fürsorge für die jüngeren Wesen der großen Lebenswoge missachtet. Die Planetenbewohner hatten ihr großes Wissen missbraucht, um Geräte oder Instrumente zu erbauen, die die Freiheit anderer Sternenkinder einschränkte – nur damit sie selbst davon Nutzen gewännen. Niemals würden die Hüter dieses Verhalten dulden.

Die Erdenwesen dagegen hatten in verschiedener Weise die Gebote übertreten und Hass, Gier, Gewalttätigkeit oder Eifersucht in ihren Seelen genährt. Solange sie diese Kräfte nicht überwanden, konnte sich das Portal zu höheren Reichen für sie nicht öffnen. Nun lag es an Syralphana, Kräfte des Schattens zu durchlichten und so zu erlösen.

Sepharal war größer als seine kosmische Form. Auf der Ebene der Materie war er nur ein kleiner Stern; aber in den inneren Welten umfasste seine Sphäre riesige kosmische Weiten. So hatten die meisten gefangenen Seelen Formen angenommen, die ihnen scheinbar eine unbegrenzte Bewegungsfreiheit gestattete.

Syralphana kannte sie inzwischen alle, die einst gierigen, deren spitze Schnäbel noch immer nach Besitz verlangten. Die Gewalttätigen, die schlangenförmig durch endlose Weiten jagten, getrieben von dem Wunsch, zu vernichten; oder die Eifersüchtigen, die koboldartig umherspähten, immer auf der Suche nach der Bestätigung ihres argwilligen Verdachtes.

Syralphana erschaute sie alle in ihrem wahren Seelenwesen, während sie sich selbst in ihrer vertrauten Gestalt erblickten. Vielen von ihnen war es nicht einmal bewusst, dass sie ihren Erdenkörper verlassen hatten. Sie waren so besessen von ihren Gedankenformen und den mit ihnen verbundenen Kräften, dass sie nicht zur Kenntnis nahmen, wo ihre neue Welt lag – auf Sepharal, in einer geistigen Ebene.

Die letzte Ratsversammlung hatte einen neuen Plan beschlossen, um alle diese Seelen aus ihrer Gefangenschaft zu befreien. Sie sollten jeweils einem Wesen zugeführt werden, das die gleichen Seelenkräfte wie sie selbst besaß. Der Rat erhoffte sich so ein Erwachen durch die Begegnung mit der eigenen Schattenwelt; und Syralphana führte, dies war ihre Aufgabe, jene Geschöpfe gleicher Art zusammen.

Es war ein Geschehen, das fast immer Erschrecken und Zorn auslöste. Das andere Wesen war so ähnlich, dass alle Bemühungen, es zu unterwerfen, misslangen. Die gefangenen Seelen, die diesen Widerstand bisher nicht kannten, bestürmten ihren Widersacher, im Grunde sich selbst, mit aller Macht. Erst als alle Versuche, den „Gegner“ zu überwinden, gescheitert waren, hielten sie erschöpft inne. Dies war der Augenblick, auf den Syralphana wartete. Sie verdichtete ihre Engelschwingung, bis sie auch für die gefangenen Seelen von Sepharal sichtbar wurde.

Das Erschrecken war in diesem Moment noch größer als schon zuvor die Begegnung mit den eigenen Wesenszügen. Die Schakale der Nacht, die Schlangen der Gewalt und die

Kobolde der Eifersucht und des Hasses hielten inne. Sie verharrten für kosmische Augenblicke unbeweglich, verwirrt – und offen für Antworten. In diesen Sternensekunden entschied sich ihr Schicksal für kosmische Weltentage. Viele nahmen die Strahlen des Liebeslichtes auf, das sich von Syralphana in ihre innersten Seelenfunken ergoss. Manche suchten sofort Zuflucht unter ihrem Sternengewand, andere näherten sich zögernd, zweifelnd, noch immer nicht frei von Gefühlen des Hasses, der Gier, von Gewalt oder Eifersucht. Doch allmählich gewannen die Kräfte des Lichtes die Oberhand und Syralphana konnte die Sternenseelen aus ihrer selbst geschaffenen Gefangenschaft befreien.

Nur wenige Halblinge und Planetenkinder entzogen sich ihrem kosmischen Licht. Für sie würde der Weg zurück noch länger dauern. Doch eines Sternentages erschöpfte sich der Hass auch in ihnen, und durch das Tor der Liebe würde der Weg zurück in göttliche Reiche führen.

Syralphana würde ihnen dann allerdings nicht mehr begegnen. Ihr Weg hatte sie dann schon in ferne Welten geführt, dem ewigen Licht und der grenzenlosen Liebe entgegen.

Peter Michel

Die Antwort

Das Kidron-Tal war schon fast vollständig ausgetrocknet, obwohl es erst April war. Aber nach den Regenfällen im März und dem denkwürdigen ersten April-Wochenende, als Jerusalem für eine Nacht und einen Tag im Schnee versunken war, kehrte der Frühling ein, der schon bald sommerliche Temperaturen brachte. So sank der Wasserstand des kleinen Kidron-Flusses von Tag zu Tag, bis nur noch ein winziges Rinnsal zu Füßen des Ölbergs seinen Weg vorbei an weidenden Schafen suchte.

Karima freute sich über ihre kleine Herde, die sich an den noch saftigen Hängen des kleines Tales gütlich tat. Lange würden die Schafe nicht mehr so frisches Gras zu fressen bekommen.

Auch Sharif, ihr Hütehund, war gut gelaunt und jagte seine Schützlinge ein wenig zu übermütig die steilen Hänge hinauf und hinab. Manchmal trieb er es so toll, dass er bei seinen scharfen Wendungen selbst ins Rutschen kam und ein wenig herunterpurzelte. Dann konnte sich Karima vor Lachen oft nicht halten. Es sah einfach zu komisch aus, wenn dieses riesige Wollknäuel, von dem keiner wusste, was für eine Mischung er war, den Hang hinunterkugelte.

Karima war gerne Schafhirtin. Sie hatte sich freiwillig dazu entschlossen, die Tiere zu hüten, während ihre zwei Schwestern in der Stadt arbeiteten. Karima gehörte zu einer der wenigen Familien, die aus Mitgliedern zweier verschiedener Religionen bestand. Ihre Mutter war Jüdin, ihr Vater gehörte zu den Palästinensern Ost-Jerusalems. Seit ihrer Kindheit hatte sie die Kräfte von Hass und Verachtung am eigenen Leib gespürt. Weder die Juden noch die Palästinenser gaben der Verbindung ihrer Eltern den Segen. So hatte die Familie, und natürlich auch die Kinder, nur wenige Freunde.

Karima war im Glauben beider großen Religionen aufgewachsen, die Thora war ihr so vertraut wie der Koran. Sie hatte schon als junges Mädchen gelernt, dass der wahre Glaube in den Herzen der Menschen wohnte, nicht auf ihren Lippen. Jene, die in den Straßen Jerusalems Bomben warfen und jene, die in Hebron auf Betende schossen, waren keine wirklich religiösen Menschen. Sie hassten im Namen der Religion und verleugneten so den Gott, für den zu kämpfen sie vorgaben. Dies verstand Karima gut, doch warum diese Menschen so waren und warum die Offenbarungen sich anscheinend so widersprachen – diese Frage bewegte voller Unruhe ihr junges Herz.

Langsam zog die abendliche Frische über Jerusalem, die das Leben nach der Hitze des Tages so erträglich machte. Sie rief

Sharif und wollte die Schafe nach Hause treiben, als sie eine Gestalt die kleine Straße hinunterlaufen sah, die von der alten Stadtmauer zum Ölberg führte. Schon bald erkannte sie, dass es Salome war, ihre ältere Schwester. Das konnte nichts Gutes bedeuten. Salome kam nie zu ihr ins Tal. Es war ihr ein wenig unangenehm, dass ihre Schwester eine Schafhirtin war.

„Hannah ist tot. Sie wurde erschossen!“, rief sie ihr verzweifelt zu, als sie noch ein ganzes Stück von ihr entfernt war.

„Karima. Hannah ist tot. Hörst du? Sie ist tot!“

Karima blickte ihre Schwester entsetzt an, die jetzt vor ihr stand und sie schüttelte, so als wollte sie ihrer Schwester die Nachricht mit aller Kraft ins Bewusstsein rufen. Dann fiel sie ihr weinend in die Arme, und die beiden Schwestern hielten sich für eine Weile fest, in der die Zeit stehen blieb.

„Was ist passiert?“, fand Karima endlich die Worte wieder.

„Hannah war mit einer Gruppe amerikanischer Touristen in Hebron. Als sie in der Altstadt einkaufen wollten, gerieten sie in eine Auseinandersetzung zwischen den Orthodoxen und aufgebrachten Palästinensern. Ich weiß nicht, worum es ging, aber irgendjemand begann wohl zu schießen. Hannah versuchte, die Gruppe in eine kleine Seitenstraße zu bringen, und dabei wurde sie von einer Kugel getroffen. Es war ein Querschläger, der ihr das Leben kostete. Niemand hat direkt auf sie geschossen.

Oh, Karima, warum ausgerechnet Hannah? Unsere kleine Schwester, die nur Gutes wollte und alle Menschen liebte.“

Salomes Stimme erstickte in einer Flut von Tränen.

Noch immer war Karima wie erstarrt und konnte ihre Schwester nur festhalten, ohne auf ihre Frage zu antworten.

Nach einer Weile spürte sie, dass Sharif sich ihnen zu Füßen gelegt hatte und mit traurigen Hundeaugen die beiden weinenden Schwestern beobachtete. Sie löste eine Hand von Salome und fuhr ihm liebevoll durch sein dichtes Fell, woraufhin sich seine Miene sichtlich aufhellte.

Sie strich sich über die Augen, ergriff Salomes Hand und bat sie, schon nach Hause zu gehen. Sie wollte noch einen Au-

genblick alleine sein. Salome umarmte sie und stieg mit schweren Schritten den kurzen Anstieg zur Stadt hinauf.
Karima ging langsam in die Gegenrichtung, dem Ölberg zu. Nach einiger Zeit stand sie vor der kleinen Pforte, die in den Garten Getsemaneh führte. Normalerweise mied Karima diesen Platz, weil er überlaufen war von Touristen aus aller Welt. Nur in den Abendstunden setzte sie sich manchmal in den Schatten der alten Olivenbäume, wenn es still geworden war im Garten. Die Bäume standen schon länger als zwei Jahrtausende an diesem Ort und hatten wohl mehr Leid gesehen als alle anderen Bäume der Erde.
Sie setzte sich auf eine kleine Bank und stützte den Kopf in ihre Hände, während die Tränen ihren stillen Lauf zwischen ihren Fingern nahmen. Sie mochte nur wenige Minuten oder vielleicht auch eine Stunde so gesessen haben, als sie plötzlich eine unendlich zarte Berührung auf ihrer Schulter verspürte.
Sie hob den Kopf – und erstarrte vor Schreck.
Neben ihr stand ein Engel. Wahrhaftig. Im Licht des Mondes und vor der Silhouette der uralten Olivenbäume erkannte sie den wunderschönen Botschafter des Lichtes.
Ganz sanft schlug das himmlische Wesen die Kapuze ihres langen Mantels zurück, hob sie zu sich empor und strich ihr über den Kopf.
„Dein Leid hat mich gerufen. Sei getröstet."
Mit diesen Worten zog der Engel sie an sich heran und umfing sie mit seinem Lichtgewand. Im Augenblick dieser Berührung fielen der Schmerz und das Leid von Karima ab. Sie empfand nur noch einen unsagbaren Frieden und ein tiefes, unaussprechliches Glück. Es schien ihr fast verboten, in dieser Stunde so zu empfinden – und doch geschah es!
Dann strich der Engel über ihre Stirn, und da erkannte sie, dass er nicht alleine gekommen war. Hannah stand neben ihm und lächelte ihr zu. Sie wollte sie berühren, doch Hannah wich zurück.
„Es geht nicht!", schienen ihre Augen ihr sagen zu wollen – und Karima verstand.

„Die Wege Gottes sind andere als die Wege der Menschen", erklang noch einmal die Stimme des Engels.

„Ihr seht das Leben nur von der Geburt bis zum Tod; doch die Augen des Herrn schauen von Ewigkeit zu Ewigkeit. Die Stunde für Hannah war gekommen, um ihr Erdenkleid abzulegen.

Sie kam zurück in unsere Welt voller Freude. Unser Reich ist erfüllt von Glück und nur eure Trauer beschwert noch ihr Herz. So sage deiner Familie, sie möge sie in Frieden gehen lassen. Sie hat ihren Körper geopfert, um der Welt die Sinnlosigkeit des Tötens vor Augen zu halten. Ihr Opfer war nicht umsonst; auch wenn es noch vieler Hannahs bedarf, ehe die Menschen lernen, Einsicht zu zeigen und umzudenken. Zu verstockt sind die Herzen jener, die glauben, dem Herrn mit einer Waffe dienen zu können.

So gehe jetzt mit meinem Segen, und bringe Trost all jenen, die trauern."

Bei diesen Worten empfand sie noch einmal die unsagbar zarten Hände auf ihrem Gesicht und über ihrem Herzen. Sie schloss die Augen, und diesmal waren es Tränen der Glückseligkeit, die über ihre Wangen perlten.

Als sie nach langer Zeit die Augen wieder öffnete, war nur Sharif an ihrer Seite und wedelte begeistert mit dem Schwanz. Und von der Straßenseite hörte sie Isaak kommen, den Gartenwächter, dessen riesiger Schlüsselbund schon von weitem sein Kommen ankündigte. Er wollte den Garten verschließen, denn es war spät geworden.

Karima erhob sich, zog ihren Mantel um sich und verließ mit Sharif den Garten Getsemaneh. Sie begab sich nach Hause, und sie hoffte, ihre Familie würde verstehen, was sie mitbrachte – die Antwort.

Peter Michel

Die Besucherin

Die Frescobaldis zählten zu den reichsten Familien Italiens. Der Stammvater des Hauses Frescobaldi hatte den Grafentitel schon im Mittelalter erhalten, als Italien noch nicht geeint war, sondern die großen Stadtstaaten einander bekämpften. Danach hatte der Graf jene prächtige alte Villa hoch über dem Arno errichten lassen, die auch heute noch, nach vielen Umbauten, der Stammsitz der Frescobaldis war. Fast sechzig Zimmer zählte der weitläufige Palast, von denen allein sieben der Dienerschaft zugewiesen waren.

Sophias Zimmer lag im ersten Stock, mit einem wundervollen Blick auf die Altstadt von Florenz. Es war eigentlich kein Zimmer, sondern ein eigenes kleines Reich. Die acht großen Fenster schenkten ihr den Blick über alle Schönheiten der Toskana, von der prächtigen Stadt hinüber zu den blühenden Parkanlagen und darüber den Weinbergen der Colli Chianti. Sie liebte es, von einem Fenster zum anderen zu wandern und sich am Ausblick zu erfreuen. Wenn dann die Dunkelheit kam, versteckte sie sich am liebsten in ihrem riesigen Bett, zog die Vorhänge des Baldachins vor und ließ die Welt hinter sich zurück.

Sophia war umgeben von allem Luxus der Welt. Sie trug die edelsten Kleider und jeder Wunsch wurde ihr erfüllt. Nur eines schienen ihre Eltern niemals zu haben – Zeit. Ihr Vater saß im Parlament in Rom und kam höchstens an den Wochenenden nach Hause, die dann aber mit Empfängen und Gesprächen angefüllt waren. Ihre Mutter kümmerte sich um die großen Besitzungen der Familie und um das angesehene Weingut. So wuchs Sophia die meiste Zeit mit Clarissa auf, ihrem Kindermädchen.

Clarissa war ein außerordentlich liebes Wesen, das Sophia ganz ins Herz geschlossen hatte. Sie erzählte ihr Geschichten und manchmal ging sie auch mit ihr in die kleine Hauskapelle, wo sie Sophia die ersten Kindergebete gelehrt hatte. Am meisten jedoch liebte Clarissa ihre Namenspatronin, die heilige Klara, und Franz von Assisi. Von ihr erfuhr Sophia alle Erzählungen und Legenden aus dem Leben des heiligen Franziskus.

Ganz besonders mochten Clarissa und Sophia seinen Gesang an Bruder Sonne und Schwester Mond, seine Begegnung mit dem Wolf und seine Gespräche mit den Blumen und Bäumen. Oft saß Sophia allein im Garten und redete mit Surya, ihrer Lieblingskatze, und den Rosenbüschen und Bäumen, die die alte Villa umstanden. In diesen Stunden war Sophia wahrhaft glücklich. Hier fühlte sie sich wirklich inmitten ihrer Familie, bei ihr fühlte sie sich geborgen.

Eines Sonntags hatte sie im Garten ein sonderbares Erlebnis. Im Vorgarten des kleinen Rosenpavillons hatte Sophia einen kleinen Rosenbusch gepflanzt. Dann jedoch war sie eine ganze Weile mit Schulaufgaben und anderen Dingen beschäftigt gewesen, sodass sie über eine Woche nicht zum Pavillon gekommen war. Als sie nach dem Frühstück am Sonntagmorgen in den Garten gesprungen war, fiel ihr plötzlich voller Schrecken der kleine Rosenbusch ein. Schnell rannte sie zum Pavillon, und tatsächlich – der kleine Busch war fast völlig vertrocknet. Sofort lief sie zum Brunnen und füllte eine große Gießkanne.

Dann begoss sie den trockenen Busch und entschuldigte sich für ihre Nachlässigkeit bei ihm. In diesem Augenblick vernahm sie eine zierliche, ganz zarte Stimme, die ihr dankte und sie wissen ließ, dass sie noch zur rechten Zeit gekommen war. Sophia erschrak, aber es konnte keinen Zweifel geben, der kleine Rosenbusch hatte mit ihr gesprochen.

Ganz aufgeregt lief sie zum Haus, um mit Clarissa zu reden. In der großen Spiegeltür rannte sie fast ihre Mutter um, die ihr sagte, dass Clarissa heute einen freien Tag habe. Sie müsse sich ausnahmsweise einmal selbst beschäftigen. Sophia versuchte, ihrer Mutter die Geschichte mit dem Rosenbusch zu erzählen, doch diese winkte schon nach wenigen Worten ab und gab ihr zu verstehen, dass sie für solche Sachen jetzt wirklich keine Zeit hatte. Wenig später widerfuhr ihr das Gleiche mit ihrem Vater.

Traurig ging Sophia hinauf in den ersten Stock und schloss sich betrübt in ihrem Zimmer ein. Sie kroch unter die Bettdecke, blickte aus dem Fenster und fühlte sich unsagbar einsam. Während sie so schaute, fiel ein Licht aus dem Fenster auf ihr Bett. Verwundert sah sie hinüber. Es war fast Mittag und das Fenster lag nach Westen. Um diese Zeit konnte die Sonne dort nicht scheinen.

Das Licht wurde immer strahlender und plötzlich stand eine wunderschöne Frau an ihrem Bett. Sie hatte eine Hand erhoben, so als segnete sie das kleine Mädchen. Dann sprach sie lange mit ihr über die Blumen und die Tiere, über die Sterne und die Menschen. Schon bald war alle Traurigkeit aus Sophias Kinderseele verschwunden und sie lauschte ihrer schönen Besucherin mit ganzer Hingabe. Zum Schluss berührte sie Sophias Stirn und versprach, am nächsten Tag wiederzukommen. Sie bat Sophia jedoch, mit niemandem über ihren Besuch zu sprechen.

Sophia versprach es – und dann war die heilige Klara verschwunden. Sophia war ganz sicher, die Frau mit dem Sternenkleid musste die Namenspatronin von Clarissa sein.

Von nun an kam Klara sie oft besuchen. Sie lehrte Sophia all das, was sie von ihren Eltern nicht lernen konnte; weil sie keine Zeit hatten und ohnehin von diesen Dingen nichts wussten. Es war und blieb ein großes Geheimnis und nur Clarissa durfte sie später einweihen. Zu diesem Zeitpunkt hatte die Besucherin Sophia allerdings schon aufgeklärt, dass sie nicht die heilige Klara war – sondern ihr Schutzengel.

KAPITEL 3

Im sirianischen Sonnenschloss

und andere Erzählungen

Frieden

Lichtwärts auf Geistesschwingen. Dunkles Nachtschattenreich verblasste in Raumesferne. Weiter im Flug eilten die Strahlenden, heller wurde die graue Dämmerung. Willkommen spendend reichten die silbernen Sphären perlende Wasserfälle den göttlichen Boten. Himmlischer Klang ertönte, als die Tropfenkinder vom Geistesfeuer durchloht wurden. Selig empfingen die Boten, aus den Schattenwelten heimkehrend, den erquickenden Gruß aus dem himmlischen Lebensborn. Kein Schatten trübte länger ihr feuriges Gewand. Als Strahlende waren sie hinabgezogen, als Strahlende kehrten sie zurück, beschenkt, um Schenkende zu werden.

Friedensboten sollten sie sein – die Botschafter vom weißen Berg. Aus der Grenzenlosigkeit waren sie ausgezogen, um Seelenfunken zu suchen. Seelenfunken, die sie als leuchtende Gaben darbringen wollten, auf dem Altar des Friedenstempels. Jetzt kehrten sie zurück aus den Reichen der Schatten, aus den Welten der Finsternis, den Sphären der Schwarzen Herren. Sie kamen nicht mit leeren Händen. Die Schatzkammern ihrer Herzen waren gefüllt mit Diamanten der Liebe, mit Rubinen der Güte, Saphiren der Barmherzigkeit und Perlen der Sehnsucht. Auch die Nachtschattenreiche beherbergten Seelen, deren göttlicher Funke nicht gänzlich verdunkelt war. Ihre Bitten und Wünsche, Gebete und Meditationen hatten sich als strömende Gedankensterne aufgeschwungen in die geistigen Ebenen, wo die Engel des Friedens diese zierlichen Gedankenkinder empfingen. Geistige Juwelen, die ihren Glanz – um die göttliche Güte vervielfältigt – wieder zurückstrahlen sollten in jene Welten, aus denen sie geboren wurden.

Schwingend öffneten sich mit einem wunderbaren Klang allseits die Tore des Silberreiches. Immer größer wurde die Zahl der Heimkehrenden, immer strahlender das Licht des Silberreiches. Da die geistigen Reiche nicht wie Schichten aneinander anschlossen, sondern jedes Reich schwingungsmäßig vom niedrigeren oder höheren getrennt war, leuchteten die Neuankommenden wie Sonnen an einem scheinbar unbegrenzten Firmament auf.

Gesichter aus weißem Lichtfeuer unbeschreiblicher Schönheit, von den Wasserfällen des Silberreiches umflossen, kristallisierten sich aus dem Tropfenmeer. Während sie ihren ursprünglichen Glanz wieder annahmen, sandten sie aus ihrer Stirn einen goldenen Strahl, der sich wie selbstverständlich in einem Mittelpunkt traf und so ein funkelndes Gewebe bildete. Das Zentrum der Strahlen pulsierte und ließ bei jedem neu eintreffenden Strahl eine himmlische Glocke erklingen, die einen jeweils anderen Ton von sich gab. Jeder Engelsbote verkörperte einen bestimmten göttlichen Strahl, einen eigenen, unverkennbaren göttlichen Klang. In jedem hatte sich eine unverwechselbare, einmalige Idee Gottes manifestiert. Die unendliche Vielfalt des Gottesgeistes barg keine Wiederholungen. Welches Geschöpf vermöchte über die Geistestiefe des Allvaters zu sprechen?

Nachdem beim Aufleuchten eines Heimgekehrten erneut ein Glockenklang ertönt war, begann nach einer kurzen Zeit der Stille ein Konzert aller Glocken. Gleichzeitig verwandelte sich der Strahlenmittelpunkt des Gewebes in ein leuchtendes Tor, aus dessen aufschwingenden Flügeln eine weiße Taube aufstieg.

Die Strahlen, geboren aus den Engelsgesichtern, wurden in die Taubenflügel aufgenommen, die dann in einem Lichtermeer hinter dem offenen Tor verschwand. Verbunden mit der weißen Taube folgten ihr alle heimgekehrten Friedensengel, und das Silberreich blieb zurück, ohne eine erkennbare Spur jenes Mysteriums, das sich in ihm vollzogen.

Die Engelschar befand sich auf dem Flug zum Weißen Berg. Unzählige Geistesgeschwister säumten ihren Weg, wussten um ihr Wirken und verbanden sich mit ihnen in geistiger Einheit. Immer leuchtender wurde der Schatz ihrer Herzenskammern. Als der geflügelte Führer den Weißen Berg erreicht hatte, entschwand er ihren Augen. Die Engelboten säumten

den Fuß des Berges, schauten wissend zum Gipfel empor. Schweigend, in liebender Erwartung.
Unsagbares erfüllte ihren Geist, als das Licht des Ewigen aus dem Nichts aufflammte, den Berg und alle versammelten Friedensengel umhüllend. Sie wussten ihre Gaben in der Liebe Gottes und im Bewusstsein der Glückseligkeit überreichten sie die Schätze ihrer Herzen.
Die Lichtwogen fluteten in ihre Quelle zurück, doch der Weiße Berg hatte sich verändert. Sein Gipfel wurde von einem Baum aus Licht gekrönt, dessen Glanz so stark war, dass selbst die Engelsboten einen Augenblick der Gewöhnung benötigten, um seine Herrlichkeit ertragen zu können.
Unbemerkt, wie sie entschwunden, so tauchte die weiße Taube wieder auf. Sie flog auf den Lichtbaum zu, nahm eines seiner Blätter in den Mund und entfernte sich damit von ihm.
Vor den Augen der Engel des Friedens öffneten sich die Tore der Sphären und sie sahen den Flug der Taube in die Nachtschattenreiche. Als der weiße Vogel diese erreicht hatte, ließ er sein strahlendes Blattgut hinabsinken. In diesem Augenblick löste sich das Blatt auf in eine Flammenglut unzähliger Funken, die sich ergoss über die Reiche der Nachtschatten und den Frieden des Weißen Berges zu ihnen brachte.
Wieder und wieder flog die Taube, schier endlos schien die Blattfülle des Lichterbaumes – und immer senkte sich erneut die flutende Glut der Friedensfunken über die Welten der Schatten.
So erwiderte die göttliche Liebe die Gedankensterne der Sehnsucht aus den Herzen der Seelen im Nachtschattenreich.

Im sirianischen Sonnenschloss

Die Glocken der Innenwelten ertönten in feierlichem Klang. Sphärisches Glockenspiel in himmlischen Weiten, heilige Symphonie der Devas. Engel der Töne, Gandharvas, die Devas der Musik, vibrierten durch endlose Räume. Sie bewirkten die Töne nicht durch ihr Spiel, sie verkörperten sie. Jeder der Gandharvas ließ den ihm allein zugeeigneten göttlichen Ton erklingen, lebte Musik. Sein war Klang. Bewusstsein verschmolz mit tönender Harmonie.

Der Zug der Musik-Devas barg eine Botschaft – Gedankenflug unter Geistgeschwistern. Stille kehrte ein im Reich der Innenwelt. Andächtig lauschte die Heerschar der Leuchtenden.

Botschaft vom Sonnenschloss. Der sirianische Lichtherr sandte zur Zusammenkunft aller Devas der Innenwelten. Devas der materiellen Welten – die Herren der Natur, Devas der gestirnten Reiche, Hüter der Flammen – Lenker der kosmischen Ströme, die Devas der „Heiligen Bücher" – Wächter des Gedächtnisses der Innenwelt, Devas der Liebe, Devas des Lichtes – zahllos die Schar der durchlichteten Wesen in geistiger Welt. Sie alle durchklungen von Gandharva-Vibrationen, lichtwärts gerichtet in der Einheit des All-Geistes.

Die Pilgerströme der Deva-Scharen zogen auf strahlender Bahn. Sternenferne das Sonnenschloss, verharrend in seliger Erwartung der kosmischen Brüder. Wogendes Licht ergoss sich durch goldene Innenweltsphären. Geborgen in strahlenden Strömen glückseligen Einsseins, kehrten auf himmlischen Schwingen die Hüter der kosmischen Welten heim ins sirianische Reich.

Der sirianische Lichtherr hütete ein Innenweltreich, dessen Größe keinem der Devas bekannt war. Seine Bewusstseinsfülle, Abbild der Unermesslichkeit des ewigen Einen, war Ziel und Verpflichtung ihnen allen. Sie wussten, auch ihr Weg führte einst durch die Tore der Sonnenschlösser, weiter dem Urlicht entgegen, trunken voll Liebe zur heiligen Quelle, auf dem ewigen Pfad in unsagbarer Glückseligkeit. Keiner der Devas, der nicht im Strom der Lichtpilger sein Sehnen dem Einen zugewandt hätte, und keiner, der nicht vom goldenen Strom erfasst, heller erstrahlte als vorher. Sie alle wussten, sie würden zurückkehren in neuer Lichtfülle, um sie zu verströmen in liebendem Dienen an all jene, die in ihre Obhut

gegeben. Ein endloses Band war gesponnen von kosmischer Bruderschaft, verband den Unfassbaren auch mit der zierlichsten Elfe in den Naturreichen der physischen Welten.
Immer inniger wurde die Klangfülle des Gandharva-Orchesters, gesellte sich Ton zu Ton, heiliges Concerto in den Innenweltsphären. Näher und näher kam das sirianische Sonnenschloss. Schon umhüllte sie die Aura des Lichtherrn in unsagbarer Farbenpracht, ergossen sich die Wogen des Hüters des Sonnenreiches in ihre geistigen Körper.
Ein weißes Tor leuchtete vor den ankommenden Devas auf. Sieben Wächter schwebten um den Eingang zu Siriastharin, dem Sonnenschloss des Lichtherrn. Blaues Feuer strömte aus dem Zentrum ihrer Gestalt und eine sidrin-farbige Korona umflammte ihr Haupt.
Als die kosmischen Wanderer die Torschwelle durchschritten, lösten sich glitzernde Perlen aus dem blauen Feuerzentrum und fielen als Willkommensgruß auf die Ankommenden. Im Innern des Tores neigten sich Blütenlichtköniginnen herab und streiften sie mit bezaubernder Duftfülle. Das Blütenlichtmeer öffnete sich und gab den Blick frei auf Siriastharin.
Versunken in hingebungsvoller Betrachtung verharrten die Devas vor der unbeschreiblichen Herrlichkeit. In lohendem Goldlichtfeuer ragten die Lichttürme von Siriastharin in vollendeter Schönheit in die Höhe. Rotierende Mandalas aus funkelnden Flammensteinen pulsierten auf jeder Spitze, Symbol des sirianischen Lichtherrn. Von allen Seiten des Schlosses ergossen sich jene Ströme des Lichtes, die die Devas hingeleitet hatten zu diesem Ort himmlischer Pracht, und die noch alle jene führen würden, die den bereits Angekommenen nachfolgen sollten.
Das Hauptportal von Siriastharin befand sich in halber Höhe des Schlosses zwischen den beiden Mitteltürmen. Wie schon das äußere Tor, so wurde auch dieses von den Wächtern mit den blauen Flammen umrahmt. Sie blickten in geschwisterlicher Verbundenheit auf ihre Brüder und Schwestern aus Weltenfernen, die andächtig über den himmlischen Marmor

einzogen ins Innere des Sonnenschlosses. Vor ihnen erschloss sich ein Gewölbe von gewaltigen Ausmaßen, an dessen Stirnseite sich eine strahlende Öffnung in die Unendlichkeit befand. Sie vermochten das Strahlenfeuer mit ihren Blicken nicht zu durchdringen. Sein Ursprung und Fortgang verbarg sich im Geheimnis des Mysteriums.

Ständig zogen neue Deva-Scharen ein ins Gewölbe von Siriastharin, doch schien sich das Innere kaum zu füllen, vielmehr erweiterten sich die Begrenzungen, dehnten sich aus in Lichtwelten. Als alle Devas, an die der Ruf der Gandharvas ergangen war, Einzug gehalten hatten ins Innere des sirianischen Sonnenschlosses, wurden von den Wächtern des Flammentores und des Schlossportales die Eingänge verschlossen. Kein Wesen der Dunkelheit hätte vermocht, sich dem Sonnenschloss zu nähern, das strahlende Licht wäre ihm unerträglich gewesen.

Die Aufmerksamkeit aller Devas richtete sich auf das strahlende Feuer, das nun, nachdem alle Tore verschlossen waren, noch heller erglühte. Sirianische Harfen erklangen. Der Choral von Siriastharin hallte durch das Gewölbe, tönender Strom, offenbart durch die Bewohner Siriastharins, die aus der strahlenden Öffnung der Stirnseite erschienen. In ihrer Mitte der Lichtherr.

Als er das Innere des Lichtbogens erreicht hatte, verklang der Choral sanft. Schweigen. –

Das Bewusstsein der Devas verband sich mit ihrem lichten Meister. Sie erwarteten seine Botschaft. Doch die Ströme der Liebe enthielten keine Mitteilungen, brachten stattdessen reinste Lichtflammen. Immer strahlender pulsierte das Sidrin-Feuer, bis das Bewusstsein aller Devas hineingenommen wurde in das Wesen des Lichtherrn. Vollkommen vereint mit ihm vernahmen sie seine Offenbarung, die nicht die seinige war. Eins mit dem Bewusstsein des Lichtherrn strömte der Geist des Ur-Ewigen auch in sie. In heiliger Ehrfurcht empfingen sie die Gaben des ewigen GEISTES.

Sanft schwanden die Sidrin-Feuer-Ströme, lösten sich die De-

vas aus der Einheit mit dem Meister. Für Augenblicke hatten sie erfahren, wer er wahrhaftig war, spürten etwas von seiner geistigen Herrlichkeit.
Die Botschaften an die Devas waren das Ziel ihres Besuches gewesen. Sie hatten sie empfangen und kehrten, strahlender und wissender denn je, zurück in ihre kosmischen Welten, um weiterzuschenken, was sie empfangen.
Einige aber kehrten nicht zurück. Sie nahm der sirianische Lichtherr mit auf andere Wege. Ihre Aufgaben als Devas waren zu einem Ende gekommen. Neues, beglückenderes Wirken erwartete sie, während ihre Geschwister wieder zurückzogen. Lichter waren sie alle geworden und innigere Liebe als zuvor verband sie, jene, die zurückkehrten, und jene, die weiterzogen. Alle waren sie auf dem Lichtweg zur QUELLE und die Glückseligkeit der Harmonie des Einen verband sie. Lichtgeschwister auf dem Heimweg, untrennbar, all-liebend, ewig verbunden als Kinder des göttlichen Vaters.

Die Devas des tausendblättrigen Lotos

Garaldrin, Garaldrin! Ein wogender Harfenruf schwang durch Oriolan, das Reich der Blumen-Devas. Das zarte Tongewebe schien eingebettet zu sein in ein Meer verzaubernder Düfte. Himmlischer Blütenstaub umhüllte die klingende Botschaft. Garaldrin und Seraldrin, so lautete der Name des zweiten Devas, hatten ein schier grenzenloses kosmisches Reich in ihre Obhut bekommen. Sie umsorgten eine geistige Sphäre von wahrhaft paradiesischer Schönheit; eine Welt der Blütenkelche und Gewächse. Oriolan wurde geformt aus der Gedankenkraft all jener Wesenheiten, die in materiellen Bereichen verkörpert waren. Die aus diesen Ebenen ausstrahlenden geistigen Energien, sofern sie von Liebe und göttlicher

Harmonie gekennzeichnet waren, wurden von Garaldrin und Seraldrin empfangen und von ihnen in zahllose Formen gewandet. Geführt von ihrer inneren Empfindung der Schönheit, gestalteten sie die Lichtwelt von Oriolan.

Der wundersam duftende Tonstrom Seraldrins hatte die strahlende Gestalt Garaldrins erreicht. Er verschmolz im feurigen Gewand des Devas und überbrachte seine Botschaft. Unmittelbar mit der Aufnahme des Übersandten verwandelte sich die äußere Form Garaldrins. Seine flammende Gewandung schien sich in einen funkelnden Kristall zu konzentrieren; dann verschwand auch dieser in phosphoreszierendem Schimmern, um in zeitlosem Flug, auf den Schwingen des Geistes, dem an ihn ergangenen Ruf nachzukommen.

Seraldrin schwebte über einem in oriolanischem Blau glitzernden Enziansbrunnen, dessen bizarre Form kelchartig auf anmutig duftenden Moosteppichen emporragte. Innerhalb des Hauptkelches fanden sich weitere kleinere Blütenglocken in terrassenförmigem Aufbau. Den einzelnen Terrassenrändern begannen unter der rhythmischen Berührung des Devas glitzernde Fontänen zu entströmen, ergossen sich in die tiefer liegende Blütenglocke, diese zum Erklingen bringend, um dann weiterzufließen.

Garaldrin, der inzwischen wieder seine Lichtgestalt angenommen hatte, beobachtete in schweigendem Lauschen das Wirken Seraldrins. Immer mehr Fontänen sprudelten hervor und bald war ein klingendes Blüten-Orchestrion geboren.

Aus dem Hauptkelch entsprang ein silbriger Bach, der sich in verschlungenen Windungen einen Weg bahnte, hinab in eine endlose Ebene. Als der erste Wassertropfen den moosigen Teppich genetzt hatte, entspross dieser Stelle ein neuer kleiner, enzianartiger Blütenkelch, gewandet mit einer ähnlichen Färbung, wenngleich in etwas zarterer Tönung. Dieses wundersame Schauspiel begann sich nun in immer variierender Form zu wiederholen. Überall dort, wohin sich der kleine Bach schlängelte, sprossen an seinen Rändern zierliche Blütenglocken hervor, keine gleichfarbig, keine im gleichen Ton erklingend. Die beiden Devas begleiteten das Bächlein ein Stück in die Ebene hinein, segnend seinen Lauf überwachend, indem sie in geringer Höhe über seiner Wasserfläche dahinschwebten.

„Strom vom Licht.
Quelle der Liebe.
Wasser des Lebens.
Aus Liebe geboren,
in Liebe geborgen.
Heiliger Segen auf Dir,
Heiliger Segen in Dir.
Werde Licht zu Licht;
werde Liebe zu Liebe;
werde Leben aus Leben.
Möge Dein Weg in alle Welten der Gebundenheit führen.
Löse Flammen aus Asche.
Wecke Morgenrot aus Todesnacht.
So geschehe es, im Namen des Ewigen Geistes."

Seraldrin und Garaldrin waren zurückgekehrt zum Enziansbrunnen, wo Garaldrin voller Erwartung den Grund für seine Herbeirufung zu vernehmen trachtete. „Die schlafenden Lotosblüten sollen geweckt werden", berichtete Seraldrin. „Ein Sendbote aus dem Licht jenseits des goldenen Tales war bei mir, unmittelbar bevor mein Ruf an dich erging. Der Rat der Zwölf ist zusammengekommen, um die Entwicklung in den Welten der Gebundenheiten zu besprechen, und die Geister der Zeit fassten den Beschluss, den Schlaf der Lotosblüten zu beenden, um den Reichen der Dunkelheit die Ströme des Lebens zu senden. In den Sphären der Schatten hat die Dämmerung begonnen, die es erforderlich macht, auch die tausendblättrigen Lotosblüten aus heiliger Stille zu wecken. Es erging der Ruf an uns, alle Vorbereitungen zu treffen. Willst du mit mir zu den verborgenen Gewässern kommen?"
Freudig bejahte Garaldrin, und, ihre Lichtgestalten miteinan-

der verbindend, zogen sie zu den verborgenen Gewässern. Diese lagen in einer Sphäre, die von einer Gebirgskette umgeben war, geistige Schutzmauer eines heiligen Bezirkes. Die Verdichtung des gebirgsartigen Massivs bot Garaldrin und Seraldrin kein Hindernis. Sie sprachen die Worte der oriolanischen Einweihung und überwanden die hütenden Gebirge. Vor ihnen breitete sich eine Landschaft in unbeschreiblicher Schönheit aus.

In göttlicher Majestät thronten auf sieben Seen die sieben tausendblättrigen Lotosblüten von Oriolan. Sie vereinigten die geistige Substanz aller Opfer, die die Gottesboten in den Welten der Schatten gebracht hatten. Alle spirituellen Energien, die ihre Weltenmissionen ins Dasein gerufen, wurden an diesem heiligsten Ort Oriolans aufbewahrt, bis die Zeit der Erweckung gekommen war. Kein tönender Hauch durchdrang die Stille des Heiligtums. Die beiden Devas verharrten in Ehrfurcht und Andacht, bevor sie begannen, der Erfüllung des Auftrages vom Rat der Zwölf nachzukommen.

Sie schwebten auf die erste der Lotosblüten zu, um über ihrem Mittelpunkt zu verweilen. Ihre Gestalt verschmolz erneut zu einer Lichtsäule, während sich ihr Geist auf das Licht des Ewigen ausrichtete. Als ihre Vereinigung vollständig verwirklicht war, senkte sich eine weiße Lichtsäule auf sie herab, durchströmte sie und berührte die Lotosblüte. Mit einem verwunderten Seufzer öffnete sich die Knospe des Lotos, erwachte aus langem Schlaf und gab ihr flammendes Geheimnis preis. Feurige Perlen fielen wie Blütentränen aus der sich öffnenden Knospe. Sie bedeckten schnell die Oberfläche des kleinen Sees, der sich nun in zahllose kleine Ströme über seine Ufer ergoss und begann, mit seiner kostbaren Fracht das Tal der verborgenen Gewässer zu verlassen.

Das Zeremoniell wiederholte sich noch sechsmal. Die tausendblättrigen Lotosblüten hatten ihren Schlaf der Versunkenheit beendet und ihre heiligen Gaben erneut in die Welten der Gebundenheit entlassen.

So kehrte der Segen der Gottesboten zurück zu jenen Reichen,

die einst ihre Füße in physischen Gewändern getragen hatten. In perlendem Strom netzte der Geist der Liebe die Reiche der Schatten.
Gesegnet das Tal, dessen tödliche Dürre gewandelt in ewiges Leben vom heiligen Fluss.

Quellennachweis

Flower A. Newhouse, *Engel und Erzengel*, aus: Im Reich der Erzengel, © 1999 Aquamarin Verlag.
Gwennie Armstrong Fraser, *Die Kommunikation mit den Devas*, aus: Im Licht der Engel, © 1997 Aquamarin Verlag.
Liselotte Baertz, *Die Engel und die Menschen-Entwicklung*, aus: Die Engel von Geburt und Tod, © 2001 Aquamarin Verlag.
Flower A. Newhouse, *Das Reich der Engel*, aus: Engel und Devas, © 2002 Aquamarin Verlag.
Dora Kunz, *Das Weihnachtsfest der Engel*, aus: Im Reich der Naturgeister, © 2002 Aquamarin Verlag.
White Eagle, *Die Eigenschaften der Engel*, aus: Das White Eagle Engel-Buch, © 1999 Aquamarin Verlag.
Peter Michel, *Das Wölkchen Sebastian; Das Wolkenschiff; Die Prinzessin der Elben; Silberwind und Silberwolke; Das Kreuz im Gebirge*, aus: Der verzauberte Aquamarin, © 1996 Aquamarin Verlag.
Peter Michel, *Das Geschenk des Engels; Der Seelenbaum; Die Adventskerze; Die gefangenen Seelen; Die Antwort; Die Besucherin*, aus: Der Sternenengel, © 1998 Aquamarin Verlag.
Peter Michel, *Frieden; Im sirianischen Sonnenschloss; Die Devas des tausendblättrigen Lotos*, aus: Das sirianische Sonnenschloß, © 1982 Aquamarin Verlag.